古典詩歌研究彙刊

第五輯

龔鵬程　主編

第 20 冊
方苞詩文研究（下）

廖素卿　著

國家圖書館出版品預行編目資料

方苞詩文研究（下）／廖素卿 著 -- 初版 -- 台北縣永和市：
花木蘭文化出版社，2009〔民 98〕

目 4+170 面；17×24 公分
（古典詩歌研究彙刊 第五輯：第 20 冊）

ISBN 978-986-6528-69-9（精裝）
1.（清）方苞 2.學術思想 3.傳記 4.文學評論
5.清代文學

847.4 98000993

ISBN - 978-986-6528-69-9

9 789866 528699

古典詩歌研究彙刊
第五輯 第二十冊

ISBN：978-986-6528-69-9

方苞詩文研究（下）

作 者 廖素卿
主 編 龔鵬程
總 編 輯 杜潔祥
出 版 花木蘭文化出版社
發 行 所 花木蘭文化出版社
發 行 人 高小娟
聯 絡 地 址 台北縣永和市中正路五九五號七樓之三
電話：02-2923-1455／傳眞：02-2923-1452
網 址 http://www.huamulan.tw 信箱 sut81518@ms59.hinet.net
印 刷 普羅文化出版廣告事業
初 版 2009 年 3 月
定 價 第五輯 20 冊（精裝）新台幣 28,000 元

方苞詩文研究（下）

廖素卿 著

目

次

第五章　方苞之古文

　　清代古文以桐城派爲正宗，而方苞被尊稱爲桐城初祖，其成就之高，造詣之深，後世無異辭。姚鼐云：「望溪先生之古文，爲我朝百餘年文章之冠，天下論文者，無異說也。」〔註1〕曾國藩亦云：「望溪先生古文辭爲國家二百餘年之冠，學者久無異辭。」〔註2〕深受推崇，奉爲圭臬。本章欲探究方苞之古文，擬從其淵源、理論、特色等層層剖析之。

第一節　古文淵源

　　孔子云：「我非生而知之者，好古敏以求之者也。」〔註3〕韓愈云：「生乎吾前，其聞道也，固先乎吾，吾從而師之；生乎吾後，其聞道也，亦先乎吾，吾從而師之。」〔註4〕故進德修業皆由從師問學而得也。方苞古文之成就，蓋源於從父兄探究經史，及師友相質，有

〔註1〕姚鼐《惜抱軒全集》文後集卷一〈望溪先生集外文序〉，頁205，世界書局，民國73年7月三版。

〔註2〕曾國藩《求闕齋讀書錄》卷十〈望溪集〉〈矯除積習興起人材箚子〉，頁28。

〔註3〕朱熹《四書集註‧論語》卷四〈述而第七〉，頁230。

〔註4〕韓愈《韓昌黎文集校注》卷一〈師說〉，頁24，華正書局，民國71年2月。

以致之也。

一、探究經史

　　方苞自幼隨父兄誦經書、古文，學爲文章，其古文深得父兄之啓蒙與調教。其父仲舒乃一介詩人，古文雖與詩賦異道，〔註5〕各極其妙，而其理則同，其父曾云：

> 今夫能文者，必讀書之深而後見道也明，取材也富，其於事變乃知之也悉，其於情僞乃察之也周，而後舉筆爲文，有以牢籠物態而包孕古今。〔註6〕

此言與杜甫〈奉贈韋左丞文二十韻〉詩云：「讀書破萬卷，下筆如有神」，同出一轍。時時開卷讀書，含英咀華，則吐辭爲文，游刃有餘。方苞稟承家法，悉得乃父之詩學以爲文，故戴名世云：「逸巢方先生有二才子，曰舟、曰苞，皆工爲文章，一落筆輒名天下，……人皆謂方氏父子或工於文，或工於詩，各據其勝而不能相通，此其說非也。」並慨嘆「世之學爲文學爲詩者，舉未有能讀書者也。不讀書而乾坤或幾乎息，其荒蕪榛莽而不可救者，又豈獨詩與文爲然哉！此吾所爲讀方氏父子之詩與文而喟然而嘆也。」〔註7〕足見讀書之作用大矣，方苞在其父嚴厲督導下，誦讀經書，治古文之學。

　　長兄方舟以制舉文名天下，又善古文，〔註8〕而傳、誌、記、序，固已可錯於柳、歐之間，每誦經書，輒得疑義，尋端竟委，開通奧頤，皆前人所未嘗云，〔註9〕雖好讀書而不樂爲章句文字之業，〔註10〕戴名世云：

> 金陵之城北有二方子，曰百川、曰靈皋，兄弟皆有道而能

〔註5〕《方苞集》卷六〈答申謙居書〉云：「蓋古文之傳，與詩賦異道。」頁164。

〔註6〕戴名世《戴名世集》卷二〈方逸巢先生詩序〉，頁30～31。

〔註7〕同註6。

〔註8〕《方苞集》附錄一蘇惇元輯〈方苞年譜〉，頁866。

〔註9〕《方苞集集外文》卷五〈與慕廬先生書〉，頁674。

〔註10〕《方苞集》卷十七〈兄川百墓誌銘〉，頁495。

文者。……兩人皆原本於左、史、歐、曾，而其所造之境
詣則各不相同也。靈臯客遊四方，其文多流傳人間。百川
閉戶窮居，深自晦匿，世鮮有見其文者，要其文淡簡，亦
非凡近之所能識，以故百川聲稱寂寞，甚於靈臯。〔註11〕

兄弟二人皆為能文之士，其本同而造異，聲名亦殊，方舟深居自匿，
文又淡簡，鮮為人知，故聲稱寂寂，其論文云：

文之為道，須有魂焉以行乎其中，文而無魂焉，不可作也。
〔註12〕

此言為文須有「魂」，而魂與魄相對，魂者無形，魄者有形，猶人之
軀殼與精神耳。人如有魄無魂，則為行屍走肉，了無生意，為文亦然。
戴名世推其意而論之云：「凡有形者謂之魄，無形者謂之魂。有魄而
無魂者，則天下之物皆僵且腐，且無復有所為物矣。今夫文之為道，
行墨字句其魄也，而所謂魂也者，出之而不覺，視之而無跡者也。人
亦有言曰：『魂亦出歌，氣亦欲舞。』此二言者，以之形容文章之妙，
斯已極矣。嗚乎！文章之生死之幾在於有魄無魂之間，而執魂之一言
以觀世俗之文，則雖洋洋大篇，只以譁世而取寵，皆僵且腐者而已，
而豈可以謂之文乎？」〔註13〕洵為知言。故為文除運之以字句外，當
以「魂」為首要，此與方苞之兄告方苞之言：「古之為言者，道充於
中而不可以已也。」之理相通，有「魂」則為文必言之有物，發之必
有為也。然而其兄之文不苟作，曾錄有與朋友應酬之古文四冊，此乃
偶發者，又自以為不足而焚滅之，足以想見為文之用心，以致其古文
竟無存者，唯〈擬南樓讌集序〉、〈絡緯賦〉二篇及上韓菼〈廣師說〉
而已，茲錄〈廣師說〉於下，以見一斑：

唐之世士大夫之族恥相師，而師之義晦；今之世士大夫之
族不恥相師，而師之義亡。古之為師、為弟子，以傳道、
解惑為務。道之傳，惑之解，而恥相師，不知所恥者也；

〔註11〕戴名世《戴名世集》卷三〈方百川稿序〉，頁50～51。
〔註12〕戴名世《戴名世集》卷三〈程偕柳稿序〉，頁71。
〔註13〕同註12。

非道之傳，非惑之解，而不恥相師，不知恥者也。古之相
師者以道，而今之人勢所在則相師，利所在則相師，其在
外則郡縣之吏，師其長官以爲昵好，其在內則卑賤者，師
其時之顯人，以相攀援。而士之未遇，求名取科者尤甚，
或一人而事數十百師，甚者儒衣冠而師其與己異類者焉。
夫無所以相師之道，則其爲弟子者，宜恧然覺其不情；其
爲師者，宜憫然疑其不信，乃爲師者不疑其不信，爲弟子
者不覺其不情。嗚呼！是世之變也。君子之道，正其誼以
矯俗之所失，使韓子生於今，其爲師必別有說矣。舟自束
髮承學於祖父，故其生平未嘗有師，恐天下知道者尚有人，
而吾惑之未盡解也。長洲先生以道藝光於時，天下挾冊吟
誦者，莫不師韓氏之文章，不在京師，士尤以不得出先生
之門爲恥，駢肩疊跡，進其所業而願爲弟子者，不異其急
於勢與利也。先生不忍重過其意，故時人皆曰：「吾師韓公。」
舟辱知數年，先生進之甚勤，而舟之望傳道、解惑於先生
亦至切，乃者足跡接乎堦墀已累月，而逡巡不敢執弟子之
禮以進，蓋恐類於人人之所爲也。雖然人人者所趨師之名
也，若其實則君子不敢廢也。惡裸相逐者而廢沐浴，是又
不知所恥者也。稱弟子於先生者遍天下，而道之傳、惑之
解，其能以先生爲師者誰哉？時以疾將南歸，乃廣師說以
爲質而請業，與用以求名取科者異焉。〔註14〕

此文承韓愈〈師說〉而作，藉以表明己求師異於常人之意。首言唐與
今師道之異，未言己拜韓菼爲師之實，以異於求名趨利者之心志。是
時諸公方以收召後學爲名，天下士負時譽者皆聚於京師，如「崑山徐
尚書乾學方以收召後進爲己任，而爲祭酒、司業者，多出其門。海內
之士有爲尚書所可者，其名輒重於太學；有爲太學所推者，則舉京兆，
進於禮部，猶歷階而升，鮮有不至者。」〔註15〕方舟此文，無乃鍼砭

〔註14〕陳作霖等篇《國朝金陵文鈔》卷三方舟〈廣師說〉，頁26～27，清光
　　　　緒丁酉〈23〉江寧陳氏刊本。此文爲方舟僅存所見者，故特錄於此。
〔註15〕《方苞集》卷八〈四君子傳〉，頁218。

時弊，當頭棒喝。韓菼稱其文曰：「雖退之無以尚也。」〔註16〕方苞在其兄之教導之下，自謂每以古文、詁經之言相質，〔註17〕或以說經見推於朋齒，皆其兄之餘論，〔註18〕或與朋游往返，議論相抵，文章相駁，詰難糾紛，各不相下時，必其兄出一言折之，乃各得其意而無爭，〔註19〕而文集中亦有〈記百川先生遺言〉一文，故陳鵬年云：「望溪治古文，詁諸經，皆先生發其端緒。」〔註20〕方宗誠云：「潛虛同時友方百川最有高識，望溪實受業焉，惜其文卒時俱自燬棄矣」〔註21〕戴名世亦云：「舟與其弟苞皆好學，日閉戶謝絕人事，相與窮天人性命之故，古今治亂之源，義利邪正之辨，用以立身行己，而以其緒餘著之於文，互相質正，有一字之未安，不敢以示世，意度波瀾各有其造極，人以比之眉山蘇氏兄弟云。」〔註22〕洵非虛言也。

二、師友相質

徐斐然云：「望溪幼時，從伯兄百川學，且側間樅陽、黃岡兩先生緒論，即深有意於古文。」〔註23〕方苞亦云：「自成童侍先君子，百年中耆舊猶間及焉。其間博記誦、富文藻、天性醇良，操行孤潔者皆有之。」〔註24〕故自幼承家學，從父兄學古文外，又隨父謁明末諸遺老而親炙焉。如樅陽錢澄之飲光及黃岡杜茶村濬、杜蒼略岕諸先生，從學請業，方苞〈田間先生墓表〉云：

先君子閒居，每好言諸前輩志節之盛以示苞兄弟，然所及

〔註16〕陳鵬年《道榮堂文集》卷六下〈方百川先生墓碣〉，頁28。
〔註17〕《方苞集集外文》卷四〈刻百川先生遺文書後〉，頁631。
〔註18〕《方苞集集外文》卷五〈與慕廬先生書〉，頁674。
〔註19〕《方苞集集外文》卷四〈張彝歎稿序〉，頁619。
〔註20〕同註16。
〔註21〕方宗誠《栢堂遺書》次編卷一〈桐城文錄敘〉，頁18，清光緒間志學堂家刊本，民國60年，藝文印書館影印。
〔註22〕戴名世《戴名世集》卷七〈方舟傳〉，頁203。
〔註23〕徐斐然輯〈國朝二十四家文鈔〉卷二十〈書望溪文鈔目錄後〉，頁1，民國12年，上海掃葉山房發行。
〔註24〕《方望溪遺集》贈序類〈過濟寧別楊千木〉，頁85。

見，惟先生及黃岡二杜公耳。杜公流寓金陵，朝夕至吾家：
自爲兒童捧盤盂以侍漱滌，即教以屛俗學，專治經書古文，
與先生所勖不約而同。爾時雖心慕焉，而未之能篤信也。
及先兄翻然有志於斯，而諸公皆歿，每恨獨學無所取衷，
而先兄復中道而棄余，每思父兄長老之言，未嘗不自疚夙
心之負也。〔註25〕

三先生皆明末耆舊，與其父仲舒時相往來，兄弟隨侍左右，教以棄時
文，專治經書古文。方苞年二十四，作〈讀孟子〉，杜蒼略見之，評
曰：「前儒所未發，卻婦人小子所共知。方郎十歲，初爲時文，先兄
即勸以何不舍此而發憤著書？不意十五年後，所造至此。」〔註26〕方
苞感念昔日教誨之恩，於三先生歿皆有述，作〈田間先生墓表〉、〈杜
茶村先生墓碣〉及〈杜蒼略先生墓誌銘〉。其中以錢澄之影響爲最，
方苞憶及始識時云：

先生……苞大父行也。苞未冠，先君子攜持應試於皖，反過
樅陽，宿家僕草舍中。晨光始通，先生扶杖叩門而入，先君
子驚問。曰：「聞君二子皆吾輩人，欲一觀所祈嚮，恐交臂而
失之耳！」先君子呼余出拜，先生答拜，先君子跪而相支柱，
爲不寧者久之。因從先生過陳山人觀頤，信宿其石巖。自是
先生遊吳遊，必維舟江干，招余兄弟晤語，連夕乃去。〔註27〕

自言始識及受錢氏殷勤施教情景。錢氏博學多才，詩文尤負重名，
其詩「沖淡深粹，出於自然，度王、孟而及於陶矣。」〔註28〕其文
「如泉之流，清瑩可鑒，甘清可飲，縈紆不滯，以達于江海，使讀
之者目明而心開，蓋深得于《易經》之精潔，《詩經》之雅典，屈
子之愷惻，莊子之高蕩。」〔註29〕方苞親炙焉，頗得其薪傳，故方

〔註25〕《方苞集》卷十二〈田間先生墓表〉，頁 337～338。
〔註26〕同註8，頁 869。
〔註27〕同註25，頁 336～337。
〔註28〕韓燕《有懷堂集》〈田間文集序〉，轉引自陳田《明詩紀事》辛籤卷
十〈錢澄之〉，頁 3017，鼎文書局，民國 60 年 9 月。
〔註29〕錢澄之《田間文集》〈髡殘石溪小傳〉，轉引自《桐城派研究論文選》
楊正明〈樅陽與桐城派〉文，頁 168，安徽黃山書社，1986 年 11 月。

宗誠稱：「桐城之文，明三百年至錢田間先生漸就博大。蓋由深於詩易莊屈，又務經濟，尚氣節，故議論文多實際，而記事文多奇氣。雖未盡雅潔，而已開方劉姚之漸矣。矧其行誼又足爲後學之師表乎！」〔註30〕蕭穆云：「桐城經學文章之端，開自錢先生田間，其後望溪方侍郎昌而大之。」〔註31〕馬其昶云：「先生負瓌特之才，鬱無所試，以墳典自娛，擘經爲文，視先代諸公堂廡大別，望溪少時承其諸論，後遂蔚爲儒宗，當先生眾辱御史，其猶明之遺風哉，而卒以經學文章開啓學派，亦考流別者所宜知也。」〔註32〕姚子素亦云：「負瓌特之才，以生值末季，離憂抑鬱，發憤箸書，而卒以經學文章，開起學派，方望溪實承其緒論而興起者也。爲文清瑩甘潔，縈紆不滯，詩則無意求工，而聲調流美，自中繩墨。」〔註33〕以此之故，或謂錢澄之樹立桐城文章之楷模，開桐城派之先河也。〔註34〕

　　此外，耆舊尚有張怡，字瑤星，遯跡攝山白雲峰，鄉人稱白雲先生，方苞云：「先君子與余處士公佩歲時問起居，入其室，架上書數十百卷，皆所著經說及論述史事。……先生之書，余心嚮之。」〔註35〕爲作〈白雲先生傳〉；又有潘幼石，文行重江表，爲方苞童子時以師友之禮交者，謂臭味之同而相投也。〔註36〕由上可知，當是時，三楚、

〔註30〕同註21。
〔註31〕戴名世《戴名世集》附錄四傳記資料蕭穆〈戴憂庵先生事略〉，頁472。
〔註32〕馬其昶《桐城耆舊傳》卷七〈錢田間先生傳弟六十四〉，頁310。
〔註33〕姚子素〈桐城文錄入選諸家著述考〉，頁5，《學風》第四卷第四期，1934年4月。
〔註34〕楊正明〈樅陽與桐城派〉文中引李則剛先生之言云：「方以智、錢澄之是桐城派鼻祖。」又云：「方以智發表《文章薪火》，作爲桐城派的濫觴，錢澄之的《飲光先生文集》問世，樹立了桐城派文章的楷模，他們已開桐城派的先河。」頁167，收於安徽省社會科學院文學研究所、安慶師範學院中文系、淮北煤炭師範學院中文系編《桐城派研究論文選》中。
〔註35〕《方苞集》卷八〈白雲先生傳〉，頁215。
〔註36〕《方苞集》卷七〈贈潘幼石序〉，頁188。

吳、越耆舊多立名義，以文術相高，[註37] 方苞皆由其父引見而得親炙承學，謂「余自童稚從先君子後，具見百年中魁壘士，其志趨尤上者，誦經書、講學、治古文而止耳。」[註38] 故其古文之造詣，蓋自幼得承明末耆舊之指引也。

　　然而方苞「自童稚從先君子見楚、越耆舊，長遊四方，海內知名士十識八九，聰明博達愿謹耿介者，時時有之。」[註39] 於是古文除幼受耆舊指引外，長遊四方，結交名士，求師求友甚勤，彼此交相討論，古文日進。康熙三十年（1691），年二十四，入京師，游太學，李光地見其文，歎曰：「韓、歐復出，北宋後無此作也。」長洲韓菼以文名海內，見其文，至欲自毀其稿。評方苞文曰：「廬陵無此深厚，南豐無此雄直，豈非昌黎後一人乎！」當是時，巨公貴人方以收召後學為務，天下士集京師，投謁無虛日。公卿爭相汲引，方苞非先焉不往，於是益見重諸公間。[註40] 方苞憶及與李光地始交，己勸李氏治古文時，李光地答曰：

> 吾于周易、洪範尚未入其藩，無暇及此。且子不聞市人之語乎？所出之財與物相當則曰值。禹八年于外，三過其門而不入，諸葛亮鞠躬盡瘁，死而後已，值也。嵇紹仕非其義，而以身殉；劉琨不度德，不量力，動乎險中，以陷其親，則不值矣。而況其每下者乎？夫治經，特適道之徑途耳。以吾子之性質，不思接程朱之武，而務與歐柳爭，不已末乎？[註41]

李光地以治經書為務，謂「治經，特適道之徑途」，反勸方苞治經明道，晚年自悔未聽其言云：「余爾時亦心知其然，而溺於所習，未能決去，以專從其大者。志分而力薄，終老無成。每念斯言，未嘗不隱自悼也。」[註42] 晚年痛悔之情，溢於言表。此時，萬季野年近六十，

〔註37〕同註35。
〔註38〕《方苞集》卷十〈沈編修墓誌銘〉，頁269。
〔註39〕《方苞集》卷十〈白玫玉墓誌銘〉，頁274。
〔註40〕同註8，頁869。
〔註41〕《方望溪遺集》贈序類〈辛酉送鍾勵暇南歸序〉，頁84。
〔註42〕同註41，此文作於乾隆六年辛酉（1741），方苞年七十四，距始識李

以修明史，延致京師，士之遊學京師者，爭相從問古儀法，月再三會，錄所聞共講肄。惟方苞不與，而萬季野獨降齒德與之交，每勸其一意經學，萬季野云：

> 子於古文，信有得矣。然願子勿溺也！唐、宋號爲文家者
> 八人：其於道粗有明者，韓愈氏而止耳；其餘則資學者以
> 愛玩而已，于世非果有益也。〔註43〕

萬氏乃承念台劉公之學，自少以明史自任，而兼辨古禮儀節，士之欲以學古自鳴及爲科舉之學者皆輳焉，旬講月會，從者數十百人。〔註44〕而獨勸方苞勿溺古文，鑽研經書以明道，人固以能得其一言爲榮，方苞豈有不虛心領教之理乎？於是自此輟古文之學而求經義，並〈與萬季野先生書〉云：

> 僕性資愚鈍，不篤於時，抱章句無用之學，倔強塵埃中，
> 是以言拙而眾疑，身屯而道塞。獨足下觀其文章，察其志
> 趣，以謂並世中，明道覺民之事將有賴焉。此古豪傑賢人
> 不敢以自任者，昧劣如某，力豈足以赴其所志邪？某於世
> 士所好聲華，棄猶泥滓，然辱足下之相推，則非唯自幸而
> 又加怵焉。蓋有道君子，重其人則責之倍嚴，使僕學不殖
> 而落，行不植而敲，足下將有不得於心者，此僕所以每誦
> 知己之言而忻與惕并也。〔註45〕

方苞受萬氏之器重下，表明又忻又惕之心境，感念萬氏之不棄推引，視爲知己，可見方苞潛心經學，力窮三禮，得自萬氏之勸勉也。故全祖望云：「公少而讀書，能見其大，及遊京師，吾鄉萬徵君季野最奇之，因告之曰：『勿讀爲益之書，勿爲無益之文。』公終身誦以爲名言，自是一意窮意。」〔註46〕徐斐然云：「望溪其亦幸而遇萬先生，得與毛齊于、閻百詩諸人，分道而揚鑣也；其亦不幸而遇萬先生，未

光地時，已有五十年矣。
〔註43〕《方苞集》卷十二〈萬季野墓表〉，頁332。
〔註44〕《方苞集》卷十二〈梅徵君墓表〉，頁335。
〔註45〕《方苞集》卷六〈與萬季野先生書〉，頁173。
〔註46〕全祖望《鮚埼亭集》卷十七〈前侍郎桐城方公神道碑銘〉，頁203。

能與韓蘇歐曾諸公，並駕而齊驅也。」〔註47〕錢基博云：「苞之經學，其塗轍實自萬氏啓之，先嘗問業斯大之弟斯同季野。斯大考辨古禮，頗多新說，所著書于《儀禮商》之外，有《學禮質疑》二卷，《周官辨非》二卷。學本淹通，用思尤銳，其合處往往發前人所未發，蓋方苞之所學所自昉云。」〔註48〕

同時，方苞之史學及古文標舉「義法」說，亦受萬氏之啓發，在京師，相互討論修史諸問題，方苞於〈明史無任丘李少師傳〉云：

> 康熙辛未，余始至京師。華亭王司農承修明史。四明萬季野館焉，每質余以所疑。〔註49〕

萬氏透過質疑問難，灌輸方苞史學觀念及作傳之法，當康熙三十五年（1696），方苞將南歸，萬氏又託以重任，言及作史傳之法，萬季野云：

> 吾老矣，子東西促促，吾身後之事豫以屬子，是吾之私也。抑猶有大者：史之難爲久矣，非事信而言文，其傳不顯。……子誠欲以古文爲事，則願一意於斯，就吾所述，約以義法，而經緯其文，他日書成，記其後曰：「此四明萬氏所草創也。」則吾死不恨矣。〔註50〕

萬氏屬之作身後傳誌之文，而其大者，授以共修明史，並願將費四十年心力收集之藏書，盡歸於方苞，然而方苞南歸踰年，萬氏竟客死，其史藁及群書遂不知所歸，其後方苞又經《南山集》之獄，所屬史事未獲從事。萬氏揭出史傳應求「事信而言文」，史料應「約之以義法」之言，對日後方苞以「義法」論文啓迪甚大，故方苞云：「萬先生眞古人，予所見前輩諄諄教人爲有用之學者，惟萬先生。」〔註51〕洵爲由衷之言也。

〔註47〕同註23。
〔註48〕錢基博《古籍舉要》卷八〈儀禮〉，頁51～52。文宗出版社，民國59年5月。
〔註49〕《方苞集》卷十八〈明史無任丘李少師傳〉，頁520。
〔註50〕同註43，頁333。
〔註51〕全祖望《鮚埼亭集》卷二十八〈萬貞文先生傳〉，頁354。

全祖望云:「予之受知于公,猶公之受知於萬、姜二先生也。」〔註52〕方苞除得自萬季野之啓迪外,又受知於姜西溟,幼時即傾慕姜氏之文名,自言「余爲童子,聞海內治古文者數人,而慈谿姜西溟其一焉。」〔註53〕至京師,姜氏見方苞之文,乃曰:「此人,吾輩當讓之出一頭地者也。」〔註54〕此語與歐陽脩讚賞蘇軾之文,異口同辭,〔註55〕可知備受姜氏之推崇,此後相聚論祈嚮、究古文,王兆符於〈望溪文集序〉云:

> 歲辛未,先君子與吾師及西溟姜先生同客京師,論行身祈嚮。西溟先生曰:「吾輩生元、明以後,孰是如千里平壤,拔起萬仞高峰者乎?」先君子曰:「經緯如諸葛武侯、李伯紀、王伯安,功業如郭汾陽、李西平、于忠肅,文章如蒙莊、司馬子長,庶幾似之。」吾師曰:「此天之所爲,非人所能自任也。學行繼程、朱之後,文章介韓、歐之間,孰是能仰而企者?」西溟曰:「斯言也其信!吾固知莊、馬之可慕,而心困力屈,終邈乎其不可即也。」〔註56〕

此段中「西溟」乃姜宸英,「先君子」即王兆符之父王源,「吾師」爲方苞,三人共論行身祈嚮,王源爲顏李信徒,重事功,舉諸葛亮、王守仁、郭子儀、于謙、莊子、司馬遷諸人,而方苞提出「學行繼程、朱之後,文章介韓、歐之間」爲師法,較王氏切實可行,深得姜氏贊同。康熙三十一年(1692),姜氏總其文攜持與方苞討論,姜氏云:

> 惟子知此。吾自度尚有不止於是者,以溺於科舉之學,東西奔迫,不能盡其才,今悔而無及也。〔註57〕

姜氏悔己溺於時文,未能專心致力於古文,似有以自身之體驗爲例,

〔註52〕同註46,頁204。
〔註53〕《方苞集集外文》卷六〈記姜西溟遺言〉,頁705。
〔註54〕同註8,頁870。
〔註55〕宋仁宗嘉祐二年(1057),蘇試年二十二,試禮部,主考歐陽脩擢置進士第二,後以《春秋》對策列第一,曰:「吾當避此人出一頭地。」事見宋史本傳。
〔註56〕《方苞集》附錄三各家序跋〈原集三序〉,王兆符撰,頁906~907。
〔註57〕同註53。

作爲方苞之惕勵，方苞言「時西溟長余以倍而又過焉，而交余若儕輩。」
〔註58〕又於康熙三十五年（1696），方苞年二十九，作《讀周官》文，
姜西溟見之，評曰：「余近四十，始遊諸經之樊，方子未三十，而所學
造此，讀之，眼明心開，已而汗下。」〔註59〕由此可知，方苞深受姜
氏之器重，折輩與之論古文，然方苞論文不喜班史、柳集，嘗條舉其
所短，而力詆之。〔註60〕嘗追憶論文之言云：「往者，姜西溟與予論古
文之學，至前明而衰，至本朝而復振。」〔註61〕又云：「西溟之治古文
也，其名不若同時數子之盛，而氣體之雅正實過之。」〔註62〕姜氏深
諳經史之學，爲文有根柢，全祖望云：「少工詩古文詞，其論文以爲周
秦之際，莫衰於左傳，而盛於國策，聞者駴而莫之信也，及見其所作，
洋洋灑灑，隨意出之，無不合於律度，始皆心折。」〔註63〕《四庫全
書總目提要》云：「其文宏肆雅健，往往有北宋人意。」〔註64〕故方苞
之古文嘗受姜氏之指正與評論也。

　　方苞又與李穆堂、何義門論古文，雖每以議論不合，有所爭，然
退而未嘗不交相許也。〔註65〕據全祖望〈翰林院編修贈學士長洲何公
墓碑銘〉云：

　　　　公與桐城方侍郎望谿論文不甚合，望谿最惡□□之文，而
　　　　公頗右之，謂自□□後更無人矣，蓋公少學於邵僧彌，僧
　　　　彌出自□□故也，望谿爭之力，然望谿有作，必問其友曰：
　　　　「義門見之否？如有言，乞以告我，義門能糾吾文之短者。」

〔註58〕同註53。
〔註59〕同註8，頁871。
〔註60〕同註46，頁204。
〔註61〕《方望溪遺集》序跋類〈半舫齋古文序〉，頁7，此文作於「癸丑歲」，
　　　　即雍正十一年（1733），方苞年六十六。
〔註62〕同註53，頁706。
〔註63〕全祖望《鮚埼亭集》卷十六〈翰林院編修湛園姜先生墓表〉，頁189。
〔註64〕紀昀《四庫全書總目提要》集部別集類二十六〈湛園集八卷〉，頁
　　　　3719。
〔註65〕同註46，頁204。

嗚呼！前輩直諒之風遠矣。〔註66〕

文中口口係指錢謙益，方苞〈汪武曹墓表〉曾云：「余初至京師，見時輩言古文，多稱虞山錢受之；嘗私語君：『其文穢惡藏於骨髓，一如其人；有或效之，終不可滌濯。』子師聞而規余，屺瞻爭之強，辯之數，惟君亦弗心愜也。既老，乃曰：『吾今而知子非過言。』」〔註67〕錢氏排詆李、王，其為文多肆意獨造，廣取後漢、三國、南北史、六朝人語，故有「班香范艷」之稱，〔註68〕與方苞論文講究義法，提倡雅潔之文風大相逕庭，故不滿錢氏之文，鄧文誠《清詩紀事初編》云：「謙益詩早年局度精整，滄海之後，善能造哀；文閎肆奇恣，經史百家，旁及佛乘，悉供驅使，是以一時推爲文宗，然其人奔競熱中，反復無端，方苞詆之曰：『其穢在骨。』不得謂苟。」〔註69〕而何焯「性多陵忽，平生唯服膺錢謙益，于汪琬、朱彝尊皆致訾議，謂之耳學，同時諸人，更不在其心目中。」〔註70〕故方苞與何氏觀點頗相左，且何氏「天性最耿介，取與尤廉，苟其胸中所不可，雖千金不屑，晨炊未具，不計也，每面斥人過。」〔註71〕然方苞頗喜其能糾己之短，〈讀管子自記後〉云：

> 余初至京師，見言古文者多稱錢牧齋。偶言其體偏雜，屺瞻曰：「牧齋後更無可者矣，并世諸公俱所深詆。」茲評蓋微詞也。屺瞻好面詰人過，朋游多苦之；而余獨喜聞其言，可用以檢身。因時置鄙言于宿松朱字綠所，使背面發其瑕疵。此篇乃字綠傳致者，其少可而多否，亦甚有益于著文者，故述而志之，以示如斯人正未可多得也。〔註72〕

〔註66〕全祖望《鮚埼亭集》卷十六〈翰林院編修贈學士長洲何公墓碑銘〉，頁 207。

〔註67〕《方苞集》卷十二〈汪武曹墓表〉，頁 347。

〔註68〕陸燦《匯刻列傳詩集小傳序》。

〔註69〕鄧之誠《清詩紀事初編》卷三〈錢謙益〉，頁 327，鼎文書局，民國 60 年 9 月。

〔註70〕同註69，卷三〈何焯〉，頁 351。

〔註71〕同註66，頁 205。

〔註72〕《方望溪遺集》序跋類〈讀管子自記後〉，頁 5。

由此更可想見方苞喜聞何氏之言，非但「用以檢身」，又「甚有益于著文者」，善哉斯言也，並謂「斯人正未可多得」，異於常人「譽乎己則以為喜，毀乎己則以為怒」〔註73〕之心態，正如方苞所言「譽乎己則懼焉，懼無其實而掠美也；毀乎己則幸焉，幸吾得知而改之也。」〔註74〕然而王應奎評二人之文云：「方望溪為文，間有創論，然過於痛快，便近李贄聲口；何義門看書，洵屬具眼，然過於細密，便近時文批評，兩先生在今日，固承學所當師法者也，而其弊卻亦不可不知。」〔註75〕無所偏袒，尚不失為持正之論也。

　　方苞在京師又與李穆堂往返論辯，李氏攻之尤力，據錢大昕〈跋方望溪文〉云：

> 望溪以古文自命，意不可一世，惟臨川李巨來輕之，望溪嘗攜所作曾祖墓銘示李，纔閱一行即還之，望溪恚曰：「某文竟不足一寓目乎？」曰：「然。」望溪益恚，請其說，李曰：「今縣以桐名者有五：桐鄉、桐廬、桐栢、桐梓，不獨桐城也，省桐城而曰桐，後世誰知為桐城者，此之不講，何以言文？」望溪默然者久之，然卒不肯改，其護前如此。
> 〔註76〕

錢氏舉李穆堂譏方苞作〈曾祖墓銘〉用字省桐之不當，今檢索《方苞集》未見此文，恐或已棄去，然李氏《穆堂別稿》中有〈書方靈皋曾祖墓銘後〉，〔註77〕可證此事不虛也，亦可見方苞為文請李氏質正，李慈銘辯駁云：「閱錢竹汀文集，……又跋望溪文集，舉李穆堂語，

〔註73〕《方苞集》卷十八〈通蔽〉，頁 518。
〔註74〕同註73。
〔註75〕王應奎《柳南續筆》卷三〈方何之弊〉，頁 227。新文豐出版公司叢書集成新編。
〔註76〕錢大昕《潛研堂文集》卷三十一〈跋方望溪文〉，頁 306，商務印書館四部叢刊初編集部。
〔註77〕李紱《穆堂別稿》卷三十九〈書方靈皋曾祖墓銘後〉，頁 10。按此文無緣目睹，今在台僅存《穆堂初稿》五十卷，道光十一年刻本，藏於中研院史語所圖書館及台大總圖各一部，惜皆不全，無從窺其全貌。

譏其作曾祖墓銘，省桐城而曰桐，謂縣以桐名者有五，此之不講，何以言文？……望溪之爲桐城人，天下知之，後此當亦無不知之，爲其曾祖銘墓而僅稱桐，自不能移之桐鄉、桐廬等處。況此一字出入，或偶爾失檢，豈遂可沒其全體耶？」〔註78〕此持之有故，言之有理也。〔註79〕錢氏又云：

> 李巨來與靈皋書言：「『太史公曰』四字，皆史記本文，非後人所加，亦非遷之尊其父，凡稱太史公曰，猶後世史書稱『史臣曰』爾。」此說是矣。〔註80〕

再舉李氏之言以譏方苞所論爲非，謂「太史公漢時官名，司馬談父子爲之，故史記自序云談爲太史公，又云卒三歲而遷爲太史公，報任安書亦自稱太史公，公非尊其父之稱，而方以爲稱太史公曰者皆褚少孫所加，秦本紀田單傳別出他說，此史家存疑之法，漢書亦閒有之，而方以爲後人所附綴。」〔註81〕今檢《方苞集》卷二〈又書太史公自序後〉一文，而李氏《穆堂初稿》卷四十三有〈與方靈皋論史記稱太史公書〉之文，二人確曾論辯此事，顧頡剛評方苞此文云：「此以《史記》中之『太史公』，專屬父談，凡以此名指遷者悉定爲褚少孫增竄，又以『著』與『作』分屬其父、子，亦不知究竟何如。惟《史記·自序》作『七年而太史公遭李陵之禍』，《漢書》錄其文爲『十年而遭李陵之禍』，無『太史公』字，似是一證。一作『七』，一作『十』，亦『七』易譌『十』之證。」〔註82〕此當以李氏所言爲是，然方苞對古

〔註78〕李慈銘《越縵堂讀書記》八〈文學〉〈潛研堂集〉，頁773。

〔註79〕地名省稱，或爲文人慣例，如戴名世《戴名世集》卷五〈送朱字綠序〉云：「有兩生攜手立江干，聞余言，前問曰：：『子得非桐縣人乎？』余曰：『是也。』一生曰：『桐有某秀才，子豈嘗識之。』蓋余姓名也。」頁134；又如卷十二〈子遺錄自序〉云：「名都大邑，所向皆破，而吾桐獨完，桐小縣，僅彈丸黑子。」頁309，其他尚有多處，皆省桐城爲桐，故方苞省其地名曰「桐」，原本無可厚非也。

〔註80〕錢大昕《潛研堂文集》卷三十三〈與友人書〉，頁328。

〔註81〕同註80，頁327。

〔註82〕顧頡剛《顧頡剛讀書筆記》第六卷〈方苞論《史記》中「太史公」專指司馬談，其指遷者爲後人竄亂〉條，頁4214，聯經出版社，民

書持存疑之態度，不可輕也。

除前列二事外，李氏又有與方苞論韓文、柳文、歐文書及附論評語各數十餘條，〔註83〕方苞皆能欣然接受，李氏曾云：

> 靈皋覆札云：所駁數條皆至當不易，服甚感甚，所望於益友正如是耳，地官呈教，祈破工必爲我發其疾病之伏藏者，極知無暇而不得不爲是懇懇，惟鑒之。蓋方君虛懷如此，眞古之學者也。〔註84〕

從上可見方苞虛心請教之一斑，無怪李氏誇其爲「眞古之學者」，誠非溢美之辭。方苞交友之道，「蓋以勸善規過爲先」，〔註85〕且謂「吾聞君子之爲學也，至於辨之明，思之審，以致於理之一，然後合於人心之不言而同然者。若夫朋友講習之初，必彼此互異，抵隙攻瑕，相薄相持，而後眞是出焉。」〔註86〕故能與李氏往復論辨，以致於理之一也。方苞對李氏之文，甚爲稱頌，〈李穆堂文集序〉云：

> 其後穆堂亦掛吏議，荷聖上敕除，典司別館編校，暇日過從，出其已刻散體文示余，則已數十萬言矣。又踰年，總其前後所作，別爲三集，各五十卷，而屬序其正集。其考辨之文，貫穿經史，而能決前人之所疑；章奏之文，則鑿然有當於實用；記、序、書、傳、狀、誌、表、誄，因事設辭，必有繫於義理，使覽者有所感興而考鏡焉。〔註87〕

國 79 年元月。

〔註83〕李紱《穆堂初稿》五十卷中之卷四十有三〈與方靈皋論周官析義書〉，頁 1；〈與方靈皋論史記稱太史公書〉，頁 4〈與方靈皋論學生代齋郎書〉，頁 6；〈與方靈皋論刪荊公虔州學記書〉，頁 8，《穆堂別稿》五十卷中之卷三十六〈與方靈皋論所評歐文書〉附論評語四十八條，頁 1；〈與方靈皋論所評柳文書〉附論評語四十九條，頁 16；卷三十七〈與方靈皋論所評韓文書〉附論評語八條，頁 1；〈與方靈皋論箋註韓文字句書〉附原道箋六十八條，頁 4；卷三十九〈書方靈皋曾祖墓銘後〉，頁 10。由篇目可知，論文皆於收《穆堂別稿》中，惜皆未見，無從作深入之探究。

〔註84〕李紱《穆堂初稿》卷四十三〈與方靈皋論周官析義書〉，頁 1。

〔註85〕《方苞集》卷六〈與翁止園書〉，頁 139。

〔註86〕《方苞集》卷四〈王巽功詩說序〉，頁 104。

〔註87〕《方苞集》卷四〈李穆堂文集序〉，頁 107。

李氏著述甚富，有三集，《穆堂類稿》五十卷、《續稿》五十卷、《別稿》五十卷，〔註88〕各體之文兼備，實為古文名家，請方苞序其文，既羨又愧，有感而發言，謂「穆堂自始進即得顯仕，出入中外，近二十年，任重而事殷，其於誦數講習，宜未暇遑，而竟能以文章振發於世，豈非其材有兼人者與？余終世未嘗一日離文墨，而智淺力分，其於諸經，雖粗見其樊，未有若古人之言而無棄者，而文章之境，亦心知而力弗能踐焉。觀穆堂所編，未嘗不躊躇滿志，而又以自疚也。」〔註89〕

　　然而與方苞往來最密切，相知最篤者，莫過於戴名世，故受戴氏影響最深，梁啟超云：「桐城派古文，固當祖歸光而禰方戴也。南山善治史，其史識史才皆絕倫。卒以作史蒙大戮，後輩懲焉，而諱其學。」〔註90〕戴鈞衡云：「國朝作者間出，海內翕然推為正宗，莫如吾鄉望溪方氏，而方氏生平極所嘆服者惟先生，先生與望溪生為同里，又自少志意相得，迨老不衰，其學力之淺深，文章之得失，知之深而信之篤者，莫如望溪，望溪推之，學者復何說也。」〔註91〕馬其昶亦云：「當康熙朝，吾縣方望溪侍郎以古文名天下，而同時同邑與之齊名最為侍郎所心折者，則戴先生名世也。」〔註92〕

　　方苞與戴名世生而同鄉，康熙三十年（1691），始識於京師，隨後彼此相慕相得，往復論文，方苞〈送宋潛虛南歸序〉云：

> 余性鄙鈍，每見時輩稠人廣坐中，工于笑貌語言，輒俯首
> 噎氣，及就二君子，證向古今，或風雨之夕，飲酒歌呼，

〔註88〕全祖望《鮚埼亭集》卷十七〈閣學臨川李公神道碑銘〉列有此三集，然今傳世者僅《初稿》及《別稿》二集，碑銘中尚列有《春秋一是》二十卷、《陸子學譜》二十卷、《朱子晚年全論》二十卷、《陽明學錄》若干卷、《八旗志書》若干卷，頁210。

〔註89〕同註87。

〔註90〕梁啟超〈近代學風之地理的分布〉，布23。

〔註91〕戴名世《戴名世集》附錄三版本序跋〈戴均衡編潛虛先生文集目錄敘〉，頁458。

〔註92〕同註91，馬其昶〈南山集序〉，頁462。

慷慨相屬，若不知身之賤貧羈旅轗軻而不合于時者。〔註93〕
在京師得與王源、戴名世論辨古今，慷慨相屬，而忘卻羈旅思鄉之苦，
因謂「京師，帝者之都，四海九州人士之所會 無用舟車僕賃之資，
水涉山驅之苦，而得以盡交天下之賢傑，此又其可樂者也。」〔註94〕
方苞對戴氏之才學與論文均甚爲嘆服與心折，於〈南山集序〉云：

> 余自有知識，所見聞當世之士，學成而並於古人者，無有
> 也。其才之可扳以進於古者，僅得數人，而莫先於褐夫。……
> 其載筆墨以遊四方，喜述舊聞，記山水之勝，而以傳誌序
> 說請者，亦時時應焉，故世復稱其古文，是集所載是也，
> 而亦非褐夫之文也。褐夫之文，蓋至今藏其胸中而未得一
> 出焉。〔註95〕

方苞亟稱戴氏之才，並謂世人所見非戴氏之文，其胸中之書尚未
出，而戴氏亦自言：「余生平之文甚多，然皆出於勉強，非其中
之好。」〔註96〕「胸中覺有百卷書，怪怪奇奇，滔滔汨汨，欲觸喉
而出。」〔註97〕方苞之言，洵知音也。戴氏亦將方苞引爲知己，嘗
云：

> 始余居鄉年少，冥心獨往，好爲妙遠不測之文，一時無知
> 者，而鄉人頗用是爲姍笑，居久之，方君靈皋與其兄百川
> 起金陵，與余遙相應和，蓋靈皋兄弟亦余鄉人而家於金陵
> 者也。〔註98〕

兩人相識即相親，時時面相質正，往復討論，雖然方苞於易、春秋訓詁
不依傍前人，輒時有獨得，而戴氏平居好言史法，〔註99〕爲便於常常過
從，互相師資，戴氏於是移家金陵，「荒江墟市，寂寞相對」，〔註100〕

〔註93〕《方望溪遺集》贈序類〈送宋潛虛南歸序〉，頁80～81。
〔註94〕同註93，頁80。
〔註95〕同註91，方苞〈南山集序〉，頁451。
〔註96〕戴名世《戴名世集》卷四〈自訂時文全集序〉，頁118。
〔註97〕戴名世《戴名世集》卷一〈與劉大山書〉，頁11。
〔註98〕戴名世《戴名世集》卷三〈方靈皋稿序〉，頁53。
〔註99〕同註98，頁54。
〔註100〕同註99。

故戴氏云：「余自從事於文章，舉世不以爲工，獨二方子環堵一室，相
與咨嗟吟誦。」〔註101〕方苞曾請戴氏爲其父作傳，〈書先君子家傳後〉
云：

> 此亡友宋潛虛作也。潛虛少時文，清雋朗暢：中歲，少廉
> 悍：晚而告余曰：「吾今而知優柔平中，文之盛也，惟有道
> 者幾此，吾心慕焉，而未能。」然世所見潛虛文，多率爾
> 應酬之作。其稱意者，每櫝而藏之，曰：「吾豈求知於並世
> 之人哉？度所言果不可棄，終無沈沒也。」是篇，其中歲
> 所作：自謂稱意，櫝而藏之者。〔註102〕

方苞此文作於戴氏亡後，不忘舊友之情，隱其姓名爲「宋潛虛」，又
懼其文名沉沒，特表而出之，足見知之最深，故爲文無不受其影響也。

戴氏論文主張立誠有物，於〈答趙少宰書〉云：

> 今夫立言之道莫著於易，家人之象曰：「君子以言有物而行
> 有恆。」夫有所爲而爲之之謂物；不得已而爲之之謂物；
> 近類而切事，發揮而旁通，其間天道具焉，人事備焉，物
> 理昭焉，夫是之謂物也。夫子之釋乾之九三也，曰：「修辭
> 立其誠，所以居業也。」惟立誠故有物，苟其不然，則雖
> 菁華爛熳之章，工麗可喜之作，中庸之所謂「不誠無物」
> 也，君子之所不取也。〔註103〕

此言爲文不論「有所爲而爲之」，或「不得已而爲之」，皆須「立誠」，
所作之文堪稱「言有物」，而此「物」又可概括天道、人事、物理，
則爲有益於世之文也。此精闢之論，爲方苞揭櫫「義法」說中「言有
物」之濫觴，故或言戴氏爲桐城派之先趨。戴鈞衡取方戴二人作較云：
「望溪生爲顯官，身後著作在天下，而先生摧折困抑，垂老搆禍以死，
著作脫軼，莫爲之收，而一二藏書家有其稿者，又秘弗敢出，四方學
者徒耳先生之名，求讀其書不可得。文章之遭際，幸不幸固如是耶！」

〔註101〕戴名世《戴名世集》卷三〈方百川稿序〉，頁51。
〔註102〕《方苞集集外文》卷四〈書先君子家傳後〉，頁633。
〔註103〕戴名世《戴名世集》卷一〈答趙少宰書〉，頁6～7。

〔註104〕頗爲戴氏抱屈，感慨良深。

方苞之文，非僅請師友指點評騭，亦由後輩指其瑕疵，以資改進，喬億《劍谿說詩》云：

> 方先生望溪嘗以〈讀邶鄘十一變風〉、〈讀王風〉二篇示座客，固屬摘疵，眾皆援左、國、秦、漢人爲讚說。億徐進曰：「先生此文，殊不近人，尚覺永叔、子瞻氣未穆也。」先生曰：「莫是疵否余於八家意主不似？」少間又曰：「與其後世有違言，不若當世有違言，尚可改正。」噫！先生古文，應半千之運，當今無輩，且性簡傲，而論文獨虛懷於晚進如此。〔註105〕

此二篇均存於《方苞集》卷一，可見方苞爲文不苟，不願「後世有違言」，而以此自瑕，且能不恥下問，擇取忠言，虛懷若谷，誠屬難得，故喬億又云：「竊聞望溪先生論文，務一字動搖不得。余服膺數十年，凡誦讀及搦管時，未嘗不字字經心，但恐不免疏脫耳。」〔註106〕

總之，方苞之古文，幼時承家學，受父兄之調教，耆舊之指引，長而遊學四方，求師求友，質正切劘，文益日進，王兆符云：「先生家居所爲文，劉古塘、張彝嘆、朱字綠、陳滄州諸前輩所論定十七八，在京師李厚菴、韓慕廬、徐蝶園、朱可亭、蔡聞之、萬季野、王崑繩、梅定九、姜西溟所論定十五六。」〔註107〕足見方苞能成就日後之文名，淵源有自也。

第二節　古文理論

方苞自幼稟承家學，長而遊學四方，尋師求友，往復討論古文之法；又因家貧奔走各地，開館授徒，數至其門，慕名請業者，凡三百

〔註104〕同註91，頁458～459。
〔註105〕喬億《劍谿說詩》卷下，收於郭紹虞輯《清詩話續編》，頁1108。
〔註106〕喬億《劍谿說詩》又編，收於郭紹虞輯《清詩話續編》，頁1129。
〔註107〕《望溪先生文偶抄》〈編次條例〉，王兆符、程鉴輯，抗希堂藏板，乾隆、嘉慶間刊本。

餘人。爲便於指授生徒爲文，乃揭橥「義法」，作初學入門之階；標舉「雅潔」，爲語言行文之則，故其古文理論散見於文集中，茲就其與友人往來諸書、序及讀書筆記歸納剖析於後。

一、義法說

　　方苞之古文理論以「義法」爲核心，乃對歷代古文創作經驗作概括之總結，此爲桐城派論文之基礎。向來文論家對「義法」解說不一，爲尋求其眞諦，理當取方苞之言論以證其說，在此就文集中所言而探索之。

1. 古文界定

　　方苞乃就古文而提出「義法」說，欲探求其眞諦，則應先釐清古文之義。首就古文之名而言，〈古文約選序例〉云：

> 太史公自序，「年十歲，誦古文」，周以前書皆是也。自魏、
> 晉以後，藻繪之文興。至唐韓氏起八代之衰，然後學者以
> 先秦盛漢辨理論事，質而不蕪者爲古文。蓋六經及孔子、
> 孟子之書之支流餘肄也。〔註108〕

此段包含三層意思，首言古文之名，謂周以前之書皆爲古文。蓋方是時，駢文尚未生，魏晉以後，藻繪文興，於是韓愈提倡古文運動，起八代之衰，以恢復先秦之文體。次言古文內容，古文乃能「辨理論事」、「質而不蕪」者，即爲有內容而不蕪雜之文體。末言古文根源，古文源自六經及孔孟之書，則古文與他文迥異，故「古文之傳，與詩賦異道」，「古文則本經術而依於事物之理」也。〔註109〕

　　所謂「古文」，原指在唐宋古文運動中發展、推廣之，與駢文對舉而言之散體文；而方苞所言，則又將其範圍擴大，〈贈淳安方文輈序〉云：

> 周時，人無不達於文，見於傳者，隸辛廝輿亦能雍容辭令。
> 蘇秦既遂，代、屬始脫市籍，馳說諸侯，而文辭之雄，後

〔註108〕《方苞集集外文》卷四〈古文約選序例〉，頁612。
〔註109〕《方苞集》卷六〈答申謙居書〉，頁164。

世之宿學不能逮也。蓋三代盛時，無人不知學，雖農工商
賈，其少也，固嘗與於塾師里門之教矣。至秀民之能爲士
者，則聚之庠序學校，授以詩書六藝，使究切於三才萬物
之理，而漸摩於師友者常數十年。故深者能自得其性命，
而飆流餘燄之發於文辭者，亦充實光輝，而非後世所能及
也。漢之文終武帝之世而衰，雖有能者，氣象蕭然。蓋周
人遺學，老師宿儒之所傳，至是而掃地盡矣。自是以降，
古文之學每數百年而一興，唐、宋所傳諸家是也。漢之東、
宋之南，其學者專爲訓詁，故義理明而文章則不能益勝焉，
而其尤衰，則在有明之世。蓋唐、宋之學者，雖逐於詩賦
論策之末，然所取尚博，故一旦去爲古文，而力猶可藉也。
明之世，一於五經、四子之書，其號則正矣，而人占一經，
自少而壯，英華果銳之氣，皆敝於時文，而後用其餘以涉
於古，則其不能自樹立也宜矣。〔註110〕

詳述歷代古文之興衰，謂周時，人無不達於文，至漢武帝之世而衰，
自是以降，古文之學每數百年而一興，唐宋所傳諸家是也，明之世，
一於五經四子之書，而人占一經，英華果銳之氣皆敝於時文，則古文
又衰矣。可見方苞所言之「古文」，其範圍包籠自周至清之一切散體
文，而古文之概念又與時文對舉。至於古文之極則，又云：

易、詩、書、春秋及四書，一字不可增減，文之極則也。

降而左傳、史記、韓文、雖長篇，句字可薙荄者甚少。

推許易、詩、書、秋春及四書，爲古文之極則，其次則爲左傳、史記
及韓文。故言「三傳、國語、國策、史記爲古文正宗。」〔註111〕皆
可作文章之法式。

然則，苟志於古文之要件爲何？方苞〈答申謙居書〉云：

僕聞諸父兄：藝術莫難於古文。自周以來，各自名家者，
僅十數人，則其艱可知矣。苟無其材，雖務學不可強而能
也；苟無其學，雖有材不能驟而達也；有其材，有其學，

〔註110〕《方苞集》卷七〈贈淳安方文輈序〉，頁190～191。
〔註111〕以上二則同註108，分見頁615～616；頁613。

　　而非其人，猶不能以有立焉。〔註112〕

此言爲古文必具人、材、學三要件。人者，指德行修養，蓋文者，生
於心而稱其質之大小厚薄以出者也。戔戔焉以文爲事，則質衰而文必
敝矣，故自周以前，學者未嘗以文爲事，而文極盛；自漢以後，學者
以文爲事，而文益衰。〔註113〕以是觀之，則苟志乎古文，必先定其
祈嚮，然後所學有以爲基，匪是，則勤而無所，故言「學非專且慤之
難，貴先定所祈嚮耳。」〔註114〕材者，天賦質材，非人力可強致也。
若捨學，則資材無由發揮，故稱申謙居「若足下資材既有可藉，而渭
占又極言內行之修，固所願見而重以此事相勖者也。」〔註115〕學者，
後天學識，力學所致，故言「古之謀道者，雖所得於天至厚，然其爲
學，必專且勤，久而後成；故子曰『發憤忘食』，其學易也，曰『假
我數年』」〔註116〕雖得天至厚，尚須豐富學識，方能得道成文。至於
學習古文應讀之書目，方苞〈古文約選序例〉云：

　　　　蓋古文所從來遠矣，六經、語、孟，其根源也。得其枝流
　　　　而義法最精者，莫如左傳、史記，然各自成書，具有首尾，
　　　　不可以分劚。其次公羊、穀梁傳、國語、國策，雖有篇法
　　　　可求，而皆通紀數百年之言與事，學者必覽其全，而後可
　　　　取精焉。惟兩漢書、疏及唐宋八大家之文，篇各一事，可
　　　　擇其尤，而所取必至約，然後義法之精可見。〔註117〕

又告沈廷芳語云：

　　　　老生所閱春秋三傳、管、荀、莊、騷、國語、國策、史記、
　　　　漢書、三國志、五代史、八家文，賢細觀，當得其概。〔註118〕

可見所列之書目涵蓋經、史、子、集，而所最推重者則爲左傳、史記。

〔註112〕同註109。
〔註113〕《方苞集集外文》卷四〈楊千木文稿序〉，頁608。
〔註114〕《方苞集》卷十七〈壬子七月示道希〉，頁488～489。
〔註115〕同註109，頁165。
〔註116〕《方苞集》卷六〈與萬季野先生書〉，頁174。
〔註117〕同註108，頁613。
〔註118〕徐斐然輯《國朝廿四家文鈔》卷二十三〈椒園文鈔，書方先生傳後〉，
　　　　頁4。

故近人何世權云:「綜觀桐城文家論讀書學文之法者,皆主博文而強識,敦品以積學。」〔註119〕此言不虛。

2. 義法溯源

「義法」一詞,首出於《墨子・非命》,〔註120〕其後見於史記,方苞從司馬遷《史記・十二諸侯年表序》中拈出「義法」二字,作爲其文論之核心。〈又書貨殖傳後〉云:

> 春秋之制義法,自太史公發之,而後深於文者亦具焉。義即易之所謂「言有物」也,法即易之所謂「言有序」也。義以爲經而法緯之,然後爲成體之文。〔註121〕

此段對「義法」概念作出總括,可分三層觀之:首揭「義法」概念之理論淵源,遠挑《春秋》、《易經》,近宗於《史記》;次言「義法」之具體內涵,包括「義」與「法」兩大要素,「義」指言有物,「法」指言有序,而兩者關係爲「義以爲經而法緯之」;末指「義法」爲一切成體之文寫作之規律。

方苞所揭櫫「義法」說,說遠溯春秋、易經,曾自述幼從父兄學經文,對易之體象,春秋之義例,先儒所已云者,皆粗能記憶;〔註122〕戴名世亦謂「靈皋於易、春秋訓詁不依傍前人,輒時有獨得」,〔註123〕故方苞對二書皆有探究。首究春秋而言,春秋相傳爲孔子據魯史舊聞加以筆削而成,方苞嘗與張彝歎共治春秋,〔註124〕手著有《春秋通

〔註119〕何世權〈清代桐城文派之文學理論〉,頁 105。華國第二期,民國47 年 9 月。

〔註120〕李漁叔註釋《墨子今註今譯》〈非命中第三十六〉子墨子言曰:「凡出言談,由文學之爲道也,則不可不先立義法。若言而無義,譬猶立朝夕於員鈞之上也;則雖有巧工,必不能得正焉。」頁 261,商務印書館,民國77 年 4 月六版。按墨子所言之「義法」,乃所謂「三表」,即中下篇作三法,審其辭,故與方苞之文論無涉。

〔註121〕《方苞集》卷二〈又書貨殖傳後〉,頁 58。

〔註122〕《方苞集》卷六〈與呂宗華書〉,頁 159。

〔註123〕戴名世《戴名世集》卷三〈方靈皋稿序〉,頁 54。

〔註124〕《方苞集集外文》卷五〈與顧震滄書〉云:「高淳張彝歎少與余共治春秋。」頁 670;又《四庫全書總目提要》張自超〈春秋宗朱辨

論》、《春秋直解》、《春秋比事目錄》及《春秋綱領》〔註125〕諸書，《四庫全書總目提要》述其《春秋通論四卷》云：「是編本孟子，其文則史，其義則某竊取之意，貫穿全經，按所屬之辭，合其所比之事，辯其孰爲舊文，孰爲筆削，分類排比，爲篇四十，每篇之內，又各以類從，凡分章九十有九。考筆削之跡，自古無徵。」又評云：「苞乃於二千餘載之後，據文臆斷，如其孰爲原書，孰爲聖筆，如親見尼山之操觚，此其說未足爲信，惟其掃公穀穿鑿之談，滌孫胡鍥薄之見，息心靜氣，以經求經，多有協於情理之平，則實非俗儒所可及，譬諸前脩，其吳澄之流亞歟。」〔註126〕述其《春秋比事目錄四卷》云：「苞既作春秋通論，恐學者三傳未熟，不能驟尋其端緒，乃取其事同而書法互異者，分類彙錄，凡八十有五類。」〔註127〕《續修四庫全書提要》述其《春秋直解十二卷》云：「治春秋以比事屬辭之法，著通論九十七章，更爲直解十二卷，意取平易正直。……凡此類以直而得之簡，儀親王序，謂聖人作春秋辨是非，以正王法，所以存三代之直道，至方子而後得其宗，評騭未免太過；門人程崟後序，謂墨子著書言多不辨，恐人之懷其文而忘其質也，是亦先生之志，其書於春秋微辭隱義，果能盡得其指意端緒與否，未可知，然其文則日光玉潔，義之安，說之貫，與夫屈摺經義，曲爲之說，而本義鬱闇而不彰者自殊，蓋仍以文辭耀明於世而已矣。」〔註128〕朱軾〈春秋通論跋〉云：「靈皋與張彝嘆友善，

　　　義十二卷〉云：「後方苞作春秋通論，多取材此書。」頁 586。

〔註125〕《抗希堂十六種》及四庫全書均收錄前三書，惟《春秋綱領》一書未見，然《方苞集集外文》卷六〈敘交〉云：「余經說公〈指朱軾〉手訂者過半，嘗序周官析疑、春秋綱領二書，以示聞之曰：『周情孔思，不圖二千餘年後，乃有如親受其傳指者。吾嘗謂望溪灼見大原，學皆濟于實用，其斯以爲根柢夫！』頁 690。足證方苞曾著有《春秋綱領》一書。

〔註126〕紀昀等《四庫全書總目提要》經部春秋類四〈春秋通論四卷〉，頁 587。

〔註127〕同註 126 經部春秋類存目二〈春秋比事目錄四卷〉，頁 632。

〔註128〕《續修四庫全書提要》經部春秋類經之屬〈春秋直解十二卷〉，楊鍾義撰，頁 730～731，商務印書館，民國 61 年 3 月初版。

彝嘆長于春秋，故靈皋學得正宗，其論桓王伐鄭，微近東萊博議氣息，而義頗可存；論魯初于周朝聘不行，或使微者行，其說甚是；莊僖頃惠王之崩不書，疑是闕文，而方謂非闕，此則當存參也；其于稱人、稱名謂初終詳略之異最確；于會盟諸條辨之尤晰；又謂公子翬等在隱公時不書，官非豫貶；論吳多殊會因事訖，實非有別義；論齊姜當為嫡；論王臣會盟征伐，前書名後稱子之故，皆確有所據，而文筆古勁，尤說經家所難，近人皆輕視靈皋，謂其學自宋入手，如此等書，豈可束而不讀耶？」〔註129〕足證方苞對春秋用力之深，時有獨到之見。故尹會一〈復望溪先生〉云：「某於經傳，愧無實功，春秋為甚，每一展卷，覺抵捂不相通處，輒廢然自失，今讀通論及比事目錄，乃悟筆削大旨，猶存魯史之舊，論語今亡闕文之嘆，正與此義相發，立言覺世，聖人不易矣。」〔註130〕

　　歷來治春秋者首重義例，方苞幼時對春秋之義例，已粗能記憶，又言「余方治春秋，辨正註家之紕繆，而自為義例。」〔註131〕可見其治春秋時，亦重義例。而論究義例最詳者以杜預〈春秋左傳序〉為最，其首言左傳義例三種，即「凡例五十」、「變例」及「非例」，並加以解析云：

> 為例之情有五：一曰微而顯，……二曰志而晦，……三曰婉而成章，……四曰盡而不汙，……五曰懲惡而勸善。……推此五體以尋經傳，觸類而長之，附于二百四十二年行事，王道之正，人倫之紀備矣。〔註132〕

試將此段與史記並觀，〈十二諸侯年表〉云：

> 孔子明王道，于七十餘君，莫能用。故西觀周室，論史記舊聞，興於魯而次春秋，上記隱，下至哀公之獲麟，約其

〔註129〕程晉芳《勉行堂文集》卷五〈春秋通論跋〉，頁9，嘉慶二十五年刻本。

〔註130〕尹會一《健餘先生尺牘》卷三〈復望溪先生〉，頁25。

〔註131〕《方苞集集外文》卷四〈喬紫淵詩序〉，頁612。

〔註132〕左丘明《左傳》杜預〈春秋序〉，頁13～14，嘉慶二十年江西南昌府學開雕，藝文印書館十三經注疏本。

文辭，治其繁重，以制義法。王道備，人事浹。〔註133〕

可見兩者有互通之處。前者「附于二百四十年行事」，即後者「上記隱，下至哀公之獲麟」；而「王道之正，人倫之紀備矣」，即由「王道備，人事浹」推衍而出。杜預所論之「凡例」、「義例」，似在解釋司馬遷之「義法」，故方苞言「春秋之制義法，自太史公發之」，且承其餘緒，用以論文。〈周官析疑序〉云：

> 凡義理必載於文字，惟春秋、周官，則文字所不載，而義理寓焉。蓋二書乃聖人一心所營度，故其條理精密如此。〔註134〕

可見條理精密乃春秋、周官之特點，而「文字所不載，而義理寓焉」，正指爲文須以簡潔之語言傳達義理，此亦爲方苞義法說之要點。又〈春秋通論序〉云：

> 春秋之義，則隱寓於文之所不載，或筆或削，或詳或略，或同或異，參互相抵，而義出於其間。所以考世變之流極，測聖心之裁制，具在於此，非通全經而論之，末由得其間也。〔註135〕

〈春秋直解〉亦云：

> 舊史所載事之煩細，及立文之不當者，孔子削而正之可也。其月、日、爵次、名氏、或略或詳，或同或異，策書既定，雖欲更之，其道無由，而乃用此爲襃貶乎？〔註136〕

由孔子書春秋以筆削、詳略、異同之法，探尋春秋之義，故云：「余之始爲是學也，求之傳注，而樊然殽亂；按之經文，而參互相抵；蓋心殫力屈，幾廢者屢焉。及其久也，然後知經文參互，及眾說殽亂而不安者，筆削之精義每出於其間。」〔註137〕可知方苞精研春秋，從中悟出春秋行文之法，作爲義法之論點，其爲文注重虛實詳略及語言雅潔，

〔註133〕司馬遷《史記》卷十四〈十二諸侯年表第二〉，頁509，鼎文書局，民國73年元月六版。

〔註134〕《方苞集》卷四，〈周官析疑序〉，頁82。

〔註135〕《方苞集》卷四，〈春秋通論序〉，頁84。

〔註136〕《方苞集》卷四，〈春秋直解序〉，頁85。

〔註137〕同註136。

皆可由春秋得其根源，甚至有直承春秋之書法作爲行文之義法者，如
《左傳義法舉要・邲之戰》云：「十有二年春，楚子圍鄭，旬有七日。
鄭人卜行成，不吉；卜臨于大宮，且巷出車，吉。國人大臨，守陴者
皆哭。楚子退師，鄭人修城，進復圍之。」此段之下，方苞評云：

> 論敘事常法，出車大臨乃被圍，常事本不必書而特書者，
> 與能信用其民，義相發也。春秋之法，書入則不復書圍。
> 退師修城，乃復圍以前之事，亦不宜書而特書者，見楚子
> 行師，進退有禮，與篇末論武有七德，義相發也。〔註138〕

其中以春秋、左傳繁簡詳略互用之書法論之，似在發揮春秋之義例，
亦爲其義法之所在，故義法說之遠源可追溯至春秋。

次就易經而言，方苞借助易經爲其義法之張本，言「義即易之所
謂言有物也；法即易之所謂言有序也」，又於〈書歸震川文集後〉云：

> 孔子於艮五爻辭，釋之曰：「言有序。」家人之象，系之曰：
> 「言有物。」凡文之愈久而傳，未有越此者。〔註139〕

可知義法內涵直承易經而來。方苞嘗作《讀易偶筆》，惜其書已佚，
今僅存一則而已。〔註140〕嘗自敘學易之過程，〈答程起生書〉云：

> 余成童爲科舉之學，即治周易，自漢、唐至元、明，言理、
> 言象數之書，未有不經於目者。就其近正者，不過據聖人所
> 繫之辭，隨文解意，而謂其理如是，其取象如是。至所以取
> 是象，繫是辭，確乎能見其根源者，百不一二得焉。故學之
> 幾二十年，於前儒所已言，一一皆能記憶，而反之於心，則
> 槪乎未有所明。乃舍是而治春秋、周官。以春秋比事屬辭，
> 五官各有倫序，可依類以求，而互相證也。〔註141〕

〔註138〕《左傳義法舉要》〈邲之戰〉，頁16。

〔註139〕《方苞集》卷五，〈書歸震川文集後〉，頁117。

〔註140〕《方苞集集外文補遺》卷二〈讀書筆記〉〈易〉僅存一則，其下戴
　　　　鈞衡注云：「此條，單本標題讀易偶筆。先生是書已佚，蓋說易之
　　　　僅存者耳。」頁838，又劉聲木《桐城文學撰述考》卷一《方苞撰
　　　　述》列有《讀易偶筆》一書，頁396。皆足證方苞曾作《讀易偶筆》
　　　　一書。

〔註141〕《方苞集》卷六，〈答程起生書〉，頁166～167。

在諸經中學易最早且久，幾近二十年，前儒所已言，皆能寓目記誦，然而反求諸心，尚有未明，於是舍而治春秋、周官，期能相互發明。蓋謂「近世治經者有二患：或未嘗一涉諸經之樊，前儒之說罕經於目，而自作主張以爲心得，不知皆膚學舊說，前賢已辨而絀之矣。或摭拾陳言，少變其辭氣而漫無所發明。」〔註 142〕二者皆爲其所不取，故知其讀書治經，好學深思若此。其後與李光地論易，至乾坤之二爻，歸妹之初九、六五，始灼見聖人繫辭取象之本義，確乎其不可易，而於朱子所疑於渙之六四，亦若微有得焉。又云：

> 卦自否來，下三陰爲小人之朋。六上居四而成渙，則小人
> 之群散矣。當否之時，國疵民病，蘊積如丘山。一旦小人
> 之群散，則凡此者，皆渙然冰釋，其功效非尋常思議所及
> 也。故諸爻惟此爲大吉，正象傳所謂剛來而不窮，柔得位
> 乎外而上同也。故四爲渙主爻。〔註 143〕

此乃方苞深究易經獨到之見。乃知卦爻之辭，皆有確乎不可易者，特後儒之心弗能貫徹焉耳。且云：「昔余以易叩文貞，輒有以開余，而余不能開於文貞。文貞以春秋、周官叩余，亦時有以開文貞，而文貞之開余者則少。」〔註 144〕此誠如韓愈所言「聞道有先後，術業有專攻」也，方苞能取人之長，補己之短若是，故當李光地《周易通論》初成，屬其作序，自忖于易槪乎未有所明，覺虛爲讚美之言，無質榦可附以立也，〔註 145〕而未允諾。又方苞曾費三十年精神用於崑山宋元經解，首詩書、次易、次春秋，皆畢於辛卯之秋，然而南歸後，程廷祚晨夕相見，以易學相質，程氏〈上方望溪先生論易學書〉中言己蒙示以治易未得其要，並縷陳易之可疑者六，以俟教誨。並〈再上望溪先生〉云：「今先生嘉惠後學，欲集群書之大成，如不獲已，亦惟以降格之法從事焉，平生所已訂正之大全經解，及他書可供採擇者，

〔註 142〕《方苞集集外文》卷五，〈與顧震滄書〉，頁 669～670。
〔註 143〕同註 141，頁 167。
〔註 144〕同註 143。
〔註 145〕同註 142，頁 670。

伏冀悉送廷祚處，即可逐卦次第爲之，不必於本書更費丹黃也，至六條修書之例，于今恐亦不能盡用，月半間廷祚來城南過寺，面請教益可也。」〔註146〕程氏以《周易要論》相質數年，而未敢爲序，允以「若天假余年而於易終有所明，當爲足下序之。」〔註147〕爾後，程氏曾與方苞之次子道興討論周易，〈與方行之〉云：「往時尊公老伯命弟纂集周易舊說，授以六條，并頒給所藏書數種，弟依今本編纂六十四卦已畢，老伯取閱，尋令錄一副本，益重之也。」〔註148〕足證方苞深究周易有得，並能提攜後進也。於是方苞取易經之家人卦象辭「言有物」，及艮卦爻辭「言有序」以釋義法之內涵，故可謂義法說遠溯易經也。

　　方苞之義法說，源於經，而成於史。言「繼春秋創史法，囊括載籍，爲世所宗，莫如太史公。」〔註149〕於是由《史記・十二諸侯年表序》中，拈出「義法」二字，作爲文章法度之標準。再就史記而言，史記爲記傳體史書，有豐富之思想內容，高度之語言藝術，善於描寫人物，被尊爲「史家之絕唱，無韻之離騷」，〔註150〕在文學上評價極高。方苞之祖有舊板史記，幼常與兄潛觀之，對史記之得，多由兄百川發其端緒，長遊京師，得以明史自任之萬季野傳授史法，復效歸有光沉酣於史記，著有《史記評點》四卷，專論文章氣脈，無尚考據，〔註151〕以文字之說，發明其指趣，乃稍有涂轍可尋，〔註152〕此評開

〔註146〕二文分見於程廷祚《青溪文集》，首見《續篇》卷六，頁1；次見《文集》卷十二，頁2。道光十八年刊本，金陵叢書乙集本。

〔註147〕同註143。

〔註148〕程廷祚《青溪文集》卷十二〈與方行之〉庚辰十月，頁6；又《續編》卷八〈與方行之〉，頁7，兩篇皆討論易經，引文錄自《續編》者。

〔註149〕《方苞集》卷一〈成王立在襁褓之中辨〉，頁32。

〔註150〕劉大杰《中國文學發展史》，頁182，華正書局，民國66年5月。

〔註151〕林紓《畏廬續集》〈桐城吳先生點勘史記讀本序〉，頁9。文津出版社，民國67年7月。

〔註152〕賀濤《賀先生文集》卷四〈吳先生點勘史記序〉，頁394，民國3年7月刊於京師。

發尤多，後學可由悟作史爲文之義法；別有《史記注補正》一卷，以史記文中句法有不甚可解，而裴駰集解、司馬貞索隱、張守節正義俱未發明，或發明而失其指者，所在有多，因撮舉其文，重爲之注以補正之，凡三百四十餘條，〔註153〕亦足備讀史者之一助耳。且於文集中，方苞分析史記義法之文，竟達二十二篇之多。〔註154〕可見方苞精於史法，惜未被清廷召攬與修明史，姚石甫〈望溪端硯歌〉云：「望谿舊硯端谿石，紫光潤膩方徑尺。中有微凹漬墨痕，想見淋漓濡大筆，國朝文章公最殊，驂騑似並歐陽驪。聖皇知遇亦已極，爲公特免全族誅。白衣猶與承明直，世廟時容參密勿。伉直不顧權貴驚，聲名況已傾同列。有文如公不修史，當時相國原同里。竟遺班固識崔瑗，太息鄂相臨川李。摩挲公物如見公，文章憎命千秋同。我正含毫得此硯，會看吐氣如長虹。」〔註155〕歎其徒有文名，未參與修史而抱屈，然則失之東隅，未嘗不收之桑榆，正可用力於史記，專致於義法之探索，而有「春秋之制義法，自太史公發之」之創言，故蕭穆〈跋方望溪先生所傳錄歸震川史記標錄〉云：「知望溪先生生平圈識其所著諸經及其文集提綱揭要，大抵皆祖震川先生標錄史記簡明之本，……宜望溪先生特爲錄存，畢生著作均取法於此。」〔註156〕

　　總之，方苞畢生好學不倦，沉緬經史，遠紹春秋、易經，近宗史記，揭示「義法」說，故唐尙節〈古文講授談〉云：「近世古文，自方望溪始講義法，而此二字出于太史公十二諸侯年表序，此篇說春秋，實即說史記也。春秋之刺、譏、褒、諱，挹、損，不可以書見，故制義法，約其文辭，治其繁重，口授其傳指于七十子之徒，而史記

〔註153〕安徽通志館編纂《安徽通志稿》正史類卷一〈史記注補正一卷〉，頁9484，成文出版社，民國74年3月台一版。
〔註154〕見於《方苞集》卷二〈讀子史〉，頁38～60。
〔註155〕楊鍾羲《雪橋詩話》卷十一，頁1412～1413，鼎文書局，民國60年3月初版。
〔註156〕蕭穆《敬孚類稿》卷五〈跋方望溪先生所傳錄歸震川史記標錄〉，頁210，文海出版社。

之忌諱尤甚，忌諱甚而又不能不有所刺譏，刺譏不可以書見也，故義愈微而詞常隱，自後人不明此旨，而淮陰、淮南諸人遂眞同叛逆矣。他若語襃而意譏，責備而心痛其人者，更微妙而難識。太史公蓋預傷之，故說春秋以寓史記義法也。」〔註 157〕觀此，可作爲義法溯源之最佳詮釋矣。

3. 義與法之內涵

方苞於〈又書貨殖傳後〉言「義即易之所謂言有物，法即易之所謂言有序」，揭示義與法之內涵，其後姚永樸在《文學研究法・綱領》云：

> 易家人卦大象曰：「言有物」，艮六五又曰：「言有序」；物即義也，序即法也。書畢命曰：「辭尚體要」，要即義也，體即法也。詩正月篇曰：「有倫有脊。」脊即義也，倫即法也。禮記表記曰：「情欲信，辭欲巧」，信即義也，巧即法也。左氏襄公二十五年傳曰：「言以足志，文以足信」，志即義也，文即法也。〔註 158〕

其分析義法二字之淵源與本義，可作爲方苞義與法內涵之詮釋，姚氏進而又言「所謂義者，有歸宿之謂；所謂法者，有起有結，有呼有應，有提掇，有過脈，有頓挫，有鈎勒之謂。」〔註 159〕此就文章結構言之，簡潔明晰，深透其內涵。

在此首就「義」而言，擷取周易家人卦大象之「言有物」爲「義」之內涵，則義指文章之內容而言，嘗言「古文本經術而依於事物之理，非中有所得，不可以爲僞。」〔註 160〕又言「古之所謂學者，將明諸心以盡在物之理而濟世用，無濟于用者則不學也。」〔註 161〕其強調

〔註 157〕引自姚永樸《文學研究法》，頁 22～23，黃山書社，1989 年 12 月第一版。
〔註 158〕同註 157，頁 23。
〔註 159〕同註 157，頁 184。
〔註 160〕同註 109。
〔註 161〕《方苞集集外文》卷四，〈傳信錄序〉，頁 603。

事物之理，則文章包括各類文，〈楊千木文稿序〉云：

> 古之聖賢，德修於身，功被於萬物；故史臣記其事，學者傳
> 其言，而奉以為經，與天地同流。其下如左丘明、司馬遷、
> 班固，志欲通古今之變，存一王之法，故紀事之文傳。荀卿、
> 董傳，守孤學以待來者，故道古之文傳。管夷吾、賈誼，達
> 於世務，故論事之文傳。凡此皆言有物者也。〔註162〕

可知包括史體之「紀事之文」、論學之「道古之文」、談世務之「論事
之文」，即今所謂史傳散文、學術散文及政論散文，而其內容以紀行
誼、闡學理、論政治為主，故皆為「言有物」也。足見「義」包括客
觀事物與社會生活，內容十分廣闊，故言「至於質實而言有物，則必
智識之高明，見聞之廣博，胸期之闊大，實有見於義理，而後能庶幾
焉。」〔註163〕換言之，必具明睿之觀察力，豐富之生活經驗，開闊
之胸襟，方能言之有物也。據此言「昔歸震川嘗自恨足跡不出里閈，
所見聞無奇節偉行可紀。」〔註164〕而指出歸有光之文，「鄉曲應酬者
十六七，而又徇請者之意，襲常綴瑣，雖欲大遠於俗言，其道無由。
其發於親舊及人微而語無忌者，蓋多近古之文。至事關天屬，其尤善
者，不俟修飾，而情辭并得，使覽者惻然有隱，其氣韻蓋得之子長。」
批評歸文中應酬無聊之作，篇幅太多，雖力求語言拔俗，仍不免庸膚，
但肯定其抒發親友情感，及記述微小人物事跡，真切自然，語無拘牽，
具有感染力，能承司馬遷行文之精神風貌，故曰：「震川之文於所謂
有序者，蓋庶幾矣，而有物者，則寡焉」。〔註165〕且稱讚「周末諸子，
雖學有醇駁，而言皆有物，漢、唐以降，無若其義蘊之充實者。宋儒
之書，義理則備矣，抑不若四子之旨遠而辭文，豈氣數使然邪？抑浸
潤於先王之教澤者，源遠而流長有不可強也。」〔註166〕

〔註162〕《方苞集集外文》卷四，〈楊千木文稿序〉，頁608。
〔註163〕《方苞集集外文》卷八，〈禮闈示貢士〉，頁776。
〔註164〕《方苞集》卷六〈與孫以寧書〉，頁136。
〔註165〕同註139。
〔註166〕《方苞集》卷二〈書刪定荀子後〉，頁37。

　　義法遠源於春秋，而「凡諸經之義可依文以求，而春秋之義，則隱於文之所不載」，〔註167〕寓諷論褒貶於其中，此爲春秋筆法，而史記最得春秋之義法，〈書史記十表後〉云：

　　　　十篇之序，義並嚴密，而辭微約，覽者或不能遽得其條貫，
　　　　而義法之精變，必於是乎求之，始的然其有準焉。〔註168〕

據此，義又包括論斷與寓意，用「微約」之辭表達，並非一覽即可「遽得」，有待於思索與領會。故在〈書封禪書後〉謂「是書所譏武帝事，義皆顯著，獨雜引古事，則意各有指。」蓋暗譏武帝之封禪並非「功至德洽，而告成於天」，而「以是爲合不死之名，接僊人蓬萊士之術」也，「故其發端即曰：『自古受命帝王，曷嘗不封禪？』蓋謂非以是致怪物與神通耳」，〔註169〕此即暗寓對漢武帝之批評，故方苞稱讚「是書義意尤隱深」，「此子長之微指」〔註170〕也。含蓄委婉，旨深義隱，有其言外之意，弦外之音，預留思考餘地，用此評柳宗元〈辨文子〉一文云：「意致妙遠，在筆墨之外。」〔註171〕又如〈書樂書序後〉云：

　　　　夫平準著天變人禍，皆由興利之臣，故以「烹弘羊乃兩」
　　　　終：而此書痛弘以讒佞陷其君，故以虞氏之君臣相敕始。
　　　　是二書之義法也，而少孫未之或知耶？〔註172〕

則可見義又包括褒貶美刺，即褒貶美刺爲義之主要內涵，無論以明暗、開門見山，旁敲側擊書之，皆可歸之。

　　然則，爲文「必發人所未見之義，然後其文傳，而傳之顯晦，又視其落筆時精神機趣」，〔註173〕此「義」不可因襲古人，應絕依

〔註167〕同註135。
〔註168〕《方苞集》卷二〈書史記十表後〉，頁49。
〔註169〕《方苞集》卷二〈書封禪書後〉，頁46～47。
〔註170〕《方苞集》卷二〈又書封禪書後〉，頁47～48。
〔註171〕姚鼐《古文辭類纂》卷七〈柳子厚辨文子〉，頁242。
〔註172〕《方苞集》卷二〈書樂書序後〉，頁43。
〔註173〕《古文約選》曾鞏〈寄歐陽舍人書〉，頁941，中華書局，民國58年3月台一版。

傍，要求創新，則文方能流傳後世，反之，若一味模擬、毫無創意，
此文則無價值。故方苞稱曾鞏〈寄歐陽舍人書〉謂「此文蓋兼得之。」
〔註174〕再以韓歐之文爲例，言「古之能於文事者，必絕依傍。韓子
〈贈浮屠文暢序〉以儒者之道開之；〈贈高閑上人序〉以草書起義，
而亦微寓鍼石之意。若更襲之，覽者惟恐臥矣。故歐公別出義意，
而以交情離合纏絡其間，所謂各據其勝地也。」〔註175〕可見韓歐爲
文之卓越處，乃在於能「別出新意」、「各據勝地」。而評柳宗元〈館
驛使壁記〉文「意義了不異人，以字句倣三禮、內外傳，遂覺古光
照人。李習之論文造言與創意並重，有以哉。」又〈永州新堂記〉
云：「篇末比擬語，在子厚偶一爲之尚不覺，更效之則成俗套矣。」
〔註176〕故「義」貴於創新，絕傍古人，別出心裁。

　　再就「法」而言，採自周易艮卦五爻爻辭之「言有序」爲「法」
之內涵，則法指文章之形式、技巧而言。方苞嘗言「紀事之文，所以
左、史稱最也。」〔註177〕又〈書五代史安重誨傳後〉云：

　　記事之文，惟左傳、史記各有義法，一篇之中，脈相灌輸，
　　而不可增損。然其前後相應，或隱或顯，或偏或全，變化
　　隨宜，不主一道。〔註178〕

在此指出爲文之法爲脈相灌輸，前後相應，或隱或顯，或偏或全，其
法以左、史最爲清晰，故云：「凡敘事之文，義法未有外於左、史者。」
〔註179〕故常透過《左傳義法舉要》及《史記評語》之評點，取具體
作品爲例，作深入淺出之解析，以示初學者作史爲文之法。

　　「法」之內涵，包括文章之章法、脈絡、虛實、詳略、措注等具
體之剪裁、結構問題。就章法言，謂「古文章法，一義相貫，不得參雜，

〔註174〕同註173。
〔註175〕《古文約選》歐陽修〈釋秘演詩集序〉，頁538。
〔註176〕《古文約選》柳宗元〈館驛使壁記〉，頁 438；〈永州新堂記〉，頁
　　　　440。
〔註177〕《方苞集》卷二〈書淮陰侯列傳後〉，頁 56～57。
〔註178〕《方苞集》卷二〈書五代史安重誨傳後〉，頁 64。
〔註179〕《古文約選》曾鞏〈序越州鑑湖圖〉，頁 987。

惟書疏之體，主於指事達情，有分陳數事，而各不相蒙者」，〔註180〕故
注重文章之章法安排，〈答鍾勵暇書〉云：

> 爲我告海寧，其尊人外碑作于其長御史時，通篇以劉念臺
> 先生爲章法，不可入居政府事。不惟左、馬、退之長篇不
> 可增減，即歐王敘事文浮冗處不芟，而旁說則不可增，以
> 有章法故也。〔註181〕

方苞曾受海寧陳世倌之請，爲其尊人陳詵作外碑，在〈禮部尚書陳公
神道碑〉云：「公之本生父獨承學於念臺劉公。劉公沒，黃宗羲梨洲
傳師說以教浙東西，而公復從梨洲游。」又云：「世倌爲御史大夫，
其規模略與念臺劉公相類。乃竊歎公之教型於家，而劉公之風，能
使異世聞而興起也夫！比俗之人，以講學爲詬病久矣；故爲譜其世
家，並傳再世師友淵源之漸，俾學者無惑於俗言而識所祈嚮，是亦
公之志也夫！」〔註182〕故言「通篇以劉念臺先生爲章法，不可入居
政府事。」

　　由於章法在「法」之範圍內，試看《史記評語》中亦著重於章法
之探討，如評〈高祖本紀〉謂「因寧昌使秦未還，而側入章邯之降，
因邯之降，而追敘羽之救趙破秦。然後以趙高來約、遙承秦使未來，
以襲攻武關，遙承攻胡陽，降析、酈」，因而稱其「參差斷續，橫從
如意，章法頗似左傳邲與鄢陵之戰。」又評《晉世家》云：「通篇以
世數、年紀爲章法。」評〈管晏列傳〉言晏子之事，與管仲同爲人所
共知，而總論其爲人與管仲異，稱「此章法之變化也」。評〈樂毅列
傳〉稱「樂氏多賢，故詳其前後世繫，因以爲章法」。又〈袁盎鼂錯
列傳〉謂「盎忌刻，錯刻深，而鄧公持議平，故得善終，因以爲章法」。
評〈魏其武安侯列傳〉云：「章法蔽遏，俾覽者心怡目眩，而不知其
所以然，所謂工倕旋而蓋規矩也」。〔註183〕以上皆能揭示史記對章法

〔註180〕《古文約選》匡衡〈法祖治性正家疏〉，頁177。
〔註181〕《方望溪遺集》書牘類〈答鍾勵暇書〉，頁67。
〔註182〕《方苞集》卷十三〈禮部尚書陳公神道碑〉，頁395～396。
〔註183〕《方苞集集外文補遺》卷二〈史記評語〉，頁850、852、854、855、

之安排與變化之方。又稱韓愈〈張中丞傳後敘〉云：「截然五段，不用鉤連，而神氣流注，章法渾成，惟退之有此。」評歐陽修〈唐書五行志論〉云：「歐公志考論皆持之有故，言之成理，其章法氣韻，乃自史記八書諸表序論變化而出之。」又讚〈石曼卿墓表〉云：「章法極變化，語亦不蔓」。〔註184〕皆爲著重章法之明證也。

次就脈絡言，程崟〈記受左傳六篇傳旨始末〉云：

> 明於四戰之脈絡，則凡首尾開闔，虛實詳略、順逆斷續之義法，更無越此者矣；觀於宋之盟，而紛賾細瑣，包括貫穿之義法，更無越此者矣；觀於無知之亂，而行空絕跡諸法之奇變，爲漢以後文家所不能窺尋者具見矣。〔註185〕

在此講究文章之脈絡，運用「首尾開闔、虛實詳略、順逆斷續」，「紛賾細瑣、包括貫穿」，「行空絕跡」筆法，使文章能條理連貫，脈絡清楚，一目了然，而爲成體之文，故言「紀事之成體者，莫如左氏。」〔註186〕方苞在《左傳義法舉要》中，列舉左傳之著名戰役，如韓之戰、城濮之戰、邲之戰、鄢陵之戰及宋之盟等，分析其行文之法，如〈韓之戰〉中「秦伯伐晉」後評曰：「備舉晉侯失德而東，以故秦伯伐晉，通篇脈絡，皆總會於此。」又如〈城濮之戰〉，此乃晉、楚之間之戰役，晉敗楚後，于衡雍之踐土作王宮，晉人便在王宮向周王行獻俘禮，周王謀勞晉侯，並主持諸侯間之會盟。方苞稱讚其行文曰：「左氏敘事之法，在古無兩，宜於此等求之。蓋晉之告勝，王之謀勞晉侯，及晉聞王之出而留諸侯以爲會盟，就中情事，若一一序入，則不勝其繁，而篇法懈散。惟於還至衡雍，先序王宮之作，則王至踐土，晉獻楚俘，可以順承直下，斬去一切枝蔓，而情事顯

857、858。
〔註184〕分見《古文約選》，頁250、516；姚鼐《古文辭類纂》，卷四十五，頁1160。
〔註185〕《左傳義法舉要》程崟序〈記受左傳六篇傳指始末〉，頁2，清康熙至乾隆間抗希堂刊本。
〔註186〕同註121，頁59。

然，所謂神施而鬼設也。」進而議論「唐宋諸家之文，終篇一義相
貫，譬如萬派同源，百枝共本。不如此，則氣脈斷隔，而篇法爲之
裂矣。」讚許「太史公禮書序，首尾以二義分承，篇法之奇，唐以
後無之」，而「此篇以德禮勤民三義相貫，間見層出，融洽無間，又
漢以後所未有也」。足見行文主張刪除枝蔓，突顯主線，脈絡清楚，
故古文之法，乃首尾一線，脈絡灌輸，如「公羊、穀梁及國語、國
策皆篇各一事，而脈絡具焉」，而「左傳則分年以紀事，而義貫於全
經」。〔註187〕

　　除左傳外，在〈史記評語〉中亦作如是觀，如在〈項羽本紀〉：「當
是之時，趙歇爲王。」下評曰：「高祖紀獨舉趙歇，而不及張、陳，
則羽紀之詳以標前後脈絡明矣。」又評〈屈原賈生列傳〉云：「惜諸
人不能直諫，而繫以楚之削與滅，通篇脈絡皆相灌輸。」再如「司馬
相如列傳」，一反史紀他傳中所載賦、頌、書、疏甚略之慣例，將其
重要作品如〈子虛賦〉、〈上林賦〉、〈大人賦〉、〈哀秦二世賦〉、〈喩巴
蜀檄〉、〈難蜀父老〉等全文收錄，不畏行文「氣體爲所滯壅」，蓋「長
卿事跡無可稱」，故方苞評曰：「獨編其文以爲傳，而各標著文之由，
兼發明其指意以爲脈絡。匪是，則散漫而無統紀矣。」又稱〈大宛列
傳〉「特書『自博望侯死後』與篇首相應，然後首尾脈絡，併相貫注」。
〔註188〕

　　再舉方苞自身爲文之法爲例，亦著重全篇之脈絡，〈與友人〉云：
　　　　賢尊宗伯公神道碑，以劉念臺先生之學爲質幹，通篇脈絡
　　　　繫焉，如闌入御史大夫以後事，則爲駢枝。先生大孝尊親，
　　　　合于孔子、曾子所云，則外此不足增重矣。〔註189〕
此書下注「陳相國秉之名世倌」，知此乃作〈禮部尙書陳公神道碑〉

〔註187〕分見《左傳義法舉要》〈韓之戰〉，頁 3；〈城濮之戰〉，頁 12～14；
　　　　〈邲之戰〉，頁 26。
〔註188〕分見《方苞集集外文補遺》卷二〈史記評語〉，頁 850、856、859、
　　　　862。
〔註189〕《方望溪遺集》書牘類〈與友人〉，頁 52。

之法，前曾言「劉念臺先生爲章法，不可入居政府事」，此再言「通篇脈絡繫焉，如闌入御史大夫以後事，則爲駢枝」，足見重首尾脈絡相灌輸，故言周官「其筆之於書也，或一事而諸職各載其一節以互相備，或舉下以該上，或因彼以見此。其設官分職之精意，半寓於空曲交會之中，而爲文字所不載。迫而求之，誠有茫然不見其端緒者，及久而相說以解，然後知其首尾皆備而脈絡自相灌輸，故歎其徧布而周密也。」〔註190〕反之，亦有批評蘇洵〈書論〉者，此篇言聖人因風俗之變，而用其權成之。全文分前後兩段，前段論權用而風俗之變益甚，後段論風俗之變而因用其權。方苞言前段「其始之制其風俗句，莫知所謂」；後段「權用而風俗成，莫之所謂」，評其「前後兩義，絕不相蒙，強合而爲一，故過接及結束處，語多蒙混」，即未達到首尾一線，脈絡灌輸，故總評此篇曰：「其論世變，可謂獨有千載，惜首尾及中間博縮處，意脈不清，治古文者所宜明辨。」〔註191〕沈德潛亦云：「此篇，老蘇惡文，宜削去。」〔註192〕可知文家所見皆同。

又有虛實詳略之法，《左傳義法舉要·韓之戰》中「三敗及韓」後，評云：

> 方敍秦筮伐晉，忽就筮辭敗字突接三敗及韓，以敍事常法論之爲急遽而無序，爲衝決而不安，然左氏精於義法，非漢唐作者所能望正在此。蓋此篇大指在著惠公爲人之所棄，以見文公爲天之所啓，故敍惠公愎諫失德甚詳，而戰事甚略，正戰且不宜詳，若更敍前三戰三敗之地與人，則臃腫而不中繩墨，宋以後諸史冗雜庸俗取譏於世，由不識詳略之義耳。〔註193〕

可見左傳精於義法，在於能識「詳略之義」，亦爲左氏超乎宋以後諸

〔註190〕《方苞集》卷二〈周官集注序〉，頁83。

〔註191〕同註171，卷三〈蘇明允書論〉，頁119～120。

〔註192〕沈德潛編《唐宋八家文》卷十五蘇洵〈書論〉，頁40。新文豐出版公司，民國67年10月初版。

〔註193〕同註187〈韓之戰〉，頁3。

史之處。又於〈邲之戰〉中「皆行其所聞而復」後評曰:「致師實事,皆以虛言出之,忽用一語指實,與下文承接無間,所謂變化無方。」〈鄢陵之戰〉中「日戰禱也」後亦云:

> 邲之戰不實敘致師,而以致師者之口出之,以虛為實也;此則以實為虛,晉人軍中事,皆現於楚子伯州犁之目,是謂出奇無窮。〔註194〕

此知以虛為實,以實為虛,行文能變化無方。〈書漢書霍光傳〉云:

> 春秋之義,常事不書,而後之良史取法焉。昌黎韓氏目春秋為謹嚴,故撰順宗實錄削去常事,獨著其有關於治亂者。班史義法,視子長少漫矣,然尚能視其體要。其傳霍光也,事武帝二十餘年,蔽以「出入禁闥,小心謹慎」;相昭帝十三年,蔽以「百姓充實,四夷賓服」,而其事無傳焉。蓋不可勝書,故一裁以常事不書之義,而非略也。其詳焉者,則光之本末,霍氏禍敗之所由也。〔註195〕

此言「常事不書」,以其不勝書,僅虛筆帶過,如霍光傳「蔽以出入禁闥,小心謹慎」、「蔽以百姓充實,四夷賓服」,即略述虛筆之法,而詳「光之本末,霍氏禍敗之所由」,即詳述實筆之法,蓋其詳略虛實措注,各有義法若此。〈又書貨殖傳後〉云:

> 是篇兩舉天下地域之凡,而詳略異焉。……是篇大義,與平準相表裡,而前後措注,又各有所當如此,是謂「言有序」,所以至賾而不可惡也。〔註196〕

言此篇記事繁雜,實則詳略適宜,前後措置得當,可謂「言有序」矣。可見虛實詳略,亦屬法之範圍內,試觀其〈史記評語〉中,亦著重此法之探討,如評〈項羽本紀〉謂詳敘趙、齊之反秦,而略於韓、魏、燕之史實,蓋後者與「秦、楚、劉、項興亡,無關輕重」,因而「先後詳略,各有義法,所以能盡而不蕪也。」又評〈高祖本紀〉云:「項

〔註194〕同註187,頁21、32。
〔註195〕《方苞集》卷二〈書漢書霍光傳後〉,頁62～63。
〔註196〕同註121,頁58～59。

羽本紀：高祖、留侯、項伯相語凡數百言，而此以三語括之。蓋其事與言不可沒，而於帝紀則不可詳也。高祖與項伯語，必載羽紀以見事情，則與留侯語，宜以類相從，故於留侯世家亦略焉。且留侯世家，實傳體也。既載『立六國後』問答，復載此，則辭氣近復，而體製亦病於重腦。羽紀則間架闊遠，不病於重腦矣。晉語：齊姜語重耳凡數百言，而左傳以八字括之。蓋紀事之文，去取詳略，措置各有宜也。」評〈管晏列傳〉云：「管仲之功，焜耀史籍，於本傳敘列則贅矣。其微時事，則以稱鮑叔者見之，此虛實詳略之準也。」評〈孫子吳起列傳〉謂孫武、吳起具有兵書傳世，則其「戰功不必言矣，故以虛語總括，而所載皆別事」，而孫臏之書無傳，其再破魏，主兵者皆田忌，故「詳著其兵謀，此虛實之義法也。」評〈商君列傳〉云：「管子治齊，蕭何定律，皆略而不具，而詳記商君之法，著王道所由滅熄也」。〔註197〕以上皆指出避免重複及詳略互用之原則，此乃史傳文合於義法之表徵。

　　由上可知，「法」之內涵包括章法變化，脈絡灌輸，虛實詳略措注等，稱讚「左傳詳簡斷續，變化無方；史記衡從分合，布勒有體」，〔註198〕故「文之義法無微而不具」，〔註199〕姚鼐曾云：「望溪沾沾於詳略講義法，非篤論。」〔註200〕恐未當矣。

4. 義與法之關係

　　方苞以「言有物」為「義」之內涵，「言有序」為「法」之內涵，而二者之關係，為「義以為經而法緯之」則「義」為「經」，乃根本，「法」為「緯」，即枝葉，其一經一緯，相輔相成，然後為成體之文，故兩者關係密切，在此分三層述之。首為「法以義起」，如《史記·秦始皇本紀》：「維秦王兼有天下。」方苞評云：

〔註197〕同註188，頁850～851、854～855。

〔註198〕《古文約選》曾鞏〈序越州鑑湖圖〉，頁987。

〔註199〕同註188〈管晏列傳〉，頁854。

〔註200〕姚鼐《古文辭類纂》卷三十七〈韓退之贈太傅董公行狀〉，頁987。

> 後世碑銘有序，本此。此載群臣之語故繫後，後世序列時君
> 事蹟故以冠於前，而私家之碑銘亦式焉；皆法以義起，而不
> 可易者。泰山刻石無後語，封祠祀天，不敢列群臣名爵也。
> 下諸銘無後語，舉一以例其餘也，備載則贅矣。〔註201〕

此言尊君、祀天爲「義」，其前後次序，列與不列爲「法」，則碑銘序
語之「法」起於倫理、義理之「義」，故言「法以義起」，即「法」乃
達「義」之手段或技巧，「言有序」乃達「言有物」之目標也。又〈書
漢書禮樂志後〉

> 甚哉！班史之疏於義法也！太史公序禮樂，而不條次爲
> 書。蓋以漢興，禮儀皆仍秦故，不合聖制，無可陳者，郊
> 廟樂章，並非雅聲。故獨舉馬歌，藉黯言以明己意，且以
> 著弘之陰賊耳。其稱引古昔，皆與漢事相發，無泛設者，
> 固乃漫原制作之義，則古禮樂及先聖賢之微言，可勝既
> 乎？是以不貫不該，倜然而無所歸宿也，其於漢之禮儀則
> 缺焉，而獨載房中、郊祀之歌及樂人員數。夫郊廟詩歌，
> 乃固所稱體異雅頌，又不協於鍾律者也。既可備著於篇，
> 則叔孫所撰，藏於理官者，故爲不可條次，以姑存一家之
> 典乎？〔註202〕

據此，可知政治原則，歷史事蹟爲「義」，去取抉擇、載與不載爲「法」。
司馬遷「序禮義，而不條次爲書」，其法乃出自歷史事蹟，可稱「義
法」完備，而班固書禮樂，「漫原制作之義」，去取失當，故言「疏於
義法」。〈書漢書霍光傳後〉云：

> 春秋之義，常事不書，而後良史取法焉。……古之良史，
> 於千百事不書，而所書一二事，則必具其首尾，並所爲旁
> 見側出者，而悉著之，故千百世後，其事之表裡可按，而
> 如見其人，後人反是，是以蒙雜暗昧，使治亂賢姦之跡，
> 並昏微而不著也。〔註203〕

〔註201〕同註188，頁850。
〔註202〕《方苞集》卷二〈書漢書禮樂志後〉，頁61～62。
〔註203〕同註195。

「春秋之義，常事不書」，乃「義」之內涵，而「所書一二事，則必具其首尾，並所爲旁見側出者，而悉著之」，乃「法」之內涵。欲達其「義」，必運其「法」，使後世「表裡可接」，「如見其人」，故言「法以義起」。

次爲「因義立法」，先就題材而言，〈與孫以寧書〉云：

> 承命爲徵君作傳，此吾文所託以增重也，敢不竭其愚心。所示群賢論述，皆未得體要。蓋其大致，不越三端：或詳講學宗指及師友淵源，或條舉平生義俠之跡，或盛稱門牆廣大，海內嚮仰者多，此三者皆徵君之末跡也；三者詳而徵君之志事隱矣。〔註204〕

孫奇逢之後人孫以寧請方苞作〈孫徵君傳〉，並示以各家對其事跡記述之評論，方苞指出所記雖涉及孫奇逢講學宗旨、俠義之跡、門牆廣大，皆爲「末跡」，「三者詳而徵君之志事隱矣」。指出傳記人物首應分辨其「志事」與「末跡」，所謂「志事」，即能體現人物思想品德與精神面貌之奇節偉行也。則此「志事」爲「義」，有此「義」，又運用相應之「法」來表達，故又提示傳記寫作之二原則：「所載之事，必與其人之規模相稱」，及講究「虛實詳略之權度」。〔註205〕試取〈孫徵君傳〉〔註206〕觀之，此文以三事突顯孫奇逢之奇節，其一寫明天啓初，孫氏傾身營救楊、左諸人，以明其不畏閹黨勢焰之剛直品格；其二寫孫氏上書請孫承宗入京除奸，以明其不以身家性命爲憂，而以國爲重之高風亮節；其三寫孫氏在明亡之後拒不仕清，隱居講學，以明其堅守民族氣節，凡此皆爲孫氏「犖犖大者」，非常人所能爲立奇節。又云：

> 僕此傳出，必有病其太略者。不知往者群賢所述，惟務徵實，故事愈詳，而義愈陋；今詳者略，實者虛，而徵君所蘊蓄，轉似可得之意言之外。〔註207〕

〔註204〕《方苞集》卷六〈與孫以寧書〉，頁136。
〔註205〕同註204。
〔註206〕《方苞集》卷八〈孫徵君傳〉，頁213～214。
〔註207〕同註204，頁137。

可見運用虛實詳略之法，使人物之「蘊蓄」，能「得之意言之外」，否則有「事愈詳，而義愈陋」之弊端，故以著其大節以顯其光輝爲「義」，而以虛實詳略突顯其志事爲「法」，故言「因義立法」。又云：

> 古之晰於文律者，所載之事，必與其人之規模相稱。太史公傳陸賈，其分奴婢裝資，瑣瑣者皆載焉。若蕭曹世家而條舉其治績，則文字雖增十倍，不可得而備矣。故嘗見義於留侯世家曰：「留侯所從容與上言天下事甚眾，非天下所以存亡，故不著。」此明示後世綴文之士以虛實詳略之權度也。宋、元諸史若市肆簿籍，使覽者不能終篇，坐此義不講耳！〔註208〕

描寫人物時，對其身分地位，精神面貌及歷史價值之陳述爲「義」，至於下筆方式、虛實詳略爲「法」，然則人物各異，其所取之事，所述之詳略互殊，此爲「因義立法」。取史記〈蕭相國世家〉、〈曹相國世家〉與〈陸賈列傳〉相比對，證以〈留侯世家〉中之言，明示敘次詳略不同，乃由於描寫對象互異。蓋蕭何、曹參身爲宰相，其治國功績甚多，無法遍舉，僅擇其大節而述之，如〈蕭相國世家〉評曰：「首舉收秦律令圖書，進韓信，鎮撫關中，而功在萬世可知矣。末記與曹參素不相能，而舉以自代，則公忠體國具見矣。中間但著其虛己受言，以免猜忌。雖定律受遺，概不著於篇。觀此，可識立言之體要。」又評〈曹相國世家〉曰：「條次戰功，不及方略，所以能簡。治齊相漢，止虛言其清淨，不填實一事。」故云：「紀事之文，義法盡於此矣」。〔註209〕而陸賈地位較低，可敘之事跡甚少，則必於「瑣瑣」中取材，以表現其性格與精神，如此人事相稱，詳略有度，虛實相間，該繁則繁，當簡則簡，恰如其分。又〈答尹元孚書〉云：

> 太夫人五十以前事緒既多未詳，獨詳後事，故以入家譜亦未爲不可。而僕謂宜爲年譜者，公先世自多潛德隱行，而無顯仕，則無功業可紀；未遭事變，則無奇節偉行可書。

〔註208〕同註204。
〔註209〕同註188，頁 852～853。

　　而家譜獨載婦德，則於體不稱。太夫人高行醇德，豈惟今
　　世所希，即在古亦罕見，不若編年獨爲一帙，播流海內，
　　可興可觀，其傳更遠耳。若苦竇艱時事多瑣細不可條舉，
　　則以家道息耗、人事吉凶變遷，或總數年，或十數年而括
　　之曰：「於是太夫人年幾何矣。」此孔子世家義法也。略者
　　略之，詳者詳之，唐宋名賢傳譜多如此，不必以前事簡略
　　爲嫌。〔註210〕

尹元孚欲將其母生前之事跡列入家譜或年譜，無法抉擇而請示，方苞
謂其先世既無功業，又無奇節偉行，且家譜獨載婦德，於體不合，故
勸其以年譜出之爲妥，並運用史記孔子世家詳略之義法。由此可知以
內容決定其形式，即爲「因義立法」。

　　再就體裁而言，〈書韓退之平淮西碑後〉云：
　　碑記墓誌之有銘，猶史有贊論，義法創自太史公，其指意
　　辭事必取之本文之外。班史以下，有括終始事跡以爲贊論
　　者，則於本文爲複矣。此意惟韓子識之，故其銘辭未有義
　　具於碑誌者。或體製所宜，事有覆舉，則必以補本文之間
　　缺。〔註211〕

可見碑誌有銘合於義法，然銘文並非對前文作總結或歸納，而應「取
之本文之外」，爲本文作補充，方能「事有覆舉」，避免重出，以此衡
量古今之碑志，唯有韓文最得史記之法，故云「退之、永叔、介甫俱
以誌銘擅長。」〔註212〕又如〈答喬介夫書〉云：
　　蒙諭：爲賢尊侍講公作表誌或家傳。以鄙意裁之，第可記
　　開海口始末，而以侍講公奏對車邏河事及四不可之議附
　　焉，傳誌非所宜也。蓋諸體之文，各有義法，表誌尺幅甚
　　狹，而詳載本議，則擁腫而不中繩墨；若約略翦截，俾情
　　事不詳，則後之人無所取鑒，而當日忘身家以排廷議之義，
　　亦不可得而見矣。國語載齊姜語晉公子重耳凡數百言，而

〔註210〕《方望溪遺集》書牘類〈答尹元孚書〉，頁58。
〔註211〕《方苞集》卷五〈書韓退之平淮西碑後〉，頁111。
〔註212〕同註188，頁615。

> 春秋傳以兩言代之：蓋一國之語可詳也，傳春秋總重耳出
> 亡之跡，而獨詳於此，則義無取：今試以姜語備入傳中，
> 其前後尚能自運掉乎？世傳國語亦丘明所述，觀此可得其
> 營度為文之意也。家傳非古也，必阨窮隱約，國史所不列，
> 文章之士乃私錄而傳之。〔註213〕

喬介夫曾請方苞為其父喬萊作表誌或家傳，欲將「奏對車邏河事及四
不可之議附焉」，方苞以為不合傳誌之體例，蓋傳誌不宜「詳載本議」，
所謂有所取鑒為「義」，中繩墨而能自運掉為法，故「因義立法」，不
以傳誌形式出之，而採紀事之體作〈記開海口始末〉，〔註214〕詳述喬
萊奏對車邏河事之原委，及保存四不可議之原貌，以突顯喬氏「當日
忘身家以排廷議之義」，如此將「車邏河議必附載開海口語中，以俟
史氏之採擇，於義法乃安」，並言「凡此類，唐、宋雜家多不講，有
明諸公亦習而不察。」盼喬介夫「審思而詳論之，則知非僕之臆說也」。
〔註215〕並舉晉公子重耳出亡時，齊姜語重耳之言為例，將國語與左
傳相對照，以為世傳兩書皆出左丘明之手，題材相同，而敘述詳略則
異，因「一國之語可詳也，傳春秋重耳出亡之跡，而獨詳，於此則義
無取」，故言「諸體之文，各有義法」也，在此試舉方苞所作〈記長
洲韓宗伯逸事〉、〈禮部尚書韓公墓表〉並觀，韓菼為康熙十二年進士，
官至禮部尚書，立朝大節，避權勢，砥礪廉隅，性格恬曠，不以進退
榮辱為念。二文皆述韓菼之美德，然則在述及其為人謙和誠懇，不以
富貴驕人時，其筆法詳略卻迥然不同，〈墓表〉僅以「與人居，久之，
皆忘其為名貴人」，〔註216〕簡略帶過，而〈逸事〉則以生動畫面詳述
之，云：

> 公嘗乘小舟徜徉郊野間，會縣令出，隸卒爭道，覆公舟，
> 比登岸，衣裳盡濡，戰栗移時，戒從者無聲，竟不知為公

〔註213〕《方苞集》卷六〈答喬介夫書〉，頁137～138。
〔註214〕《方苞集集外文》卷六〈記開海口始末〉，頁697～700。
〔註215〕同註213，頁138。
〔註216〕《方苞集集外文》卷七〈禮部尚書韓公墓表〉，頁720。

也。余見當世名貴人能自忘其勢者有矣，而能使人忘其勢
者，則未之見也。〔註217〕

蓋墓表屬碑誌文，敍學行德履，行文應莊重得體，故用字簡略，而逸
事乃行狀文之變體，常記軼聞遺事，不受拘束，表達較具體而詳細，
形式自由活潑，可見文章之內容決定其文體之形式，此爲「因義立法」
也。又如《史記評語‧吳王濞列傳》謂「因敍吳兵之起，而及周丘之
別出，因周丘之勝，而側入吳王之敗走，因吳王之敗走，而及天子之
制詔。然後追敍吳、楚之攻梁及亞夫之守戰，吳王之走死，六國之滅
亡，而弓高侯出詔書以示膠西王，亦自然而合節矣」，故評曰：「凡此
皆義法所當然，非有意側入逆敍以爲奇也。」〔註218〕此就「因義立
法」而評文也。

末爲「法隨義變」，作文言法，其法常視內容而異，本無定法，明
其義自能合於法，則法隨義而變化無方，〈書五代史安重誨傳後〉云：

五代史安重誨傳總揭數義於前，而次第分疏於後，中間又
凡舉四事，後乃詳書之：此書疏論策體，記事之古文無是
也。史記伯夷、孟荀、屈原傳，議論與敍事相間，蓋四君
子之傳以道德節義，而事跡則無可列者。若據事直書，則
不能排纂成篇。其精神心術所運，足以興起乎百世者，轉
隱而不著。故於伯夷傳，歎天道之難知；於孟荀傳，見仁
之充塞；於屈原傳，感忠賢之蔽塞，而陰以寓己之悲憤。
其他本紀、世家、列傳有事跡可編者，未嘗有是也。重誨
傳，乃雜以論斷語。夫法之變，蓋其義有不得不然者。歐
公最爲得史記法，然猶未詳其義而漫傚焉。後之人又可不
察而仍其誤邪！〔註219〕

此評安重誨傳不合傳記之體例。此傳存於歐陽修主持修撰之《新五代
史》中，列傳本著重敍述傳主事跡，應以記事文書之，而此傳卻「總

〔註217〕《方苞集集外文》卷六〈記長洲韓宗伯逸事〉，頁692。
〔註218〕同註188，頁857～858。
〔註219〕同註178。

揭數義於前，而次第分疏於後，中間又凡舉四事；後乃詳書之」，並
「雜以論斷語」，此乃書疏論策之體也，蓋安重誨有事跡可敘者，不
該以議論之體，此不合作傳之法也。而史記中伯夷、孟軻、荀卿、屈
原等傳，則別出機杼，夾敘夾議，蓋四子以「道德節義」著稱，又無
事跡可列，欲存其「精神心術所運」，以「議論與敘事相間」出之，
借以「寓己之悲憤」，故言「法之變，蓋其義有不得不然也」，而歐公
卻「未詳其義而漫傚焉」，此乃指陳歐公不明「法隨義變」也。又於
《左傳義法舉要・韓之戰》：「眾說晉于是乎作州兵，初晉獻公筮嫁伯
姬于秦。」下評云：

> 筮嫁穆姬，何以追敘於此，以時惠公方在秦，有史蘇之問
> 與對也；舍此更無可安置處。觀此則知古人敘事，或順或
> 逆，或前或後，皆義之不得不然。〔註220〕

此言運用追敘法，乃隨「義之不得不然」。又如〈讀史記八書〉中，首
言「其序禮、樂，用意尤深」，然而隨內容之異，或「止序其大略，而
不復排纂為書」，或「直述其事」，蓋「凡此皆著書之義法，一定而不
可易者，非故欲如此也」，而「其後四書，論繫於書後，亦各有義焉」，
〔註221〕可見文章之結構次序亦隨內容而異也。又〈與程若韓書〉云：

> 來示欲於誌有所增，此未達於文之義法也，昔王介甫誌錢
> 公輔母，以公輔登甲科為不足道，況瑣瑣者乎？此文乃用歐
> 公法，若參以退之、介甫法，尚可損三之一，假而周、秦人
> 為之，則存者十二三耳。此中出入離合，足下當能辨之。足
> 下喜誦歐公文，試思所熟者，王武恭、杜祁公諸誌乎？抑黃
> 夢升、張子野諸誌乎？然則在文言文，雖功德之崇，不若情
> 辭之動人心目也，而況職事族姻之纖悉乎？〔註222〕

程崟曾請方苞為其父程增作墓誌銘，文成，欲於誌中增入「職事族姻之
纖悉」，故作此書以解其蔽，表明此篇採歐公法，其不述流俗瑣瑣不足

〔註220〕同註187，頁7。
〔註221〕《方苞集》卷二〈讀史記八書〉，頁38～39。
〔註222〕《方苞集》卷六〈與程若韓書〉，頁181。

道之事爲「義」，情辭動人心目爲「法」。方苞云：「序事之文，義法備於左、史；退之變左、史之格調，而陰用其義法；永叔摹史記之格調，而曲得其風神；介甫變退之之壁壘，而陰用其步伐。學者果能探左、史之精蘊，則於三家誌銘，無事規橅，而自與之並矣。」〔註223〕稱讚韓、歐、王皆以誌銘見長。在此試取歐公誌銘之法觀之，其法詳載於〈論尹師魯墓誌〉、〈與杜訢論祁公墓誌書〉〔註224〕二文，透過具體範例說明對碑誌文寫作之理論，歸納如下：首就人物評價言，謂「朋友門生故吏與孝子用心常異」，不可應死者家屬之請求而輕以言議假人，即史家所持態度「不虛美、不溢惡」；次就處理題材言，主張「記大節，期於久遠」，尚簡略而不貴繁縟。「其事不可徧舉，故舉其要者一兩事以取信」，並可用互見法；復就行文措詞言，提倡「文簡而意深」，即能剪裁含蓋，有言外之意，耐人尋繹，以達到「春秋之義，痛之益至，則其辭益深，……詩人之意，責之愈切，則其言愈緩」之境界，此種理論將史筆與文心相結合，郭紹虞謂此爲後來古文家「義法論」之先聲。〔註225〕方苞師其法而作〈程贈君墓誌銘〉〔註226〕全文僅取大節，未敘及功業，分六段：首敘先世，重在「河南道御史材以名節顯」；次段敘孝心及照顧家族；三段敘其爲人「忼直不欺，言人所不能言」；四段敘交游之情，言「余以南山集牽連赴詔獄，親故蕩恐不敢通問，惟釜以計偕入獄視余，即此可徵義方之教，而御史之風規所漸摩者遠矣。」以照應前文。五段敘作銘之因，言「君才足以立事而不求仕，詩足以達情而不以爲名，以用心爲不苟矣，是宜銘。」六段敘家世及歷仕，爲墓誌文之通例；最末爲銘文。可謂面面俱到，不必增添，無怪方苞於書末云：「必欲增之，則置

〔註223〕同註108，頁615。

〔註224〕歐陽修《歐陽修全集》〈居士外集〉卷三〈與杜訢論祁公墓誌書〉，頁516；又同卷〈論尹師魯墓誌〉，頁548，華正書局，民國64年4月台一版。

〔註225〕此理論參考郭紹虞《中國歷代文論選》中冊，頁37。木鐸出版社，民國70年4月再版。

〔註226〕《方苞集》卷十一〈程贈君墓誌銘〉，頁306～308。

此而別求能者可也。」觀此語與王安石〈答錢公輔學士書〉云：「不圖
乃猶未副所欲，欲有所增損，鄙文自有意義，不可改也，宜以見還，而
求能如足下之意者爲之耳。」〔註227〕如出一轍。

　　方苞曾受同年友呂耀曾之請，爲其父呂謙恆作墓誌銘，自謂此誌
就之甚易，言皆稱心，然恐如歐、王遭死者家屬獻疑，而效之爲文自
爲解說，〈與呂宗華書〉云：

> 此文出，吾兄族姻間必有疑其事實太略者。不知敘事之文，
> 左、史稱最，以能運精神於事跡之中；若按部平列，則後
> 代史家之陋也。……此誌稱光祿公名位非盛，而爲中朝士
> 大夫所計數，則當官之瑣瑣者不待言矣；旁治古文而心知
> 其意，則詩爲專家不待言矣；與司農篤愛如此，則孝友睦
> 姻之疏節不待言矣。中間讀書青要山，坐下跡深寸許，事
> 雖微細，而實前後之樞紐，蓋此正學與行之根源，所以爲
> 薦紳典型，而子姓亦則而象之也。〔註228〕

在此詳細解析所作〈光祿卿呂公墓誌銘〉〔註229〕之段落安排及用意，
首段敘罷官歸休而卒；次段敘歷官，且看：

> 公年四十有一，始舉於鄉，又十有七年成進士，由翰林改御
> 史，轉給事中，遷鴻臚、大理至光祿寺卿，所歷必張其職。
> 三主鄉試，再充會試同考官，士論翕然。其爲御史巡城，會
> 南郊，奏以「薙草微役，胥吏因緣病民」，又奏「夏秋之交，
> 洞庭瀧濤壯猛，湖南士赴鄉試，苦遭覆溺，宜分設棘闈」，
> 天子皆爲更舊制。公名位非甚盛，而以渾厚方直爲眾所推；
> 其沒也，凡與交接者，皆曰薦紳中，典刑又失其一矣！

歷官事蹟甚多，然僅「所歷必張其職」述之，可知爲一循吏；當主試
及同考官，以「士論翕然」言之，可知爲一秉公持正之廉吏；又在所
歷官職中，強調當御史時所上奏章，能解除民困，可知爲一薦紳典型。
體現「常事不書」之義。故言「此誌稱光祿公名位非盛，而爲中朝士

〔註227〕同註225，頁39。
〔註228〕《方望溪遺集》書牘類〈與呂宗華書〉，頁31。
〔註229〕《方苞集》卷十〈光祿呂公墓誌銘〉，頁282～284。

大夫所計數，則當官之瑣瑣者不待言矣」。三段敘文學，再看：

> 自容城孫徵君講學淇源，湯司空、耿詹事名節在天壤。由是
> 中州士大夫多好言理學，而公兄弟則尚質行，以文學知名。
> 公兄少司農坦菴公與吾亡友崑繩治古文而旁及於詩，公則以
> 詩名而兼治古文。余嘗以古文義法繩班史、柳文，尚多瑕疵；
> 世士駭詫，雖安溪李文貞不能無疑，惟公篤信焉。

此段雖言文學，「以詩名而兼治古文」，首舉湯、耿名節在天壤，理學
盛行，而公兄弟卻治文學，實爲其志事所在，以「隱然爲湯、耿二公
外中州之文獻」推之。此爲本誌之重點，故言「旁治古文而心知其意，
則詩爲專家不待言矣」。四段敘兄弟篤愛及勤學，由兄弟篤愛若此，
言外之意「則孝友睦姻之疏節不待言矣」；其勤學情形，述「公貌端
嚴，生平坐立無偏倚，談書青要山凡數十年，所居特室，臨牖設兀，
坐下二足跡深寸許，幾穿其磚」，不但言讀書之勤，更可概見其行爲
端正，故言「實前後之樞紐，蓋此正學與行之根源」。五段敘呂氏家
法，抑亦公之身教，故言「子姓亦則而象之也」。六段敘作誌之由；
末段敘世系、歷官，最末爲銘文。又云：

> 昔歐公尹師魯誌爲時所疑，至爲文以自列。錢公輔乃宋聞
> 人，介甫誌其母，而妄欲有所增損。雖吾兄通曉文律，不
> 至如公輔，而時人之信僕能過於歐公乎？是以敢先布之。
> 墓誌之體於子載，於孫否，女子及孫以凡舉，孫與女婿非
> 有見焉不名。韓歐成法不可易也。吾兄家聲及僕之文繫四
> 方觀聽，慎毋牽於俗而爲有識者所姍笑。節哀順變，務繼
> 述之大。〔註230〕

可知此誌乃效歐公之法，恐如歐公爲時所疑，又如王安石爲家屬所增
損，故方苞先爲文自列，至於末段敘世系、歷官，僅載其三子，而孫
以「孫五人，女孫九人」凡舉之，故言「墓誌之體於子載，於孫否，
女子及孫以凡舉，孫與女婿非有見焉不名。韓歐成法不可易也」。又
〈再與宗華書〉云：

〔註230〕同註228。

古文最難發端，志銘為甚。惟退之不主故常，而皆有典制，是謂文成而法立，故歐王不能仰跂。此志首舉以光祿卿罷，乃義法之一定者。蓋具札不合儀式，非所舉之不當也。公之謹慎簡在聖心，而以歸休優老，則天子之恩意及公之生平即此可見。若循年齒、歷官順序而以是終焉，則索索無氣矣。假而隱深其辭，不惟眾所聞見難以曲諱，且使易世而下莫知其端委，將謂別有他故，不可以告人，則為累大矣。原狀所述庸行瑣事過詳，規模轉覺狹隘。即是以求，光祿公不過文學為時流所推，即質行亦中人之謹厚者耳。如僕所志，則隱然為湯、耿二公外中州之文獻。以吾兄之明，自當無疑於此。〔註231〕

此誌一出，果然呂宗華疑其首段言罷官之不當，且未依原狀所述為文，書之太簡。無怪方苞發出「古文最難發端，誌銘為甚」之鳴。試舉首段觀之：

雍正五年冬，詔公卿舉賢才。光祿卿呂公具箚不合儀式，天子夙知公謹慎，年篤老，許以原官歸休。余與公子耀曾為同年友，而公於余尤志相得。將行，朝夕過從，要言書問必時通。俄而訃至，則至家之三日，晨興沐浴，飯罷而終。

此段直敘罷官歸休至卒時，一反首述先世之慣例，蓋採互見法，因文末有「其世系具忠節公傳，誌故不著」句，故云「首舉以光祿卿罷，乃義法之一定者」，而其罷官係因「具箚不合儀式」，而非他故，且言「天子夙知公謹慎，年篤老，許以原官歸休」，則其不合儀式乃因年老，且一時疏忽之故，其言外之意用於突顯「天子之恩意及公之生平」。若不明言罷官之因，恐後世不知而妄加揣測，則「為累大矣」。原狀所述皆為末跡，事愈詳而義愈隱，循此而寫，則光祿公僅能以文學見稱而已，其志事反而隱矣。

由以上方苞之剖析及與原誌之比對，可知此誌襲歐公之法，取材記大節，常事不書，人事相稱為「義」，行文尚簡而意深，有言外之

───────────────

〔註231〕《方望溪遺集》書牘類〈再與宗華書〉，頁32。

意，運虛實詳略爲「法」，原狀之庸行瑣事爲末跡，而其志事「隱然
爲湯、耿二公外中州之交獻」已明矣，故「法隨義變」，時人不明其
作法，常有所疑惑，故嘆「僕每爲名貴人作誌，其門生族姻必雜然獻
疑，俾子姓回惑，若重有所難，故誓不復爲。非敢要重，以終困於群
言，不若堅辭於始爲無過耳」。〔註232〕其後又作〈青要集序〉，〔註233〕
敘與呂公交游離合之情，及作序之由，言及其詩僅「公詩格調不襲宋
以後，吟咏性情，即境指事」惻惻感人，實得古者詩教之本義」而已，
即所謂「不若辭情之動人心目」也，而與〈墓誌〉言「公則以詩名而
兼治古文」，有互見之作用。

　　方苞謂「周、秦以前，學者未嘗言文，而文之義法無一不備焉。
唐、宋以後，步趨繩尺，猶不能無過差。」〔註234〕故「古文義法之
晦七百年于茲矣。」〔註235〕因而揭舉「義法」論文，以示後學。綜
觀義法說，以「言有物」界定「義」，即文之內容，以「言有序」界
定「法」，即文之形式，而兩者關係爲「義以爲經而法緯之」，即法以
義起、因義立法，法隨義變。換言之，當內容無素材可陳述時，常變
「法」以充實之，然亦可依內容而定其法，則此「法」轉爲「活法」
也，由此可知，「義」與「法」相互依傍，不可偏廢，義法說爲古文
之創作理論與方法也。故程崟云：「在先生以爲學者不急之務，而在
文章之家，則爲濬發心靈之奧府，苟能盡心於此，不亦大遠於俗學矣。」
〔註236〕李兆洛亦云：「桐城方氏苞曰：孔子繫易曰『言有序』，又曰
『言有物』，文之愈久而得，未有越此者也。」〔註237〕蓋皆深有得而
發之言也。

〔註232〕同註231。
〔註233〕《方苞集》卷四〈青要集序〉，頁101～102。
〔註234〕同註211。
〔註235〕同註228。
〔註236〕同註185，頁2。
〔註237〕李兆洛《養一文集》卷二〈徐季雅文稿序〉，頁14，清光緒四（戊
　　　　寅）年重刊本。

二、雅潔論

方苞揭櫫「義法」說為文章寫作之規律，又由《史記・十二諸侯年表序》「約其文辭，治其繁重」之啓發，刪繁就簡，標舉「雅潔」為語言藝術之準則，與義法相呼應，構成其文論之體系，故兩者密不可分。

所謂「雅潔」，分而言之，「雅」即雅正，指辭無蕪累，古雅規範；「潔」即清真，指氣體澄清，理得旨要。合而言之，「雅潔」即要求以純淨古雅之語言文字，簡明扼要，用以敘事、說理，表達情意。

首就「雅」而言，〈答程夔州書〉云：

> 凡為學佛者傳記，用佛氏語則不雅，子厚、子瞻皆以茲自瑕，至明錢謙益則如涕唾之令人設矣。豈惟佛說，即宋五子講學口語亦不宜入散體文，司馬氏所謂言不雅馴也。〔註238〕

又訓門人沈廷芳云：

> 古文中不可入語錄中語、魏晉六朝人藻麗俳語、漢賦中板重字法、詩歌中雋語、南北史佻巧語。〔註239〕

在此可分兩層言，首就文體觀之，古文與詩、賦、駢文、小說、語錄不同，即「古文之傳，與詩賦異道」；再就語言觀之，文體不同，則所用語言互異，古文與諸體之語言混雜則不雅，蓋語錄之語為未經提煉之口語，藻麗俳語重唯美形式之語，漢賦中板重字則凝滯無生氣，雋語、佻巧語失於蕪雜佻侻，佛氏語流於怪誕，此皆足以傷雅。又嘗語人曰：「文，所以載道也。古人有道之言，無不傳之不朽。文所以佳者，以無膚語支字，故六經尚矣。古文猶近之，至於四六、時文、詩、賦，則俱有牆壁窠臼，按其格式，填詞而已。以言乎文，固甚遠也。」〔註240〕據此，言「鷟奇鑿險，不則于古，則弔詭而不雅。」〔註241〕然則雅「必高挹群言，鍊氣取神，而後能古雅；非然，則琢雕字句，為澀為贅，為剽為

〔註238〕《方苞集》卷六〈答程夔州書〉，頁166。
〔註239〕《方苞集》附錄一蘇惇元輯〈方苞年譜〉，頁890。
〔註240〕同註239。
〔註241〕《方苞集集外文》卷四〈蔣虡事牡丹詩序〉，頁607。

駁而已矣。」〔註 242〕其意即應汲取古人菁華，去蕪存精，得其神韻，否則流於晦澀、累贅、駁雜、反而不雅。如此辨古文氣體，必至嚴乃不雜。然而雅與文之內容無關，謂「管夷吾、荀卿、國語、國策之文，道瑣事，述鄙情，而不害其為雅。」〔註 243〕而稱漢人書、疏、吏牘，類皆「雅飾可誦」，〔註244〕稱贊柳宗元〈辯列子〉云：「古雅澹蕩」；王安石〈周禮義序〉云：「清深高雅」。〔註245〕反之，又指出最傷雅者，〈書柳文後〉云：

> 子厚自述為文，皆取原於六經，甚哉，其自知之不能審也！彼言涉於道，多膚末支離而無所歸宿，……蓋其根源雜出周、秦、漢、魏、六朝諸文家，而於諸經，特用為采色聲音之助爾。故凡所作效古而自汩其體者，引喻凡猥者，辭繁而蕪、句佻且稚者，記、序、書、說、雜文皆有之，不獨碑、誌仍六朝、初唐餘習也。〔註246〕

此言辭之繁、蕪、猥、句佻、稚等為最傷雅。故評柳宗元〈與韓愈論史官書〉云：「造語稚晦，不足以顯其情。」評蘇洵〈仲兄字文甫說〉謂「辭病於繁。」評曾鞏〈梁書目錄序〉云：「惜辭冗而格卑。」評王安石〈虔州學記〉云：「語多支蔓。」〔註247〕等，皆就傷雅而評之者。

　　試取方苞之文觀之，大凡鬼神迷信之說，荒誕不經之言，幾無涉及，如〈書老子傳後〉言司馬遷傳老子特詳，「蓋世傳老子，多幻奇荒怪之跡；故特詳之，以見其生也有國邑、鄉里、名字，其仕也有官守，其終有諡，其身雖隱而子孫世有封爵、里居，則眾說之誕，不辨而自熄矣。」〔註248〕又於〈釋蘭谷傳〉云：「余素不解浮屠言，未識蘭谷之於佛何如也？觀其志行術業氣象，則儒衣冠者多愧矣！」〈沛天上人傳〉

〔註242〕《方苞集集外文》卷八〈禮闈示貢士〉，頁 776。
〔註243〕同註 242。
〔註244〕《方苞集集外文》卷四〈古文約選序例〉，頁 614。
〔註245〕《古文約選》，頁 384 及 1042。
〔註246〕《方苞集》卷五〈書柳文後〉，頁 112。
〔註247〕分見《古文約選》，頁 412、722、950、1048。
〔註248〕《方苞集》卷二〈書老子傳後〉，頁 51。

云：「故專錄其儒行，而推闡佛說以張其師教者，概不著於篇。」而於
〈濟生語錄序〉卻言「自禪宗既升，凡學佛者所謂守戒律，誦經號，一
切皆為末跡，其心之精微非言語文字所能傳也。」〔註249〕等，以「不
解」、「不著」或不能言傳一語帶過，足見其能堅守原則若此。故李元度
云：「古今文章家，惟韓歐二公及望溪集不闌入二氏一語，此所以為正
宗歟！」又云：「韓歐集中無一字及釋老，文品特高，……近代惟勺庭、
望溪不蹈此病，即為緇流作傳誌，亦不用彼教中語。」〔註250〕不虛言
也。

由此可知，「雅」欲求刪除華而不實，蕪雜佻侻，荒誕怪奇以及
凝滯無生氣之語言，轉為高潔純淨，氣清辭暢之語言，以淨化古文之
氣體。

次就「潔」而言，〈史記評語·絳侯周勃世家〉云：

> 子厚以潔稱太史，非獨辭無蕪累也，明於義法，而所載之
> 事不雜，故其氣體為最潔也。此意為退之得之，歐、王以
> 下，不能與於斯矣。〔註251〕

可見所謂「潔」，非僅語言簡煉，尚須以義法為前提，對內容作剪裁
取捨，以達「氣體最潔」。又〈書蕭相國世家後〉云：

> 柳子厚稱太史公書曰潔，非謂辭無蕪累也，蓋明於體要，
> 而所載之事不雜，其氣體為最潔耳。以固之才識，猶未足
> 與於此，故韓、柳列數文章家，皆不及班氏。〔註252〕

將本段與前段合觀，用詞雷同，皆稱頌史記潔淨，然而一言「義法」，
一言「體要」，則「義法」即「體要」也。「體要」二字出自《書·畢
命》「辭尚體要」，集說引夏氏僎曰：「體則具于理而無不足，要則簡

〔註249〕《方苞集》卷八〈釋蘭谷傳〉，頁234；同卷〈沛天上人傳〉，頁235；
《方望溪遺集》序跋類〈濟生語錄序〉，頁14。
〔註250〕李元度《天岳山館文鈔》卷三十〈書大雲山房集後〉，頁15；卷三
十八目錄十三〈雜著〉，頁1，文海出版社。
〔註251〕《方苞集集外文補遺》卷二〈史記評語〉，頁853。
〔註252〕《方苞集》卷二〈書蕭相國世家後〉，頁56。

而亦不至於有餘，謂辭理足而簡約也。」〔註253〕可知體要乃辭理足而簡約，與義法之要求相近，則「潔」爲語言簡明流暢。又〈與一統志館諸翰林書〉云：

> 明統志爲世所詬病久矣，然視其書，……是書所難，莫若建置沿革，山川古蹟，振奇矜能者，大率博引以爲富，又不能辨其出入離合，而有所折衷，是以重複訛舛牴牾之病紛然而難理。不知辭尚體要，地志非類書之比也，所尚者簡明，而雜冗則愈晦。然簡明非可強而能，必識之明，心之專，徧於奧賾之中，曲得其次序，而後辭可約焉。其博引而無所折衷，乃無識而畏難，苟且以自便之術耳。故體例不一，猶農之無畔也；博引以爲富，而無所折衷，猶耕而弗耨也。且或博焉，或約焉，即各致其美，而於體例已不一矣。〔註254〕

此言編志著喜旁徵博引，不知折衷，導致「重複訛舛牴牾之病」；又因取捨標準差異，體例不一，以致詳略不當，「不知辭尚體要」，則「不若略取事實，芟其蔓辭，爲得體要。」〔註255〕故知「潔」乃無「重複訛舛牴牾之病」，即求敘事不冗雜，說理得體，語言精煉。以此爲衡文之準的，故稱曾鞏〈戰國策目錄序〉「淳古明潔」，讚王安石〈詩義序〉「辭氣芳潔」；又評史記〈秦本紀〉「不載國策一語，體製遂覺峻潔。」謂〈廉頗藺相如列傳〉「變化無方，各有義法，此史之所以能潔也。」〔註256〕等。

　　由此可知，「潔」乃明於體要，語言簡明，無重複訛舛牴牾之病，其氣體最潔。然則「雅」與「潔」相互依存，不可分離，「雅」側重於「辭」，講究文章語言高雅明暢，賞心悅目；「潔」側重於「義」，注重文章字句簡明，結構謹嚴，若離潔求雅，必流爲「明七子之僞體」，

〔註253〕《尚書》卷十九〈畢命〉，頁291。藝文印書館。
〔註254〕《方苞集》卷六〈與一統志館諸翰林書〉，頁180。
〔註255〕同註251，頁849。
〔註256〕分見《古文約選》，頁944、1044；及同註251，頁850、856。

離雅求潔，則入於「宋五子之語綠」。故雅潔為古文語言之規範，形成文章之藝術特色。

然而欲達「雅潔」之最高境界，據方苞云：

> 古文氣體，所貴清澄無滓。澄清之極，自然而發其光精，則左傳、史記之瑰麗濃郁是也。始學而求古求典，必流為明七子之偽體。〔註257〕

此「氣體澄清」即為「雅潔」之極至，包含思想純正，語言純潔，內容精簡扼要，剪裁得宜，風格洗鍊樸素，自然光輝，為古文之最高藝術準則，即由左傳、史記及唐宋古文之寫作經驗作一總結，故云：「易、詩、書、春秋、及四書，一字不可增減，文之極則也。降而左傳、史記、韓文、雖長篇，句字可薙芟者甚少。其餘諸家，雖舉世傳誦之文，義枝辭冗者，或不免矣。」〔註258〕準此，稱「古之良史，其紀事也，直而辨，簡而不汙。」讚劉古塘之文，「沈潛六經之訓義，而歸於簡實。」而言「南宋元明以來，古文義法不講久矣，吳越間遺老尤放恣，或雜小說，或沿翰林舊體，無一雅潔者。」評歸有光之文，「其辭號雅潔，仍有近俚而傷於繁者。」故「此自漢以前之書所以有駁有純，而要非後世文士所能及」〔註259〕也。

方苞嘗謂管荀之書，其義之駁，辭之蔓，學者病焉，對凡辭之繁而塞、詭而俚者悉去之，而義之大駁者則存而不削，〔註260〕為二子之書作刪定，〈書刪定荀子後〉云：

> 昔昌黎韓子欲削荀氏之不合者，附於聖人之籍，惜其書不傳。余師其意，去其悖者、蔓者、複者、俚且佻者，得篇完者六，節取者六十有二。其篇完者，所芟薙幾半；然間取而誦之，辭意相承，未見其有闕也。夫四子之書，減一

〔註257〕同註247，頁614。

〔註258〕同註247，頁615～616。

〔註259〕分見《方苞集》卷七〈張母吳孺人七十壽序〉，頁206；《方苞集集外文》卷四〈張彝歎稿序〉，頁619；及同註239，頁890；《方苞集》卷五〈書歸震川文集後〉，頁117～118。

〔註260〕《方苞集》卷四〈刪定荀子管子序〉，頁86。

　　字，則義不著，辭不完；蓋無意於文，而乃臻其極也。荀
　　氏之辭有枝葉如此，豈非其中有不足者邪？〔註261〕

此言效韓愈之法，刪削荀子書中悖、蔓、複、俚、佻之字，使其「辭
無蕪累」，亦無「重複訛舛牴牾之病」，則「辭意相承」，而「未見
其有闕」。文字簡潔流暢，合於「雅潔」之規範。考韓愈〈讀荀〉
曰：「及得荀氏書，於是又知有荀氏者也，考其辭時若不粹，要其
歸，與孔子異者鮮矣，抑猶在軻雄之間乎？孔子刪詩書，合於道者
著之，離於道者黜之，故詩書春秋無疵，余欲削荀氏之不合者，附
于聖人之籍，亦孔子之志歟！孟氏醇乎醇者也，荀與揚大醇而小
疵。」方苞評云：「止如槁木，惟史公及韓有此，以所讀皆周人之
書故也。」〔註262〕於是方苞刪其全篇者，有成相、致仕、強國、
賦篇共四篇，刪章節者，幾無篇無之。《續修四庫全書提要・刪定
荀子不分卷》評云：「苞乃文章之士，本不足以語學術之旨，今就
所刪諸篇論之，致仕篇……論最篤實，刪之何為；強國篇……其說
最精，而苞竟刪之，亦不知其何意；至於成相及賦篇，……故其所
撰，既變詩體，復異離騷，正可觀當時文藝之情狀，而苞竟刪之，
是不特不知學問之大，且不知文學之流變矣，竟襲孔子刪定群經之
名，不亦妄乎？」又方苞刪定管子，或棄全篇，或刪章節，與其刪
定荀子例同。《刪定管子不分卷》亦評云：「然觀史記管仲傳及本書
解篇，……豈可妄刪……，就其所刪論之，亦不可解，……而任心
刪削，祇其見謬而已。」〔註263〕皆謂方苞未明其旨，妄自刪削，只見
其謬。實則，方苞對二子書曾加以深究，除刪定外，尚有〈讀管子〉、〈讀
管子自記後〉及書史記孟子荀卿傳後等文，肯定「周末諸子雖學有醇駁，
而言皆有物」，且於〈古文約選序〉凡例中云：「周末諸子精深閎博，漢、

〔註261〕《方苞集》卷二〈書刪定荀子後〉，頁 37。
〔註262〕韓愈《韓昌黎文集校注》第一卷〈讀荀〉，頁 21。
〔註263〕《續修四庫全書提要》子部儒家類〈刪定荀子不分卷〉，頁 1005；
　　　　又子部法家類〈刪定管子不分卷〉，頁 1059。

唐、宋文家皆取精焉。但其著書，主於指事類情，汪洋自恣，不可繩以篇法。其篇法完具者，間亦有之，而體製亦別，故概弗採錄，覽者當自得之。」且讀「管子、荀子、韓非子之文，俳比而益古。」評鼂錯〈言兵事〉云：「錯之術根柢管商，其近俗濟用無出二子外者，而爲文尤與管子相類，故雜用其語，而如出一人之說。」又〈再論募民徙塞下書〉云：「中幅全用管子語，而與前後凝合，使人不覺，良由老謀勁氣，本與之近也。」再評曾鞏〈越州趙公救菑記〉云：「敘瑣事而不俚，非熟於經書及管、商諸子，不能爲此等文。」而駁蘇軾〈荀卿論〉云：「摧抑學者好名求異之心，甚有補於世教，但荀氏之學，以法先王、守禮度爲宗，而以謂古先聖王皆無足法，蔽其罪則誤矣。」〔註264〕等，皆足以證方苞深於管荀之書，方能道出此言，故對二書之刪定，僅就「雅潔」論而薙芟其辭之繁塞詭俚者，其用意蓋「使學者知二子之智乃以此自瑕，而爲知道者所深擯，亦所以正其趨向也。」〔註265〕

方苞以雅潔爲文章語言之準則，稱頌經文最簡要，謂「聖人之文，盡萬物之情而無遺者，不以其詳，以其略」，若「使以晚周、秦、漢人籍之，則倍其文尚不足以詳其事，經則略舉互備，括盡而無遺，是之謂聖之人文也。」〔註266〕而謂左傳「僖文以前，義法謹嚴，辭亦簡鍊，宣成以後，義法之精深如前，而辭或澶漫矣，故於篇中可薙芟者，勾畫以示其略。」〔註267〕故方苞對來函求教古文，或請求點定者，皆能勸其薙除支蔓，或刪其冗者，如〈答程夔州書〉云：「寄來二作皆不苟，所薙芟數語，乃時人所謂大好者，他日當面析之。此雖小術，失其傳者七百年。」又〈答李根侯書〉云：「即如來札，少薙其支蔓，便可見古文義法。」〈與王介山書〉云：「爲之點定，其冗者刪之。」〔註268〕等，可見講求雅之一斑。而自身爲文亦如是，

〔註264〕《古文約選》韓愈〈原毀〉，頁227；餘者分見頁67～77、998、822。
〔註265〕同註260。
〔註266〕《方苞集》卷一〈書周官大司馬四時田法後〉，頁22。
〔註267〕《左傳義法舉要》〈宋之盟〉，頁43。
〔註268〕分見《方苞集》卷六，頁166，及《方望溪遺集》書牘類，頁33、

常爲人作傳誌，崇尚簡潔，每受人質疑敘事太略，如作〈程贈君墓誌銘〉，家屬來函欲於誌有所增，則告以「文未有繁而能工者，如煎金錫，釐礦去，然後黑濁之氣竭而光潤生。」〔註269〕然而作〈尹太夫人李氏墓誌銘〉，尹會一稱讚云：「先太夫人事實，他人數百千言未能形狀者，望溪先生所作誌銘，以女士數語該括無餘，眞寫生大筆，爲之感泣，不能卒讀也。」〔註270〕蓋深知其行文之法者。故吳仲倫云：「古文之體，忌小說，忌語錄，忌詩話，忌時文，忌尺牘，此五者不去，非古文也。國初如汪堯峰文，非同時諸家所及，然詩話尺牘氣，尙未去淨，至方望谿乃盡淨耳。」〔註271〕皆推崇其文合於「雅潔」。

　　總之，方苞之古文理論以「義法」爲核心，論文言法，使初學者有階可循，簡而易學，〔註272〕本於義而言法，則爲活法，文章變化無方。又提出「雅潔」，講求語言修辭，爲文章藝術準則。故近人吳孟復云：「望溪所言之『義法』，又即今日海外所言『文章學』、『篇章語言學』之規律也。」〔註273〕足見其文論，古今適用，僅其名異而已。

第三節　古文藝術特色

　　方苞爲文倡導「義法」說，行文講究「雅潔」，則其古文必能體現其理論，作出有物有序，文從字順，雅正簡潔之文，茲將其古文展現之藝術特色作一歸納，列舉五點以明之。

　　　　50。

〔註269〕《方苞集》卷六〈與程若韓書〉，頁 181。

〔註270〕尹會一《健餘箚記》卷四〈閱歷〉，頁 52。叢書集成簡編商務印書館，民國 54 年 12 月臺一版。

〔註271〕吳仲倫《初月樓古文緒論》，頁 1，商務印書館，民國 55 年 6 月臺一版。

〔註272〕《方苞集》卷六〈答申謙居書〉云：「若夫左、史以來相承之義法，各出之徑塗，則期月之間可講而明也。」可見義法簡而易學。

〔註273〕《方望溪遺集》吳孟復序言，頁 4。

一、議論緊密，高淡醇厚

　　方苞之古文創作，擅長議論，在文集中有諸多議政、議理、議經、論人、論世之文，皆主體嚴整，議論緊密，顯示高淡醇厚之風格，凡所爲文，有補於世道人心，故雷鋐云：「先生之文，非闡道翼教，有關人倫風化不苟作。」〔註274〕首舉〈原過〉〔註275〕爲代表。

　　〈原過〉，顧名思義，推究過錯之本原。方苞在此篇之前，尚有〈原人〉上、下篇，上篇論述人性之善惡，下篇論及人道之得失，此乃繼承韓愈〈原道〉、〈原性〉而抒發己見之作。方苞〈原過〉立論亦承韓而作，即其寫作方式取法乎韓，但析理則更精密，行文亦有創新。全文運用分類排比，分三段層層遞進，步步爲營，以闡明微旨。且看首段云：

> 君子之過，值人事之變而無以自解免者，十之七；觀理而不
> 審者，十之三。眾人之過，無心而蹈之者，十之三；自知而
> 不能勝其欲者，十之七。故君子之過，誠所謂過也，蓋仁義
> 之過中者爾。眾人之過，非所謂過也，其惡之小者爾。

本段區分君子之過與眾人之過之差異。首將君子所犯之過失區分兩類，再將眾人所犯之過失亦分兩類，而其所佔比例相反，以明示君子與眾人品行之所由分，末將君子之過與眾人之過作總結性之評論。本段雙起雙結，有如四柱排空，極見氣勢，且爲下文預留發揮餘地。再看次段云：

> 上乎君子而爲聖人者，其得過也，必以人事之變，觀理而不
> 審者則鮮矣。下乎眾人而爲小人者，皆不勝其欲而姑自恕
> 焉。聖賢視過之小，猶眾人視惡之大也，故凜然而不敢犯；
> 小人視惡人之大，猶眾人視過之小也，故悍然而不能顧。

此承上段加以推展、衍化，涵蓋各類人品，探究「過」之本原。運錯綜對比之法，將主題往深層擴展。首段以君子與眾人對比，本段則進而由「君子」上推至「聖人」，由「眾人」下推至「小人」，分四層次

〔註274〕雷鋐《經笥堂文鈔》卷上〈上方望溪先生書〉，頁2。
〔註275〕《方苞集》卷三〈原過〉，頁75。

進行對比。上段用數字表明差異，此段則不再重複，而用兩「鮮」字
與「必」、「皆」配合作反比，差異自明，可見其行文之靈動。以下筆
法又有變化，使四種人物同時出現，以其對過、惡、小、大之態度，
交錯比照，以明品行之高低，進而推求過之本原。首就眾人設一座標，
上比下照，提出「大惡」與「小過」，用「猶」與「視」爲樞紐，以
闡明其辯證關係，不僅呈現四種人之態度，且可明其心以見其性。而
「大惡」與「小過」又引出下文之論說。末段云：

> 服物之初御也，常恐其污且毀也，既污且毀，則不復惜之矣。
> 苟以細過自恕而輕蹈之，則不至於大惡不止。故斷一樹，殺
> 一獸，不以其時，孔子以爲非孝。微矣哉！亦危矣哉！

末段就近取譬，闡發微言大義，總束全文。首以淺近之事爲引，再道
出深遠之大道理。言污毀衣物，尚無足輕重，污毀眞性而蹈大惡，則
必墮落爲小人，此理出自孟子性善說之發揮，對韓愈〈原性〉之補充，
亦對上文「過」與「惡」作總結。「故斷一樹」四句，將上文感性而
引至理性，並指出其本原所在。「斷一樹，殺一獸」，喻本性戕賊；「時」，
回應首段之「中」，《中庸》云：「君子之中庸也，君子而時中」，換言
之，不合於中庸之道，即爲「過」爲「惡」；而「孝」則本原所在，《論
語》云：「孝弟也者，其爲仁之本歟。」在此引「孝」，實爲揭示防止
蹈過之根本道理與途徑。末以「微矣哉！亦危矣哉！」作結，用意深
遠篤厚，如神龍掉尾，使全文警策而靈動。

　　縱觀本文以說理取勝，邏輯嚴密，對比鮮明，結尾更見其氣味
醇厚，神韻悠遠。故沈廷芳云：「先生文追韓軼王，中當以原人、原
過、楊文定、查編修二誌、和風翔哀辭，爲不愧古作者，先生然之。」
〔註276〕可見本文乃方苞自謂得意之作也。

　　次舉〈轅馬說〉〔註277〕爲例：

〔註276〕徐斐然《國朝二十四家文鈔》卷二十三沈廷芳〈椒園文鈔〉〈書方
　　　　先生傳後〉，頁4。
〔註277〕《方苞集》卷三〈轅馬說〉，頁79，可參考拙作〈讀方苞轅馬說〉，
　　　　載明道文藝第一八三期，民國80年6月，頁18～25。

〈轅馬說〉旨在以馬為喻，藉以針砭主政者未能慎擇人才，亦無法因才施用。首段云：

余行塞上，乘任載之車，見馬之負轅者而感焉。

首段以自身經歷，目睹轅馬之困境，觸動心靈，發出感慨，而揭出主題。此文乃方苞於南山集案結後，入值南書房，每年慣例隨皇帝至熱河行宮，途上所見之景，借景而抒之。次段云：

古之車，獨輈加衡而服兩馬。今則一馬夾轅而駕，領局於桅，背承乎韅，靳前而鞦後。其登阤也，氣盡喘汗，而後能引其輪之卻也。其下阤也，股蹙蹄攢，而後能抗其轅之伏也。鞭策以勸其登，棰棘以起其陷，乘危而顛，折筋絕骨，無所避之，而眾馬之前導而旁驅者不與焉。其渴飲於溪，脫駕而就槽櫪，則常在眾馬之後。噫！馬之任孰有艱於此者乎？

次段詳述轅馬困窘之境遇，首就古今之車作對比，略古而詳今，古車僅以「獨輈加衡而服兩馬」言，古者一車四馬，中二馬夾輈為服馬，有一車杠隔開為「輈」。今者則不然，單馬獨駕一大車，兩車杠分列左右為「轅」，有一橫木駕於頭而行稱「轅馬」。於是詳摹轅馬情狀，分三層著墨，就其身上配件言，「領局於桅，背承乎韅，靳前而鞦後」，渾身為皮革團團圍住，全幅武裝，飽受束縛與羈絆。次就行路言，奔走於崎嶇之山路，登山時，使勁往前拉，尚須小心翼翼提防其輪後退，氣喘不已，汗流浹背；而下坡亦不易，須「股蹙蹄攢」，將兩腿緊縮，兩蹄靠攏，戰戰兢兢，躡腿而跑，以防車輪往前衝，而墜入萬丈深淵。再就御馬者言，對轅馬未能善加憐惜，尚嫌其上山不夠謹慎，下山不夠敏捷，以「鞭」、「棰」加諸其身，用以促其登，過其陷，以致「乘危而顛」，甚至「折筋絕骨」，如此轅馬飽嘗折磨之形象已畢露無遺。其後再就轅馬與眾馬作對比，專就轅馬著筆，「飲於溪」、「就槽櫪」，常在眾馬之後，工作沉重，待遇又差，其際遇艱辛，忍辱負重，完全顯現，無怪為之感慨系之，而發出不平之鳴，「噫！馬之任孰有艱於此者乎？」本段以轅馬為主，古馬及眾馬為襯，雙雙對比，層層逼進，

運用脈絡相灌輸，虛實詳略之法，反映其「義法」說，運筆簡潔，明
白順暢，體現「雅潔」之語言特色書之。末段云：

> 然其德與力，非試之轅下不可辨。其或所服之不稱，則雖善
> 御者不能調也。駑蹇者力不能勝，狡憤者易懼而變，有行坦
> 途驚蹶而償其車者矣。其登也若跛，其下也若崩，濘旋淖陷，
> 常自頓於轅中，而眾馬皆為所掣。嗚乎！將車者，其慎哉！

末段承前段之敘述，引發出議論。馬之才德，試諸轅下，自可分辨優
劣，然若不能量才是用，則善御者亦無從發揮駕御能力。因「駑蹇者」
無才，未能勝任工作，「狡憤者」無德，未能安於行事，兩者皆非良
馬。就其行路而言，於坦途上，易驚懼絆倒而翻覆其車；於行山路時，
上山「若跛」，下山「若崩」，或天候不佳，則「濘旋淖陷」，自困轅
中，並牽掣眾馬，而無法前進。至此，雙雙對映下，前所述之轅馬則
為良馬，已不言而喻。最末，語重心長發出納喊：「嗚呼！將車者，
其慎哉！」敬重告誡將車者應慎選良馬，且要因才施用。若將馬喻人，
猶如韓愈之〈馬說〉，則其言外之意，弦外之音，莫非在針砭主政者
應慎擇人才，量才而用。全篇多用對比，反復論證，寓意深遠，合乎
有物有序之原則，形象鮮明，言簡意賅，尤見「雅潔」，充分顯示議
論緊密，高淡醇厚之本色。

再取〈送劉函三序〉〔註278〕為證：

〈送劉函三序〉旨在指斥時弊，批評吏治。本文屬贈序類，依「君
子贈人以言」之意，為送別親友之贈言，以示慰勉，其內容可敘事抒
情，可借題議論，亦可抒發感慨。本文以議論為主，間或敘事，一則
勸勉友人，一則對時弊作批判，議論嚴謹，言簡意明。

劉函三去池陽〈今安徽省貴池縣〉令，方苞贈此文勉之。然在未
看本文之前，首應瞭解其寫作背景，方苞得知劉氏辭官後，甚為稱許，
〈與劉函三書〉云：「及至京師，遂與二三同儕，交相傳說，奮顏攘
臂，稱于多人之中，以醜頑鈍叨穢之徒。既而君侯復至京師待補；諸

〔註278〕《方苞集》卷七〈送劉函三序〉，頁185。

君驚愕，走問于僕，曰四三人。僕雖爲君侯解于諸君，而私心惴惴，竊懼君侯之不實吾言也，遂爲文以道前事之善。」〔註 279〕可知本文於劉氏辭池陽令後又至京師候補時作，然未立即出示劉氏，「屢置懷袖中，相見而蹙縮不敢出，非敢以世俗人疑君侯，僕竊有所懲也。」其後劉氏又出官廬陵，既而再度辭官，「聞君侯定家金陵，與敝廬相違數武」，方苞以前所書之本文贈之。請看首段云：

> 道之不明久矣，士欲言中庸之言，行中庸之行，而不牽於俗，亦難矣！蘇子瞻曰：「古之所謂中庸者，盡萬物之理而不過。今之所謂中庸者，循循焉爲眾人之所爲。」夫能爲眾人之所爲，雖謂之中庸可也。自吾有知識，見世之苟賤不廉、姦欺而病於物者，皆自謂中庸，世亦以中庸目之。
> 其不然者，果自桎焉，而眾皆持中庸之論，以議其後。

首段借蘇子「中庸」之論爲全文之主線。所謂「中庸」，即言行不偏不倚也。然則古今之中庸觀念迥異，在此運對比之法，古爲「盡萬物之理而不過」，今爲「循循焉爲眾人之所爲」，再道出己所見，世之「苟賤不廉、姦欺而病於物者」爲中庸，較之蘇子之語，尤有過之。依蘇子之意，其所言古之「中庸」，即儒家之所謂中庸也，中者不偏不倚，無過不及之名，庸者平常也。程子曰：「不偏之謂中，不易之謂庸。中者天下之正道，庸者天下之定理。」〔註 280〕故言「盡萬物之理而不過」；今之「中庸」，即儒家之所謂鄉愿也，孔子謂「鄉原，德之賊也。」〔註 281〕孟子曰：「閹然媚於世也者，是鄉原也。」又曰：「非之無舉也，刺之無刺也；同乎流俗，合乎汙世；居以似忠信，行之似廉潔，眾皆悅之，自以爲是，而不可與入堯舜之道，故曰德之賊也。」〔註 282〕蓋閹然媚世，同流合污，以博取眾人歡心，故言「循循焉爲眾人之所爲」。然方苞當世所目爲「中庸」者，爲苟且卑賤、寡廉鮮恥、奸詐欺騙、陷於物欲而不能自

〔註 279〕《方苞集集外文》卷五〈與劉函三書〉，頁 653～654。

〔註 280〕朱熹《四書集注》〈中庸章句〉，頁 45。

〔註 281〕同註 280，〈論語集注〉卷九〈陽貨第十七〉，頁 408。

〔註 282〕同註 280，〈孟子集注〉卷十四〈盡心章句下〉，頁 912～913。

拔者，比蘇子所道有過之無不及，可謂世風日下，人心不古，在舉世皆
濁之際，若有堅守節操，不願同流合汙者，則眾人將持「中庸」以非議
之，無怪文首以「道之不明久矣，士欲言中庸之言，行中庸之行，而不
牽於俗，亦難矣！」嗚發無限慨嘆。王文濡云：「以不中庸爲中庸，是
鄉愿之所謂中庸，非吾儒之所謂中庸也。」〔註283〕本段以「中庸」二
字作主，由古而今，層層推進，奠下議論之根基，此即「因義立法」也。
張相評云：「由蘇公之說，翻入一層，正如鑄鼎燃犀，物無遁影，然世
變可知矣。」〔註284〕然而世上未嘗無獨醒之人乎？再看次段云：

> 燕人劉君函三令池陽，困長官誅求，棄而授徒江、淮間，
> 嘗語余曰：「吾始不知吏不可一日以居也。吾百有四十日而
> 去官，食知甘而寢成寐，若昏夜涉江浮海而見其涯，若沈
> 痾之霍然去吾體也。」夫古之君子，不以道徇人，不使不
> 仁加乎其身。劉君所行，豈非甚庸無奇之道哉？而其鄉人
> 往往謂君迂怪不合於中庸。與親暱者，則太息深，矉若哀
> 其行之迷惑不可振救者。雖然，吾願君之力行而不惑也！

次段承首段之意，點出所送之人劉君，其行事異於眾人之所爲，而能
「自桎」者，在混濁之世俗中，誠屬難能可貴者，故對其辭官授徒大
加讚賞，蓋劉君因「困長官誅求」，棄官爲民，且表明「吏之不可一
日以居」，辭官後「食知甘而寢成寐，若昏夜涉江浮海而見其涯，若
沈痾之霍然去吾體」也，劉君不與貪官同流合污，乃「不以道徇人，
不使不仁加乎其身」之君子，然而其廉直抗俗卻不爲世人所稱許，鄉
人謂其「迂怪」，親人爲之「太息」，惟有方苞勉其「力行不惑」，肯
定其能堅持自我。本段直敘劉君之行事，以反映官場之腐敗現象，不
直斥貪官汙吏，僅用「誅求」二字，則貪贓枉法之苟當已昭然若揭；
不苛責世人，而以世人對劉君之態度，則追求仕進之心態已表露無
遺，此所謂「所載之事，必與其人之規模相稱」，「常事不書」之義也。

〔註283〕姚鼐《古文辭類纂》卷三十三〈方靈皋送劉函三序〉，頁936。
〔註284〕張相、莊啓傳選評《清朝文錄簡編》卷四方苞〈送劉三函序〉，頁
　　　　17，中華書局，民國57年3月臺一版。

本段之敘事亦能與前段之議論相呼應，劉君即古之「中庸」者，而鄉人與親暱者即今之「中庸」者，長官即「苟賤不廉、姦欺而病於物」之自謂「中庸」者。文中連用二譬喻，形容辭官後之心境，使形象更具體鮮明，其喜悅與舒暢，不言而喻，筆法靈動，意在言外。又看末段云：

> 無耳無目之人，貿貿然適於鬱栖坑阱之中，有耳有目者，當其前援之不克而從以俱入焉，則其可駭詫也加甚矣。凡務為撓君之言者，自以為智，天下之極愚也。奈何乎不畏古之聖之賢人，而畏今之愚人哉？劉君幸藏吾言於心，而勿以示鄉之，彼且以為譸張頗僻，背於中庸之言也。

末段勉劉君效法古聖賢之「中庸」，不必畏懼世人之議，並告以勿示鄉人作結。起首亦以譬喻發端，將貪官汙吏比作無耳目者，因其蒙昧不明而陷入糞池汙穢之坑中，而有耳目者，卻無法明辨是非，與之同流合污，故其「可駭詫也加甚」，再推展至批評劉君之世人為愚者，正告劉君不以人言而阻其為中庸，無疑對吏治與世風作當頭棒喝，且以此論非世之所謂「中庸」，勿以示人，用以呼應前文。張相云：「筆筆作轉，愈轉愈深，文境之高，有俯視一切氣象。」〔註285〕王文濡云：「劉君所為特中庸之端，而世以為迂怪，不合於中庸，則信乎中庸之難能也。」〔註286〕

　　綜觀本文議論與敘事相間並用，議論嚴密，敘事清晰，指斥吏治與時弊，皆委婉含蓄，高淡醇厚，無疾言厲色，而意自見，尤以善用譬喻法，令人耳目一新，而無說教意味，亦可顯現方苞之個性與為人。故尹會一云：「望溪先生謂某曰：『僕以確守經書中語，於君不敢欺，於事不敢詭隨，於言不敢附和，重為時人所惡。』數語足概其生平，余每尋味不忘也。」〔註287〕沈廷芳亦云：「方先生品高而行卓，其為文，非先王之法弗道，非昔聖之旨弗宣，其義峻遠，其法謹嚴，其氣

〔註285〕同註284，頁18。
〔註286〕同註283，頁937。
〔註287〕尹會一《健餘劄記》卷四〈閱歷〉，頁53。

肅穆，而味淡以醇，湛於經而合乎道，洵足以繼韓歐諸公矣。」〔註288〕觀此文，可知皆非虛譽也。

　　方苞文集中具此特色者，尚有〈漢高帝論〉、〈漢文帝論〉、〈蜀漢後主論〉、〈于忠肅論〉、〈原人〉、〈通蔽〉等，皆爲篇幅短小，議論緊密之精心傑作。

二、結構謹嚴，層次井然

　　方苞論文主「義法」，注重有物有序，曾於〈書漢書霍光傳後〉云：「古之良史，於千百事不書，而所書一二事，則必具其首尾，其所爲旁見側出者，而悉著之」又於〈書五代史安重誨傳後〉云：「記事之文，惟左傳、史記各有義法，一篇之中，脈相灌輸，而不可增損。然其前後相應，或隱或顯，或偏或全，變化隨宜，不主一道。」此所謂「具首尾」、「脈相灌輸」、「前後相應」，皆爲結構謹嚴，層次井然之要件，在其文集中，最具代表性之作，當屬〈獄中雜記〉〔註289〕最膾炙人口。此文乃方苞受《南山集》獄牽連入獄，在獄中長達兩年，對箇中生活有深切體驗，於是將耳聞目睹之景象，作最眞實之記錄。

　　本文題名〈獄中雜記〉，顧名思義，乃雜記獄中所見所聞，以記事爲主，不加議論，而因事見義，旨在揭露治獄之黑暗，所記之事雖多，卻以「治獄」爲主線，呈現多而不雜，層次井然。全文共分七段，且看首段：

> 康熙五十一年三月，余在刑部獄，見死而由竇出者日四三
> 人。有洪洞令杜君者，作而言曰：「此疫作也。今天時順正，
> 死者尚希，往歲多至日十數人。」余叩所以，杜君曰：「是
> 疾易傳染，遘者雖戚屬不敢同臥起；而獄中爲老監者四。
> 監五室：禁卒居中央，牖其前以通明，屋極有窗以達氣；
> 旁四室則無之，而繫囚常二百餘。每薄暮下管鍵，矢溺皆
> 閉其中，與飲食之氣相薄；又隆冬貧者席地而臥，春氣動，

〔註288〕同註276〈望溪先生文集後〉，頁6。
〔註289〕《方苞集集外文》卷六〈獄中雜記〉，頁709〜712。

－277－

鮮不疫矣。獄中成法，質明啓鑰。方夜中，生人與死者並
踵頂而臥，無可旋避，此所以染者眾也。又可怪者，大盜
積賊，殺人重囚，氣傑旺，染此者十不一二，或隨有瘳。
其駢死皆輕繫及牽連佐證法所不及者。」

首先點出時間、地點，以增強記事之眞實，然後直敍所見所聞。首段
敍述獄中瘟疫流行之情況。起筆即以親眼所見之景象「死而由竇出者
日四三人」發端，緊接運用對話，透過杜君之口實，道出獄中瘟疫流
行之因，及常見之事。杜君久居獄中，洞悉其中隱微，爲一知情者，
而方苞乃初入獄中，故以杜君現身說話，比方苞直接描述更具說服力
與眞實性。其引杜君之言，分從監獄設備及管理制度詳加說明，此乃
瘟疫流行之因，而「往歲多至日十數人」，此乃司空見慣之事。後更
揭露治獄之弊，「大盜積賊，殺人重囚」，反能存活，而「輕繫及牽連
佐證，法所不及者」，皆駢死獄中，豈不怪哉？其中隱情，理當不言
自明。次段云：

余曰：「京師有京兆獄，有五城御史司坊，何故刑部繫囚之
多至此？」杜君曰：「邇年獄訟情稍重，京兆、五城即不敢
專決。又九門提督所訪緝糾詰，皆歸刑部；而十四司正副
郎好事者，及書吏、獄官、禁卒，皆利繫者之多；少有連，
必多方鉤致。苟入獄，不問罪之有無，必械手足，置老監，
俾困苦不可忍；然後導以取保，出居于外，量其家之所有
以爲劑，而官與吏剖分焉。中家以上皆竭資取保。其次求
脫械，居監外板屋，費亦數十金。惟極貧無依，則械繫不
稍寬，爲標準以警其餘。或同繫情罪重者，反出在外；而
輕者、無罪者罹其毒，積憂憤，寢食違節，及病又無醫藥，
故往往至死。」

次段寫刑部獄繫囚之多緣由及官吏敲詐勒索之手段。仍運設問法，承
首段而來，以杜君之言爲證。繫囚多之因，一則情節稍重，下不敢專
決者，或訪察盤問捕獲者，「皆歸刑部」；一則大小官吏，胥吏獄卒，
皆視勒索犯人爲生財之道，故稍有牽連，「必多方鉤致」，以回應首段

「繫囚常二百餘」之多。再就敲詐手段言，「量其家之所有以爲劑」，導致極貧無依者、輕者、無罪者慘遭其害，而罪情嚴重者反出在外。此段亦用以突顯治獄之弊，側重於官吏所作所爲之描述，爲牟取私利，不惜殘害無辜之事實。三段云：

> 余伏見聖上好生之德，同於往聖，每質獄辭，必於死中求其生，而無辜者乃至此。儻仁人君子爲上昌言：「除死刑及發塞外重犯，其輕繫及牽連未結正者，別置一所以羈之，手足毋械。」所全活可數計哉！或曰：「獄舊有室五，名曰現監，訟而未結正者居之。儻舉舊典，可小補也。」杜君曰：「上推恩，凡職官居板屋。今貧者轉繫老監，而大盜有居板屋者，此中可細詰哉！不若別置一所，爲拔本塞源之道也。」余同繫朱翁、余生及在獄同官僧某遘疫死，皆不應重罰。又某氏以不孝訟其子，左右鄰械繫入老監，號呼達旦。余感焉，以杜君言汎訊之，眾言同，於是乎書。

三段寫以己所見同繫者之遭遇，以印證杜君之言，進而「汎訊之，眾言同」，以益杜君所言眞確。行文至此，皆以杜君之口道出獄中醜態，故以記聞爲主，以所見所訪爲輔，並舉典型事例，相互佐證，說服力極強。四段云：

> 凡死刑獄上，行刑者先俟於門外，使其黨入索財物，名曰斯羅，富者就其戚屬，貧則面語之。其極刑，曰：「順我，即先刺心，否則四支解盡，心猶不死。」其絞縊，曰：「順我，始縊即氣絕，否則三縊加別械，然後得死。」惟大辟無可要，然猶質其首。用此，富者略數十百金，貧亦罄衣裝，絕無有者，則治之如所言。主縛者亦然；不如所欲，縛時即先折筋骨。每歲大決，勾者十四三，留者十六七，皆縛至西市待命。其傷於縛者即幸留，病數月乃瘳，或竟成痼疾。余嘗就老胥而問焉：「彼於刑者縛者，非相仇也，期有得耳；果無有，終亦稍寬之，非仁術乎？」曰：「是立法以警其餘且懲後也；不如此，則人有倖心。」主梏扑者亦然。余同逮以木訊者三人：一人予三十金，骨微傷，病

問月；一人倍之，傷膚，兼旬愈；一人六倍，即夕行步如
平常。或叩之曰：「罪人有無不均，既各有得，何必更以多
寡爲差？」曰：「無差，誰爲多與者？」孟子曰：「術不可
不愼。」信夫！

四段深入詳述行刑者、主縛者、主梏扑者敲詐勒索之手段，揭露貪婪
暴虐、心毒手辣，對受刑者慘無人道之罪惡行徑。分三層敍述，先寫
行刑者，對富者、貧者、絕無有者三種人採不同方式索賄，並依極刑、
絞縊、大辟三種不同刑罰採行威逼搜刮之能事，直採錄用行刑者之口
語，雖寥寥數句，然而其猙獰面目躍然紙上，比鋪陳直敍更爲生動。
次寫主縛者，再寫主梏扑者，用兩「亦然」，則其狠毒與行刑者相同。
然後再用己與老胥之對話，道出此現象在刑部獄中爲理所當然之事，
最後發出感慨，援引孟子之言「術不可不愼」作結。此段雖人、事紛
雜，但敍事條理清晰，層層遞進，如剝春筍，逐層揭發治獄之弊。五
段云：

部中老胥家藏僞章，文書下行直省，多潛易之，增減要語，
奉行者莫辨也。其上聞及移關諸部，猶未敢然。功令：大
盜未殺人及他犯同謀多人者，止主謀一二人立決，餘經秋
審，皆減等發配。獄辭上中有立決者，行刑人先俟於門外，
令下遂縛以出，不羈晷刻。有某姓兄弟以把持公倉，法應
立決，獄具矣。胥某謂曰：「予我千金，吾生若。」叩其術，
曰：「是無難！別具本章，獄辭無易，取案末獨身無親戚者
二人易汝名，俟封奏時，潛易之而已。」其同事者曰：「是
可欺死者而不能欺主讞者，儻復請之，吾輩無生理矣。」
胥某笑曰：「復請之，吾輩無生理，而主讞者亦各罷去。彼
不能以二人之命易其官，則吾輩終無死道也。」竟行之，
案末二人立決。主者口呿舌撟，終不敢詰。余在獄猶見某
姓，獄中人群指曰：「是以某某易其首者。」胥某一夕暴卒，
眾皆以爲冥謫云。

五段詳記老胥僞造文書，貪贓枉法，殘害無辜，致使眞兇逍遙法外，
老胥爲索重金，膽大包天，私造公章，增減要語，讓奉行者眞假莫辨；

尤有甚者，更換奏章，替換人頭，枉殺從犯。列舉「某姓兄弟」為例，以證實胥吏營私舞弊之不法行徑，並用胥某與「某姓兄弟」之對話，使人物栩栩如生，呼之欲出。末以「胥某一夕暴卒」，反映天理昭彰，惡有惡報。此段仍以治獄之弊為主線，揭開刑部中黑暗層面，更清晰暴露貪官污之醜態。六段云：

> 凡殺人，獄辭無謀故者，經秋審入矜疑，即免死，吏因以巧法。有郭四者，凡四殺人；復以矜疑減等，隨遇赦將出，日與其徒置酒，酣歌達曙。或叩以往事，一一詳述之，意色揚揚，若自矜詡。噫！淈惡吏忍於鬻獄，無責也！而道之不明，良吏亦多以脫人於死為功而不求其情。其枉民也，亦甚矣哉！

六段寫胥吏借「矜疑」而巧法，使殺人犯得以免死。為玩法枉民又增一例，足見治獄弊端層出不窮。在此舉郭四為例，描述其借「矜疑」而即將赦出，在獄中置酒作樂，得意揚揚之神情。末借題抒發議論，並寄無限感慨，「噫！淈惡吏忍於鬻獄，無責也！而道之不明，良吏亦多以脫人於死為功而不求其情。其枉民也，亦甚矣哉！」不論惡吏、良吏皆能枉法害民，而不法之徒反而逍遙自在。末段云：

> 姦民久於獄，與胥卒表裡，頗有奇羨。山陰李姓以殺人繫獄，每歲致數百金。康熙四十八年，以赦出，居數月，漠然無所事。其鄉人有殺人者，因代承之。蓋以律非故殺，必久繫，終無死法也。五十一年，復援赦減等謫戍，嘆曰：「吾不得復入此矣。」故例：謫戍者移順天府羈候。時方冬，停遣。李具狀，求在獄候春發遣，至再三，不得所請，悵然而出。

末段述久繫之姦民，在獄中與胥卒相互勾結，牟取暴利而不欲出獄之反常現象。並舉「山陰李姓」為典型之例，刻畫出以入獄為職業之特殊心態，其因乃在此可免受刑罰，亦可歲入數百金，後援赦減等謫戍，尚具狀求在獄，卒「悵然而出」，以結束本文。

　　由以上之分析，可知本文記事雜而不亂，始終以「治獄之弊」為

主線，結構謹嚴，層次井然，呈現「雜記」之特色。就題材之安排言，先寫獄中瘟疫流行，死亡之多慘狀，使人對刑部獄產生陰森恐怖之心理；再寫行刑者、主縛者、主桎扑者敲詐勒索之手段，使人認清獄中執行刑法者貪婪殘暴之醜陋；然後又深入描繪老胥小吏貪贓枉法，增減奏章要語，或更換奏章，揭開監獄最黑暗之內幕；最末以胥吏與久繫奸民相互勾結謀利，從而突顯刑部獄之腐敗。方苞身陷囹圄，對獄中內幕曾親身體驗，然所歷之事紛雜，在眾多事件中必加以取捨，截取最具典型之事例，刻意安排，由淺而深，層層揭示，使監獄之黑暗，完整而具體地暴露。再就人物之安排言，所繫囚犯者，有無辜百姓，佐證良民，大盜積賊，殺人重囚，久繫奸民，以罪刑之輕重為序，逐一出場；而監管監獄者，有主行刑者、主縛者、主桎扑者，亦有舞文弄法之胥吏，貪贓枉法之貪官，以及脫人於死為功之良吏，一概皆顯示監獄之黑暗。如行刑者、主縛者對囚犯之敲詐，反映其凶殘貪暴；主桎扑者據囚犯賄賂多寡而分別桎扑之輕重，反映其貪贓枉法；胥吏私改奏章，屈殺無辜，而主讞者不敢詰查，反映官吏同污，因利枉法之醜態；奸吏玩弄法令，反映其貪婪卑鄙；胥吏與奸民合謀圖利，反映監獄之腐敗等，皆為典型之人物，而其出現亦能作合理之安排。復就敘事手法言，有透過他人口實敘事，如杜君口述瘟疫情況，及刑部上下「皆利繫者之多」之貪污景象；又如老胥口述掌刑者以多謀取賄賂為主。有採直敘親身所見之口吻，如以「見死而由竇出者日四三人」，寫瘟疫之流行；以「余同繫朱翁、余生及在獄同官僧某遘疫死，皆不應重罰」，寫無辜者卻死；以「余同逮以木訊者三人」受刑輕重不同，寫主桎扑者施行視「多寡為差」；以「余在獄猶見某姓」之事，寫主犯逍遙法外。有採舖陳敘述者，如胥吏私改奏章，胥吏與奸民相互勾結等，皆能細膩地描述，使人有真實感。而文中時而敘述，時而對話，變化多端，間或插入簡短之議論，抒發感慨，以點明題旨，增強共鳴。

　　總之，本文名為「雜記」，卻能雜而不亂。文章起句點題，簡潔

明瞭。中間人物眾多，頭緒紛繁，但皆以「治獄之弊」為中心，從監獄、緝捕、管理、辦案諸方面選擇與組織材料，有條不紊，層層遞進敘述，展示各類人物之身份與特性，寄愛憎於字句，寓義理於辭章，既有概述，又有範例；既有親見，又有耳聞，直接敘述與間接援引相結合；時而記人物對話，時而挿入形象描寫、簡潔議論與感慨。結尾以李氏留戀嘆息之語，悵然而出之狀，冷靜刻畫，發人深省，耐人尋味。全文錯落有致，質樸曉暢，體現方苞「義法」之要求及「雅潔」之語言風格，足以顯現文章結構謹嚴，層次井然。故程釜云：「先生之文，循韓、歐之軌跡，而運以左、史義法，所發揮推闡，皆從檢身之切，觀物之深而得之。」〔註290〕戴鈞衡云：「文家精深之域，惟先生掉臂游行。」〔註291〕洵知言也。

三、以簡馭繁，潔淨流暢

　　方苞曾云：「古文中不可入語錄中語，魏晉六朝人藻麗俳語，漢賦中板重字法，詩歌中雋語，南北史佻巧語。」又云：「古文氣體，所貴清澄無滓。」故其為文，力求語言雅潔澄清，辭無蕪累，顯示以簡馭繁，潔淨流暢之特色，在此舉〈逆旅小子〉〔註292〕為例，全文短小，不足三百字，僅分三段，首段云：

> 戊戌秋九月，余歸自塞上，宿石槽。逆旅小子苦形羸，敞布單衣，不襪不履，而主人撻擊之甚猛，泣甚悲。叩之東西家，曰：「是其兄之孤也，有田一區，畜產什器粗具。恐孺子長而與之分，故不恤其寒饑而苦役之，夜則閉之戶外，嚴風起弗活矣。」余至京師，再書告京兆尹：「宜檄縣捕詰，俾鄉鄰保任而後釋之。

本文旨在揭示時弊，並提出救治之方。首段敘事，寫逆旅小子之悲慘遭遇。敘事必須包含人、時、地、事，才能顯現其真實性，故首以時

〔註290〕《方苞集》附錄二〈諸家評論〉，頁903。
〔註291〕《方苞集》附錄三〈各家序跋〉，戴鈞衡〈重刻方望溪先生全集序〉，頁906。
〔註292〕《方苞集》卷九〈逆旅小子〉，頁244～245。

間開端,「戊戌秋九月」,即康熙五十七年,方苞入值南書房,每歲隨駕至熱河避暑山莊,秋始返京,此時適值返京途中;次寫地點,路宿石槽,在京兆順義縣,即今北京順義。再次展示人物。「逆旅小子形苦羸,敝布單衣,不襪不履,而主人撻擊之甚猛,泣甚悲」,短短五句,已將人物之形象與遭遇刻畫無遺,逆旅主人之凶暴,孤兒之悲苦,繪聲繪影,如見其形,如聞其聲,栩栩如生,呈現目前。尤其受主人毒打「甚」猛,而其泣「甚」悲,用兩「甚」字,表事態嚴重,令人同情,不由得詢問其因,乃肇於店主人爲獨佔家產,不惜虐待長兄之遺孤,且謂嚴多必死無疑。方苞至京師,將此事告知京兆尹,請求辦理。本段敘事記人,皆能掌握人物特性,造語雅潔,突顯其能以簡馭繁,潔淨流暢之特色。次段云:

> 逾歲四月,復過此,里人曰:「孺子果以是冬死,而某亦暴死,其妻子田宅畜物皆爲他人有矣。」叩以吏曾呵詰乎?則未也。

次段寫此事結局,以回應首段。敘己再度過此,由里人口述得知人、事之結果,並道出官吏對此事之不聞不問,於是引發下段之議論,末段云:

> 昔先王以道明民,猶恐頑者不喻,故以「鄉八刑糾萬民」,其不孝、不弟、不睦、不婣、不任、不恤者,則刑隨之,而五家相保,有罪奇邪則相及;所以閉其塗,使民無由動於邪惡也。管子之法,則自鄉師以至什伍之長,轉相督察而罪皆及於所司。蓋周公所慮者,民俗之偷而已;至管子而又患吏情之遁焉。此可以觀世變矣。

末段點出主題,對逆旅小子之慘死,引出此段議論,分兩層言之,一以「民俗之偷」,爲直接之因,即逆旅主人貪占其田產而濫施暴虐。二以「吏情之遁」,爲間接之因,即官吏漠視民瘼,故對蘇息民困,整飭吏治,提出方法,一按周禮之法,「以鄉八刑糾萬民」,「使民無由動於邪惡」,以歸於孝弟;二按管子之法,凡有失職,「罪皆及於有司」,使官吏皆盡忠職守。

　　本文旨在說理，但非單純議論，而由記事入手，引出議論，事理相生，敘議相協，自成一體。文字不足三百字，將逆旅小子不幸遭遇，事件與因果交代清楚。其敘事手法，或親眼目見而直述其事，或通過里人之口道出，其後皆歸至官吏能否關心。由逆旅小子之慘死，反映民俗之偷，由官吏漠視民瘼，反映吏情之遁，以此作爲末段議論之根據，而提出救治之方。總之，本文用字簡潔，以小見大，正是方苞文論中義法與雅潔之直接體現。

　　再舉〈左忠毅公逸事〉〔註293〕爲例：

　　〈左忠毅公逸事〉乃寫左光斗之事蹟，題爲「逸事」，則鮮爲人所知之事，可補史傳之不足。方苞幼時，其父常言諸前輩之志節，故能耳熟焉，茲移錄本文於下，首段云：

> 先君子嘗言：鄉先輩左忠毅公視學京畿，一日風雪嚴寒，從數騎出，微行入古寺；廡下一生伏案臥，文方成草，公閱畢，即解貂覆生，爲掩戶。叩之寺僧，則史公可法也。
>
> 及試，吏呼至史公，公瞿然注視；呈卷，即面署第一，召入使拜夫人，曰：「吾諸兒碌碌，他日繼吾志事，惟此生耳。」

首段寫左光斗之愛才。起首交待此逸事之由來，以增強其可信度。其後描述左光斗發現、賞識及提拔史可法之經過。極力著墨於左光斗，分三層敘述：在視學京畿時，不顧風雪嚴寒，微服出訪，發現史可法；在考場上即「面署第一」，爲國拔擢人才；親自召見，給予贊揚，表現愛才之心，寫出左光斗對國之「忠」。側重描寫人物之語言、行動，及細節刻畫，以塑造人物形象。如在古寺發現史可法之文稿，用「閱」、「解」、「覆」、「掩」連續動作，顯示左公內心之鍾愛，緊接「叩」字，道出求才之迫切，「瞿然」點出全神貫注神情，隨即「面署第一」，並「召入」，「拜」見師母，顯出特別倚重，凡此皆將左公爲國選才之卓識，生動而細膩刻繪，並以人物顯身說話：「吾諸兒碌碌，他日繼吾志事，惟此生耳。」一語道破，表達對史可法之期望，用筆簡潔，人

物鮮明。次段云：

> 及左公下廠獄，史朝夕獄門外，逆閹防伺甚嚴，雖家僕不
> 得近。久之，聞左公被炮烙，旦夕且死；持五十金，涕泣
> 謀於禁卒，卒感焉。一日使史更敝衣，草屨背筐，手長鑱，
> 爲除不潔者。引入，微指左公處，則席地倚牆而坐，面額
> 焦爛不可辨，左膝以下，筋骨盡脫矣。史前跪抱公膝而嗚
> 咽。公辨其聲而目不可開，乃奮臂以指撥眥，目光如炬，
> 怒曰：「庸奴！此何地也？而汝來前。國家之事，糜爛至此。
> 老夫已矣！汝復輕身而昧大義，天下事誰可支拄者？不速
> 去，無俟姦人構陷，吾今即撲殺汝！」因摸地上刑械，作
> 投擊勢。史噤不敢發聲，趨而出。後常流涕述其事以語人
> 曰：「吾師肺肝，皆鐵石所鑄造也。」

次段寫左公被誣，慘遭酷刑，史可法探獄。先寫左公受魏黨構陷下獄，
史氏探獄之努力，看似報恩，實爲恩重。再寫史氏潛獄探視，透過史
氏之眼光道出左光斗之形象、動作、聲音。受炮烙後，猶「席地倚牆
而坐，面額焦爛不可辨，左膝以下，筋骨盡脫」，顯見受盡酷刑，仍
剛強不屈之精神；「奮臂以指撥眥，目光如炬」，「因摸地上刑械，作
投擊勢」，顯示忠烈剛毅之性格；怒斥之言，慷慨激昂，表露其耿介
堅貞之忠臣。此段用筆簡省，然卻有聲有色，維肖維妙，已使左光斗
之精神性格完全展現，最末加上史氏之讚語「吾師肺肝，皆鐵石所鑄
造也。」更有畫龍點睛之妙。再看三段云：

> 崇禎末，流賊張獻忠出沒蘄、黃、潛、桐間，史公以鳳廬
> 道奉檄守禦；每有警，輒數月不就寢，使將士更休，而自
> 坐幄幕外，擇健卒十人，令二人蹲踞而背倚之，漏鼓移則
> 番代。每寒夜起立，振衣裳，甲上冰霜迸落，鏗然有聲。
> 或勸以少休，公曰：「吾上恐負朝廷，下恐愧吾師也。」史
> 公治兵，往來桐城，必躬造左公第，候太公太母起居，拜
> 夫人於堂上。

三段寫史可法忠於職守，並常拜見師母。此段側重敍述史氏，身先士
卒，宵旰不怠，實乃繼承左公精神，受其人格之感召，故言「吾上恐

負朝廷，下恐愧吾師也。」末寫候太公太母起居及拜見夫人，言史氏不忘恩師。此段極力寫史氏以襯托左公，用側筆烘托之法，較正面描述，效果更佳，以回應首段左公能獨具慧眼，提拔人才，而史氏亦不負左公之厚望，繼其志事，二人精神相互輝映，相得益彰。末段云：

> 余宗老塗山，左公甥也，與先君子善，謂獄中語乃親得之
> 於史公云。

末段寫此逸事之所得，與照應開頭首句。且獄中語「親得之於史公」，更增強逸事之可靠。

　　本文以記左光斗之逸事爲主，在選材上精心設計，不以左公之全面經歷著眼，而僅取微行、拔史氏及史氏探監三事，專注表現左公竭忠爲國、剛毅不屈之品格，剪裁至精。首段寫左公拔史氏，突顯左公選才重在「繼吾志事」；次段寫史氏獄中見左公，表現左公「肺肝如鐵」；三段寫史氏治兵，繼左公之志事。前二段直敘，從正面表現左公之品格，後段側敘，從側面表現左公之人格感召。全文結構有虛有實，有詳有略，脈絡相輸，層次井然，而語言無一累贅蕪辭，體現雅潔之風格。故雷鋐云：「先生之文，非闡道翼教，有關人倫風化不苟作。」戴鈞衡云：「書諸公逸事，陰陽消長所係，不惟足傳懿節而已。」〔註294〕

　　試取本文與戴名世〈左忠毅公傳〉作較，更能突顯方苞爲文語言之雅潔。戴氏〈左忠毅公傳〉以史傳文之寫法，詳實記述左光斗一生「清直敢言」，如奏請興水利、重農事；奏開屯學、武學；上疏請三十餘年不視朝事之神宗御朝；奏請熹宗移居乾清宮；爭議爲光宗立年號；最後爲魏黨所害，下獄而死，鉅細靡遺，長篇累牘。然而方苞〈左忠毅公逸事〉，講究雅潔，強調刪繁就簡，去蕪存精，捨末跡，著大節，常事不書，於是左公之精神風貌躍然紙上。反之，戴氏全面記敘，史料詳實，所塑造左公之形象僅是循吏諫臣而已，難以動人心目，故方苞採「逸事」之體，詳戴文之所略，而略戴文之所詳，取材避開面

〔註294〕雷鋐評語同註290；戴鈞衡語同註291〈望溪先生集外文跋〉，頁920。

面俱到，舖陳直敘之弊病。故方苞之〈左忠毅公逸事〉能膾炙人口，傳誦不已。

若強取長達五千言之〈左忠毅公傳〉與僅五百字之〈左忠毅公逸事〉比較，而判分優劣，有欠公允，今試節選戴文中左公提拔人才與被捕入獄之敘述，與方苞〈逸事〉同一題材者並觀，〈左忠毅公傳〉云：

> 初，大興人史可法，幼貧賤，奉其父母居於窮巷，光斗爲督學，可法以應童子試見光斗，光斗奇之，曰：「子異人也，他日名位當在吾上。」因召之讀書邸第，而時時餽遺其父母貲用。一日，光斗夜歸，風寒雨雪，入可法室，見可法隱几假寐，二童子侍立於旁，光斗解衣覆之勿令覺，其憐愛之如此。及光斗逮繫，可法已舉於鄉矣。可法知事不可爲，乃衣青衣攜飯一盂，佯爲左氏家奴納囊饘者，賄獄卒而入，見光斗肢體已裂，抱之而泣，乃飯光斗。光斗呼可法而字之曰：「道鄰宜厚自愛，異日天下有事，吾望子爲國柱石。自吾被禍，門生故吏，逆黨日邏而捕之。今子出身犯難，徇硜硜之小節，而攖奸人之鋒，我死，子必隨之，是再戮我也。」可法拜且泣，解帶束光斗之腰而出。閱數日光斗死，可法仍賄獄卒入收其屍，糜爛不可復識，識其帶，乃棺而殮之，得以歸葬。後可法果以功名顯。〔註295〕

首就愛才而言，戴文從「初，大興人史可法」至「其憐愛之如此。」述左、史二人相遇於童子試，僅因「子異人也，他日名位當在吾上」，以是左公照顧史氏之生活，並安排在邸舍讀書，風寒雨雪，解衣覆之，理所當然，如此平平敘來，無波瀾起伏，末加「其憐愛之如此。」，似有畫蛇添足，多此一筆，再審視左公對史氏之動機，似有投桃報李，施恩望報之作用，然而方文卻安排左公在風雪嚴寒之古寺中，見史氏「文方成章」，過度疲憊而「伏案臥」，因賞識其文而「解貂覆生」，「爲掩戶」，惟恐驚擾暫寐之史氏，由此一連串之

〔註295〕戴名世《戴名世集》卷六〈左忠毅公傳〉，頁183。

動作，則愛才之心已不言而喻，至「及試」，才見史氏之面，「且面署第一」，召入拜夫人，如此由陌生而親近，其出發點爲「吾諸兒碌碌，他日繼吾志事，惟此生耳」，可見愛才基於秉公愛國，冠冕堂皇。經此兩相對照後，則方文顯得生動傳神，聲情畢現，可謂技高一籌。

　　再就探獄而言，戴文從「及光斗逮繫」至「解帶束光斗之腰而出」，寫史氏化裝賄獄卒入探，似乎甚易，未若方文「防伺甚嚴，雖家僕不得近」，「持五十金，涕泣謀於禁卒，卒感焉」之難，而方文化裝爲「不潔者」，亦較合常理；及見左公之形象，戴文僅以「見光斗肢體已裂」一句平淡而過，未若方文「席地倚牆而坐，面額焦爛不可辨，左膝以下，筋骨盡脫矣。」之具體而生動，且左公堅貞不屈之精神亦現；至於左公斥責史氏之言，戴文言「道鄰宜厚自愛，異日天下有事，吾望子爲國柱石。自吾被禍，門生故吏，逆黨日邏而捕之。今子出身犯難，徇碏碏之小節，而攖奸人之鋒，我死，子必隨之，是再戮我也。」語句長而平緩，心平氣和道出，未有緊張氣氛，而方文「庸奴！此何地也？而汝來前。國家之事，糜爛至此。老夫已矣！汝復輕身而昧大義，天下事誰可支拄者？不速去，無俟奸人構陷，吾今即撲殺汝！」張口怒罵，氣急敗壞，語無倫次，節奏緊迫，甚至「摸地上刑械，作投擊勢」，不僅有聲情俱下之語言，亦有形神畢現之動作，更揭示左公內涵精神，其驅趕史氏迅離此境惟恐不及，何能如戴文「抱之而泣，乃飯光斗」？文末戴文以史氏收左公屍及「果以功名顯」，以照應左公之知人，而方文卻詳述史氏治兵及造左公第，以照應左公之卓識，更能烘托左公之精神永垂不朽。

　　由上兩相比較，可知戴文所詳者，方文則略，而方文詳者，戴文則略，然而就敘述之虛實詳略及語言藝術言，方文則較成功，誠如方苞所言：「古之良史，於千百事不書，而所書一二事，則必具其首尾，其所爲旁見側出者，而悉著之。故千百世後，其事之表裡可按，如見其人。後人反是，是以蒙雜暗昧，使治亂賢姦之跡，並昏微而不著也。」

〔註296〕可知欲求突顯人物之特徵，應詳則詳，該簡則簡，不必吝惜筆墨。

四、形象鮮明，刻畫生動

　　方苞之文，語言雅潔，卻能展現形象鮮明，刻畫生動之效果，著墨無多，形神畢現，言簡意賅，波瀾起伏，如〈記長洲韓宗伯逸事〉，寫韓菼為人平實之形象，云：

> 公嘗乘小舟徜徉郊野間，會縣令出，隸卒爭道，覆公舟，比登岸，衣裳盡濡，戰栗移時，戒從者無聲，竟不知為公也。〔註297〕

寫韓菼為人謙和誠懇，不以富貴驕人，不作文字之讚頌揄揚，而將生動之場面描繪出，著墨不多，然形象畢現無遺，以小見大，知微見著，用「衣裳盡濡，戰栗移時」兩句，即可將全身濕透，受凍發抖之形象呈現在目，既寫實又傳神，活潑動人。又如〈左忠毅公逸事〉，寫左光斗之人品云：

> 公辨其聲而目不可開，乃奮臂以指撥眥，目光如炬，怒曰：「庸奴！此何地也？而汝來前。國家之事，糜爛至此。老夫已矣！汝復輕身而昧大義，天下事誰可支拄者？不速去，無俟姦人構陷，吾今即撲殺汝！」因摸地上刑械，作投擊勢。〔註298〕

此段有動作及語言，有心理解剖及人物形象，以簡潔之描繪與人物之對話，將師生之誼，愛國之情，及痛恨奸邪悲憤之心，悉數展露，寥寥數筆，情見乎辭，頗能寓抒情於敘事之中，使人物之性格栩栩如生，不失為上乘之作。如〈陳馭虛墓誌銘〉，描述陳馭虛不畏強權云：

> 余嘗造君，見諸勢家敦迫之使麇至。使者稽首階下，君伏几呻吟固卻之；日而嘻曰：「若生有害於人，死有益於人，吾何視為？」君以貴人交，必狎侮出嫚語相訾謷。諸公意不堪，

〔註296〕《方苞集》卷二〈書漢書霍光傳後〉，頁62～63。
〔註297〕《方苞集集外文》卷六〈記長洲韓宗伯逸事〉，頁692。
〔註298〕同註293，頁237。

－290－

> 然獨良其方，無可如何。余得交於君，因大理高公。公親疾，
> 召君不時至；獨余召之，夕聞未嘗至以朝也。〔註299〕

此段寫陳馭虛抗診。其不畏權貴，「固卻之」，並「狎侮出嫚語相訾
謷」，以動作及言語來抗診，非但顯示其愛憎分明之個性，亦展現其
醫術，用事極簡，運筆極省，而人物鮮明之形象已呼之欲出。張相
評此段云：「嬉笑怒罵皆成文章。」又云：「此文在望溪集中爲縱肆
之作。」〔註300〕

　　方苞云：「古之晰於文律者，所載之事，必與其人之規模相稱。」
〔註301〕故其描摹人物，注重人、事相稱，用以刻畫人物之自然面貌，
且看〈沛天上人傳〉云：

> 雍正某年，內府有疑獄，大小司寇會寺中待事。或叩佛氏
> 天堂地獄之說，上人曰：「在公等一念公私忍恕間耳！」中
> 有以深刻爲能者，面赤而色慍，曰：「方外人何難爲此言，
> 居官者能自主乎？」上人曰：「能視祿位少輕，則無難矣。」
> 眾皆默然。〔註302〕

沛天上人乃一和尚，平日不問世事，身分特殊，不能直敘其仗義執言，
爲民請命，而安排胥吏與之對話，以一方外之人譏諷告誡酷吏，亦以
佛家淡泊名利之語告之，隱含嘲諷針砭，則上人之形象也刻露無遺。
又如〈獄中雜記〉，描繪貪官污吏之形象云：

> 凡死刑獄上，行刑者先俟於門外，使其黨入索財物，名曰
> 斯羅，富者就其戚屬，貧則面語之。其極刑，曰：「順我，
> 即先刺心，否則四支解盡，心猶不死。」其絞縊，曰：「順
> 我，始縊即氣絕，否則三縊加別械，然後得死。」惟大辟
> 無可要，然猶質其首。用此，富者賂數十百金，貧亦罄衣

〔註299〕《方苞集》卷十〈陳馭虛墓誌銘〉，頁295。
〔註300〕同註284卷四方苞〈陳馭虛墓誌銘〉，頁109～110；及王文濡《清
　　　　文評註讀本》碑誌〈陳馭虛墓誌銘〉，頁229，老古出版社，民國
　　　　68年8月臺初版。
〔註301〕《方苞集》卷六〈與孫以寧書〉，頁136。
〔註302〕《方苞集》卷八〈沛天上人傳〉，頁235。

> 裝，絕無有者，則治之如所言。主縛者亦然；不如所欲，
> 縛時即先折筋骨。〔註303〕

由獄吏簡潔命令之語氣，其貪婪狠毒、冷酷無情之形象畢現，甚至死刑犯皆不放過，極盡索賄之能事，其餘可想而知矣，其言行與人甚相稱。又如〈沈孝子墓誌銘〉中述孝行云：

> 按孝子之行尤著者：鼎革時，負母而行於野，遇盜奪其糒，
> 母固不與，盜怒將殺之，泣而求代，並舍之。鄰失火，延
> 母寢。母疾方劇，不可以變。孝子號痛呼天，風反火息。
> 母八十餘，疾危篤，醫者皆曰：「法不可治。」割股以進，
> 弗瘳。夢紳緋衣告曰：「疾非五藥所治。醫淩某在雙林，速
> 致之！」淩至，以針達之，脫然愈。〔註304〕

沈孝子乃一介小人物，無功蹟可述，人、事相稱，故舉其孝行者三以明之，敘逃難，述失火，言醫病，雖瑣瑣小事，然卻娓娓敘來，其孝行可動人、應天、感神，故方苞亦自云：「余嘗怪書傳所記以孝感鬼神而得異徵者，大抵皆獨行之士，而聖賢則無之。」此段雖短短數行，則可將其孝行完全展現出，以顯示孝子之形象，甚為明晰。

又如〈白雲先生傳〉云：

> 入其室，架上書數千百卷，皆所著經說及論述史事。請貳
> 之，弗許，曰：「吾以盡吾年耳。已市二甕，下棺則并藏焉。」
> 〔註305〕

言白雲先生一面勤於著書立說　一面又不願流傳後世，行徑矛盾，令人費解，然卻深刻揭露明末遺老心境之苦楚，誠能以人物之細節特徵，以表現其心靈深處，故王文濡云：「如此纔是遺民本色，今之自命遺民者，寄跡海上，怡情聲色，互相標榜，又出三楚吳越耆舊下矣。」〔註306〕又〈杜蒼略先生墓誌銘〉云：

> 先生則退然一同於眾人，所著詩歌古文，雖子弟弗示也。

〔註303〕同註289，頁710。
〔註304〕《方苞集》卷十一〈沈孝子墓誌銘〉，頁303。
〔註305〕《方苞集》卷八〈白雲先生傳〉，頁215。
〔註306〕同註283，卷三十八〈方靈皋白雲先生傳〉，頁1015。

方壯喪妻，遂不復娶。所居室漏且穿，木榻敝帷，數十年
未嘗易，室中終歲不掃除；有子教授里巷間。窶艱，每日
中不得食，男女啼號，客至無水漿，意色間無幾微不自適
者。間過戚友，坐有盛衣冠者，即默默去之。行於途常避
人，不中道與人語，雖兒童廝輿惟恐有傷也。〔註307〕

以白描手法，寫杜蒼略之生活細節，顯示明末遺老之心情與孤特之個
性，超然脫俗，不慕榮利之形象隱然可見，較諸套用「孝友溫恭」、「和
順內斂」之成言，更爲盡意傳神。故姚鼐評此文云：「有逸氣，望溪
集中所罕見。」〔註308〕

　　方苞善長刻畫人物之形象，用其簡鍊之筆，潔淨之語言自然繪
出，使人如聞其聲，如見其形，不雜沓，不繁瑣，讀之清順流暢，韻
味無窮。故近人吳孟復言方苞擅長「借細節以傳神，留餘韻于言外」
〔註309〕

五、委婉紆徐，感人肺腑

　　方苞抒情之文，舉凡對父母之愛、兄弟之情、游朋之誼，皆委婉
敘來，不急不徐，使人自然融入其情節中，叩人心弦，動人耳目。如
敘親人之誌銘，蘊藏無限深情。且看〈先母行略〉云：

先君子中歲尤窮空，母生苞兄弟及女兄弟凡六人。一婢老
不任事。縫紝、浣濯、灑掃、炊汲，皆身執之。方冬時，
僅敝絮一衾，有覆而無薦。旬月中，不再食者屢焉。〔註310〕

此寫其母之辛勞，家境之困乏，紆徐敘來，無誇張之辭，眞切感人，
博人同情。又〈台拱岡墓碣〉云

每當弟與兄忌日、生辰，及春、秋、伏、臘令節，吾母先
期意色慘沮，背人掩涕，過旬猶不能平。吾父則召親賓劇
飲，號呶以自混。或遊郊野，沈暝然後歸。自苞省人事，

〔註307〕《方苞集》卷十〈杜蒼略先生墓誌銘〉，頁250。
〔註308〕同註283，卷五十〈方靈皋杜蒼略先生墓誌銘〉，頁1287。
〔註309〕吳孟復〈再談桐城派三個問題〉，頁91，江淮論壇，1988年三期。
〔註310〕《方苞集》卷十七〈先母行略〉，頁493～494。

　　未嘗見吾父母有一日之安也。〔註311〕

描寫父母晚年喪子之痛。母以淚洗面，父借酒澆愁，或野外漫遊，雖
抒情方式迥異，然思子之心皆同，而「未嘗見吾父母有一日之安」句，
正道出長期處在傷痛之中，令人憮然。張相評云：「此時情狀非仁人
孝子不能體會得到。」〔註312〕又〈弟椒塗墓誌銘〉〔註313〕云：

　　自遷金陵，弟與兄并女兄弟數人皆瘧痍，數歲不瘳，而貧
　　無衣。有壞木委西階下。每冬月，候曦光過簷下，輒大喜，
　　相呼列坐木上，漸移就暄，至東牆下。日西夕，牽連入室，
　　意常慘然。

此段亦描寫家境之窘迫。就冬貧無衣，寫列坐木上取暖之景象，刻畫入
裡，宛如見數孩著單衣，在寒風下抖顫之慘狀，悽慘惻動。下段又云：

　　兄赴蕪湖之後，家益困，旬月中屢不再食。或得果餌，弟
　　託言不嗜，必使余啖之。時家無僮僕，特室在竹園西偏，
　　遠於內。余與弟讀書其中，每薄暮，風聲肅然，則顧影自
　　恐。按時，弟必來視余；或弟坐此，余治他事，間忘之矣。

描寫兄弟友愛之情，讓美食，夜相伴，精神與物質兼顧，此情非他者
所能比也。又〈亡妻蔡氏哀辭〉云：

　　余性鈍直而妻亦戇，生之日未嘗以為賢也。既其歿，觸事
　　感物，然後知其艱。余少讀中庸，見聖人反求者四，而妻
　　不與焉，謂其義無貴於過睢也。乃余以執義之過而致悔焉。
　　甚矣！治性與情之難也。〔註314〕

此段自悔其妻在生之日未能珍惜，其隱含心靈深處之情感不言而喻，
用含蓄之筆調，比用直敘之手法更引人，故劉聲木云：「亦侍郎讀書學
道數十年有得之言，……有味如此，令後人增伉儷之情形不少，洵有
功世道之文矣。」〔註315〕李慈銘亦云：「閱望溪文集，其敘天倫悲苦

〔註311〕《方苞集》卷十七〈台拱岡墓碣〉，頁492。
〔註312〕同註284卷五方苞〈台拱岡墓碣〉，頁91。
〔註313〕《方苞集》卷十七〈弟椒塗墓誌銘〉，頁497。
〔註314〕《方苞集》卷十七〈亡妻蔡氏哀辭〉，頁505。
〔註315〕劉聲木《萇楚齋五筆》卷九，頁4。

處，根觸生平，時爲泫然廢卷，痛莫切于傷心鮮民之謂矣。」〔註316〕
洵爲知言也。

再看對姊妹之哀思，〈鮑氏姊哀辭〉云：

> 苞性劣而遇屯，於父母兄弟勩不遺恨者，而未若姊之深。
> 苦不能悉，生不能依，疾不能養，又無子女以寄其愛。嗚
> 呼！苞其若此心何哉？姊夫卒以瘵，既葬，仲復羸疾。其
> 家用俗忌，發而焚焉，未知兆安在？聞姊喪，命兄子道希
> 相視諏度，然後以姊祔。歲將除，問未至，無以攄吾哀，
> 及涕泣而爲楚言。〔註317〕

對伯姊之喪，深志哀痛悔恨，蓋幼受姊庇護，長而姊孤苦無依，己未
能及時照顧，聞喪，惟「涕泣而爲楚言」，其親情溢於言表。而對家
僕亦能獨抒己懷，如〈僕王興哀辭〉云：

> 念興在余家三十年，衣食未嘗適口體，患艱相依，其得免
> 余詈者，僅四月餘耳。因爲哀辭，以志吾悔。

家僕王興爲嫂張氏家僮，隨嫁至家，同患難，履艱辛，忽忽三十年，
性愚蒙，時受督責，方苞於其終志悔之意。又僕之女音，性剛明，容
止儼恪，竟以厲疾夭，年十有七，舉室惻傷，人如有所失焉，乃作〈婢
音哀辭〉以哀之。

方苞對勤於教誨扶進周卹，十年如一日之恩師高公，亦有深情表
白，〈高素侯先生墓誌銘〉云：

> 公疾大漸，適值禮部試期，命苞入試，未得與公一言以訣。
> 公平生以古義遇苞，而苞乃以世俗淺意，失師弟子始終之
> 禮。苞之負公，悔有終極邪！誌公之墓，亦所以志余隱于
> 不忘也。〔註318〕

對知遇提攜之恩師，未能適時回報，亦未盡師弟子之禮，深志悔意，
無有終極也。以上皆在誌銘或哀辭中，表達愧對死者，悔恨有加，實

〔註316〕李慈銘《越縵堂讀書記》八文學〈方望溪集〉，頁734。
〔註317〕《方苞集》卷十七〈鮑氏姊哀辭〉，頁499。
〔註318〕上二則引文，分見《方苞集》卷十六〈僕王興哀辭〉，頁 466；《方
苞集集外文》卷七〈高素侯先生墓誌銘〉，頁751。

發自內心之眞誠情感,有以致之也。

　　方苞云:「余窮於世久矣,而所得獨豐於友朋。」又云:「余數奇,獨幸不爲海內士大夫所棄,而有友朋之樂。」〔註 319〕故雖貧賤羈旅,未嘗一日而無友朋之樂也,且皆以道義交,當相互違離時,輒悵然若失,流露依戀之情。在此舉〈送王篛林南歸序〉〔註 320〕爲例,首段云:

> 余與篛林交益篤,在辛卯、壬辰間。前此篛林家金壇,余居江寧,率歷歲始得一會合。至是,余以南山集牽連繫刑部獄,而篛林赴公車,間一二日必入視余。每朝餐罷,負手步階除,則篛林推户而入矣。至則解衣盤薄,諮經諏史,旁若無人。同繫者或厭苦,諷余曰:「君縱忘此地爲圜土,身負死刑,奈旁觀者姍笑何?」然篛林至,則不能遽歸,余亦不能畏訾警而閟所欲言也。

此文爲贈序類,對友人惜別贈言之作,大多以抒情爲主,而本文卻以記事爲主,別具一番風味。本文旨在敘述與王篛林之友情。首段寫在獄中之交情。起首直點兩人交情「益篤」之時,在康熙五十、五一之間,但在此之前已訂交,卻兩地相隔,會面甚少,僅泛泛之交而已。而此時交情日深,蓋因己受刑部獄,篛林赴京應試,他人避之唯恐不及,惟其能「間一二日時必入視」,誠所謂「疾風知勁草,危難見眞情」也。自「每朝餐罷」以下,著力描繪王篛林之形象與神態,以「推户而入」、「解衣盤薄」之細微動作,刻畫其「旁若無人」之神情,顯現豪放不拘之形象,兩人「諮經諏史」,樂在其中,置生死於度外,受同繫者之姍笑,然卻依然故我,暢所欲言。由於王篛林眞誠友誼,方苞在獄中精神獲得莫大安慰。再看次段云:

> 余出獄,編旗籍,寓居海淀。篛林官翰林。每以事入城,則館其家。海淀距城往返近六十里,而使問朝夕通,事無

〔註 319〕分見《方苞集》卷七〈贈魏方甸序〉,頁 186,及同卷〈贈潘幼石序〉,頁 188。
〔註 320〕《方苞集》卷七〈送王篛林南歸序〉,頁 184。

細大必以關，憂喜相聞，每閱月踰時，檢翁林手書必寸餘。

次段敘述出獄後之交情。方苞於康熙五十二年，遇赦出獄，入值南書房，寓居城外；而王翁林官翰林，居城內，兩地相距六十里，仍時相來往，非但入城「館其家」，且「使問朝夕通，事無細大必以關，憂喜相聞」，甚至書信問候，以是月餘「檢翁林手書必寸餘」可見兩人友誼深厚。此段著墨無多，筆調冷靜，但情真意摯，不由時時流露。末段云：

戊戌春，忽告余歸有日矣。余乍聞，心忡惕，若暝行駐乎虛空之逕，四望而無所歸也。翁林曰：「子毋然！吾非不知吾歸，子無所向，而今不能復顧子。且子為吾計，亦豈宜阻吾行哉？」翁林之歸也，秋以為期，而余仲夏出塞門，數附書問息耗而未得也。今茲其果歸乎？吾知翁林抵舊鄉，春秋佳日與親懿游好徜徉山水間，酣嬉自適，忽念平生故人，有衰疾遠隔幽、燕者，必為北鄉惆然而不樂也。

末段敘述對友人遠離懷念之情，照應題旨。前文側重二人之交情，數年如一日，如今康熙五十七年，聞翁林「忽」告歸，「乍」聽「心忡惕」，憂慮不安，無所適從，以下用譬喻描摹心境，「若暝行駐乎虛空之逕，四望而無所歸」，悵然若失，不知何去何從，表現對友人之依戀，流露自之孤寂感。翁林反告以慰語，心靈相契，最末「吾知翁林抵舊鄉」以下，抒寫懷想之情，不從己方落筆，而設想友人懷己之情，油然而生「惆然不樂」之境。筆法與詩經〈陟岵〉、王維〈九月九日憶山東兄弟〉，及杜甫〈月夜〉等詩，如出一轍，純就對面著墨，則自身情感已隱含其中，造語婉約，情感深沉，讀之倍感誠摯親切。故王文濡評此文云：「一往情深之作。」〔註321〕

然而在方苞諸友中，志趣相投，情同意合者，以戴名世為最，二人始識於京師，使初出茅廬，離鄉背井，深感京師之可樂，然在友人一一離去時，又覺徬徨無依，毫無可樂者，且看〈送宋潛虛南歸序〉云：

〔註321〕同註283，卷三十三〈方靈皋送王翁林南歸序〉，頁935。

自或庵南游湖湘，余已索然寡歡，實與潛虛相倚以增氣，
而今亦以其大父之憂，卒卒而東。然則，余向之所樂於京
師者漸以無有，知余志者益希，余豈能郁郁於風沙糞壤中，
與時俗之人務爲浮薄哉！開口而言，則人以爲笑，舉足而
步，則人以爲迁，余亦何樂乎此哉！潛虛之歸也，余爲道
因緣會合之不可常，相與太息，曰：「子即書之以贈吾行。」
是以爲序。〔註322〕

由此可知居京師之可樂，一歸於友人宋潛虛〈即戴名世〉，逮友人南
歸，則落落寡歡，動輒得咎，進退兩難，自感無依，用筆看似淺顯平
淡，實則隱藏深情厚誼，讀之韻味深長。又〈送吳東巖序〉云：

介于之歸也，余憮然若無所依，而今東巖復長往，將何以
處余乎？東巖歸，將道淮以至於揚。其以余之狀語紫函，
而爲叩介于，尚能北來以慰余之索居否也？〔註323〕

方苞於康熙三十二、三十五年間，至京師應試，與歙縣吳東巖、山陽
劉紫函、寶應喬介于三人，一見如舊識，後再至京師相聚，五十四年
春東巖南歸，方苞作此文送之，歷述生離遇合，並抒己懷，尤以末「語
紫涵」、「叩介于」，能否北來「慰余之索居」，雖不及東巖，實已隱括
在內，用此旁見側出之法，倍覺情深。以上皆爲與友人生離時，用冷
靜敘述，寄寓濃情厚誼。

方苞感念平生游好，乖隔凋殘，每在誌墓、哀辭中，獨具生死離
合之跡，以志哀思。如〈李抑亭墓誌銘〉云：

君在蒙養齋及殿中，與余共晨夕各一二年；返自江西，無
兼旬不再三見者。辛亥春，余益病衰，凡公事必私引君自
助，無旬日不再三見者。一日不見而君疾，一語不接而君
死，故每欲銘君，則愴然不能舉其辭。喪歸有日矣，乃力
疾而就之。〔註324〕

首出李抑亭在公能相輔助，在私過從甚密，驟然永別，哀痛至深，其

〔註322〕《方苞集集外文》贈序類〈送宋潛虛南歸序〉，頁80。
〔註323〕《方苞集》卷七〈送吳東巖序〉，頁202。
〔註324〕《方苞集》卷十〈李抑亭墓誌銘〉，頁271。

「每欲銘君，則愴然不能舉其辭」，此情至之辭，何忍卒讀，故王文濡云：「情至文生，此亦望溪集中所不能多見者。」〔註325〕又〈徐詒孫哀辭〉云：

> 始詒孫去京師，余送之歧路間。既與儕輩登車，復返下車，執余手而號慟曰：「惟子知我，何當歸？吾與子得更相見足矣。」其後詒孫一至金陵，余適在外，竟不得再見。余一子新殤，意殊不自得。及聞詒孫死，出門西鄉，號而哭之，不復覺子死之痛矣。〔註326〕

觀此，洵如方苞〈輓李餘三方伯〉詩中所云：「誰知交手別，永與故人辭。」之嘆，況喪友甚於喪子之痛乎？其哀傷至極已不言而喻矣。又〈宣左人哀辭〉云：

> 余與左人相識幾三十年，而不相知；相知踰年而余及於難，又踰年而左人死，雖欲與之異地相望，而久困窮，亦不可得。此恨有終極邪？〔註327〕

言交情由泛交而相知，既相知卻永訣，無怪發出「此恨有終極邪」之言。王文濡評云：「文法周密極矣，吾於望溪，夫何間然。」〔註328〕又〈王瑤峰哀辭〉云：

> 嗚呼！君視吾母之疾猶母，而君疾余不視，君死余不知，聞君之喪，竟不得一昔之期撫君之棺而哭也。余之恨於君者，有終極邪！〔註329〕

交情之深，如同兄弟，然卻不能臨喪志哀，悔恨之意，溢乎其辭。又〈李世賈墓誌銘〉云：

> 君以仲春遘末疾，甚劇；及夏，世邠至自江西，始能強步循階除，不出門庭者數月矣，前卒之三日，疾若蘇，駕而詣余；詰旦，氣動語閉，遂不起，其喪之歸也，余欲為誌

〔註325〕同註283，卷五十八〈方靈皋李抑亭墓誌銘〉，頁1289。
〔註326〕《方苞集》卷十六〈徐詒孫哀辭〉，頁454。
〔註327〕《方苞集》卷十六〈宣左人哀辭〉，頁457。
〔註328〕同註283，卷七十四〈方靈皋宣左人哀辭〉，頁1837。
〔註329〕《方苞集》卷十六〈王瑤峰哀辭〉，頁463。

銘以付其孤，每執筆，則心惘焉如有所失而止；既踰歲，
乃克舉其辭。〔註330〕

述對方抱病相見之情，而己之意蘊藏其中，故悵惘若失，舉辭維艱，
久乃文成。又〈張嚴舉墓誌銘〉云：

余與君交四十餘年，雖朝夕會聚，不見親暱；或違離數年
十數年一見，亦不見疏間；以事屬，則千里外應答如影響。
余謬爲海內士君子所稱許，親交行輩同、年齒近及年先於
余者，稱謂多過自抑下，惟君終不易稱，用此益心敬焉。
君之喪，不遠訃。余聞而惻傷，追憶平生故交，零落幾盡
矣。乃自爲誌銘以歸其孤。〔註331〕

觀此可知「君子之交淡如水」矣，交情久而深，歷時不渝，故一反非
親故屢請不爲誌銘之言，而自爲之，以抒其哀。再舉〈余石民哀辭〉
〔註332〕爲例，余石民即余湛，爲方苞摯友戴名世之門生，由於戴氏
《南山集》中〈與余生書〉道明史事，牽連入獄，與方苞同繫刑部，
不幸死獄中，方苞作文以哀之。首段云：

自余有知識，所見人士多矣，而有志於聖賢之學者無有也。
蓋道之喪久矣，人紀所恃以結連者惟功利，而性命所賴以
安定者惟嗜欲。一家之中未有無亂人、無逆氣者。一人之
身未有無悖行、無隱慝者。吾不識周、孔復生，其尚有以
轉之否與？

首段議論。以未見「有志於聖賢之學者」發端，以致周、孔之道喪失
殆盡，世人受「功利」與「嗜欲」所蒙蔽，故家中有亂人、逆氣者，
自身有悖行、隱慝者。次段云：

康熙壬辰，余與余君石民並以戴名世南山集牽連被逮。君
童稚受學於戴，戴集中有與君論史事書，君未之答也。不
相見者二十餘年矣。一旦禍發，君破家遘疾死獄中，而事
戴禮甚恭。先卒之數日，猶日購宋儒之書，危坐尋覽。觀

〔註330〕《方苞集集外文補遺》卷一〈李世貴墓誌銘〉，頁823～824。
〔註331〕《方苞集集外文補遺》卷一〈張嚴舉墓誌銘〉，頁825。
〔註332〕《方苞集集外文》卷九〈余石民哀辭〉，頁778～779。

君之顛危而不懟其師，是能重人紀而不以功利爲離合也。
觀君之垂死而務學不怠，是能絕偷苟而不以嗜欲爲安宅
也。始吾語言：「所以處患難之道信得矣。雖然子有老母，
毋以嗜學忘憂。」君默無言，而卒以膈噎。蓋其內自苦者，
人不得而識也。

次段敘述。推崇余君重人紀，在舉世混濁，未嘗無獨醒之人，倍覺難能
可貴。此段分三層，首敘余君入獄之因，蓋受恩師戴名世《南山集》之
牽連；次敘在獄中情形，從其「事戴禮甚恭」，「顛危而不懟其師」，以
見其能「重人紀而不以功利爲離合」，就其「日購宋儒之書，危坐尋覽」，
「垂死而務學不怠」，以見其能「絕偷苟而不以嗜欲爲安宅」，皆突顯余
君爲「有志於聖賢之學者」，以回應首段；末敘其死因，表面言「卒以
膈噎」，實則爲「內自苦者，人不得而識」。本段側重描寫余君對戴氏之
態度，乃寓己對戴氏追思之情，而「蓋其內自苦者，人不得而識」，正
是自身之寫照，有難以表白之苦衷，著筆清淡，寓意深沉。以下又云：

君提解，傾邑父老子弟出送郭門外，皆曰：「余君乃至此！」
今君破家亡身，而不得終事其母。吾恐無識者聞之，愈以
守道爲禍而安於邪惡也。於其喪之歸也，書以鳴吾哀，君
諱湛，字石民，生於順治某年月日，卒於康熙壬辰四月十
六日。其辭曰：履道坦兮危機伏，人禍延兮鬼伯促。母遙
思兮望子歸，子瘨死兮母不知。身雖泯兮痛無涯。天生夫
人也而使至於斯！

三段以下作哀辭之由及銘文。描繪傾城之人送行場面，以表達余君乃
篤於道德人紀者，然則善人不得善終，對「以守道爲禍」，發出抗言，
故此文名爲對余石民之哀辭，無疑乃對戴名世之哀辭也。在文網嚴密
之政治壓迫下，方苞以委婉紆徐手法，抒發對戴氏無限之追思。

除對友人寄寓深情厚誼外，對向所器重之門人早逝，甚表痛惜，
如〈王生墓誌銘〉云：

余與崑繩交最先，既而得剛主。三人者所學不同而志相得，
其遊如家人。剛主之長子習仁亦從余遊。辛丑秋，剛主使

> 卜居於江南而道死。自習仁之死，三人子姓中質行無可望
> 者矣！今又重以兆符，而文學義理可與深言亦鮮矣。余羸
> 老，德既隳，學亦難補，所恃者後生，而天意若此，余所
> 痛，豈獨崑繩之無主後邪！〔註333〕

方苞與李剛主、王崑繩三人交情甚篤，易子而教，其二子皆為方苞所
倚重，謂可繼其志事者，不幸皆棄世而去，痛失英才，大有愈於喪子
之哀，其「天意若此」，猶如顏淵死，孔子發出「噫！天喪予！天喪
予！」〔註334〕之嘆，可知痛悼之深，無以名狀。

　　由以上方苞對親友，師徒之書、贈序、誌銘、哀辭中，每以委婉
紆徐之筆，抒發情感，看似平淡，實蘊藏深厚情誼，感人肺腑，故朱軾
云：「方子行身方嚴，出語樸直。」姚範云：「望溪文，於親懿故舊之間，
隱情惻至。」〔註335〕程廷祚云：「讀先生集中誌銘墓表，大概主於敘交
遊、感舊故，蓋所以矯末俗之夫，而防溢美，意甚盛也。」〔註336〕李
元度亦云：「每讀望溪與人書，字字從真性情流出，攄情言事者，要當
以此種為歸。」又云：「贈序，望溪則壹以誠意將之，蓋皆其持身之恪，
與人之忠所迸注也，是真不愧古人之交矣。」〔註337〕皆為至評。

　　總之，方苞之文表現議論緊密，高淡醇厚；結構謹嚴，層次井然；
以簡馭繁，潔淨流暢；形象鮮明，刻畫生動；委婉紆徐，感人肺腑等
五特色，皆能體現其「義法」說，言之有物有序，且用語簡鍊，充分
顯示「雅潔」之風格。

第四節　貶班抑柳

　　全祖望曾言方苞「論文最不喜班史、柳集，嘗條舉其所短而力詆

〔註333〕《方苞集》卷十〈王生墓誌銘〉，頁 255。
〔註334〕朱熹《四書集注‧論語》卷六〈先進第十一〉，頁 289。
〔註335〕分見《方苞集》附錄二〈諸家評語〉，頁 901、903。
〔註336〕程廷祚《青溪集》卷九〈上望溪先生書〉，頁 12。
〔註337〕分見李元度《天岳山館文鈔》卷三十六　目錄十〈書〉，頁 2078；
　　　　　卷三十一目錄八〈贈序〉，頁 1793，文海出版社，民國 55 年 10 月。

之，世之人或以爲過，而公守其說彌篤。」〔註338〕方苞於〈光祿卿呂公墓誌銘〉亦云：「余嘗以古文義法繩班史、柳文，尚多瑕疵；世士駭詫，雖安溪李文貞不能無疑，惟公篤信焉。」〔註339〕蓋「馬班」、「韓柳」常合稱，然而方苞以義法繩之，兩兩相較，自分軒輊，班史柳文遠遜於史記韓文，以下分述之。

一、貶　班

　　就漢書言，班固之漢書爲斷代史，起自漢高祖，止於王莽，體例承襲司馬遷之史記，於武帝以前之史事，大抵援引史記原文而補充之，故與史記齊名，並稱「史漢」或「馬班」。方苞嘗論漢書，取之與史記相較，卻尊史而貶漢，如〈書漢書禮樂志後〉云：

　　　甚哉，班史之疏於義法也！太史公序禮樂，而不條次爲
　　　書。蓋以漢興，禮儀皆仍秦故，不合聖制，無可陳者。郊
　　　廟樂章，並非雅聲。故獨舉馬歌，藉黯言以明己意，且以
　　　著弘之陰賊耳。其稱引古昔，皆與漢事相發，無泛設者。
　　　固乃漫原制作之義，則古禮樂及先聖賢之微言，可勝既
　　　乎？是以不貫不該，倜然而無所歸宿也。其於漢之禮儀則
　　　缺焉，而獨載房中、郊祀之歌及樂人員數。夫郊廟詩歌，
　　　乃固所稱體異雅頌，又不協於鍾律者也。既可備著於篇，
　　　則叔孫所撰，藏於理官者，胡爲不可條次，以姑存一家之
　　　典法乎？〔註340〕

方苞直斥班史疏於義法，取漢書禮樂志較之史記禮書，不需多取禮之樂歌，而有關之禮儀反而闕如，故謂「用此知韓、柳、歐、蘇、曾、王諸文家，敘列古作者，皆不及於固。卓矣哉！非膚學所能識也。」〔註341〕又〈書漢書霍光傳後〉云：

　　　班史義法，視子長少漫矣，然尚能識其體要。其傳霍光也，

〔註338〕全祖望《鮚埼亭集》卷十七〈前侍郎桐城方公神道碑銘〉，頁204。
〔註339〕《方苞集》卷十〈光祿卿呂公墓誌銘〉
〔註340〕《方苞集》卷二〈書漢書禮樂志後〉，頁61～62。
〔註341〕同註340，頁62。

事武帝二十餘年，蔽以「出入禁闥，小心謹慎」；相昭帝十
三年，蔽以「百姓充實，四夷賓服」，而其事無傳焉。蓋不
可勝書，故一裁以常事不書之義，而非略也。其詳焉者，
則光之本末，霍氏禍敗之所由也。〔註342〕

此謂漢書能識體要，然就義法言，班史尚不及史記，雖然「是傳於光
事武帝，獨著其『出入殿門下，止進不失尺寸』，而性資風采可想見
矣。其相昭帝，獨著增符璽郎秩、抑丁外人二事，而光所以秉國之鈞，
負天下之重者，具此矣。其不學專汰，則於任宣發之，而證以參乘，
則表裡具見矣。蓋其詳略虛實措注，各有義法如此。」然而尚有詳略
未盡合者，如「昌邑失道之奏不詳，不足以白光之志事。至光之葬具，
顯及禹、山之奢縱，宣帝之易置其族姻，則可約言以蔽之者也；具詳
焉，義無所當也。」故言「假而子長若退之為之，必有以異此也夫！」
〔註343〕又〈書王莽傳後〉云：

此傳，尤班史所用心。其鉤抉幽隱，雕繪眾形，信可肩隨
子長，而備載莽之事與言，則義焉取哉？莽之亂名改作，
不必有微於後也。其姦言雖依於典誥，猶唾溺耳，雖用文
者無取也。徒以著其譸張為幻，則舉其尤者以見義可矣；
而喋喋不休以為後人詼嘲之資，何異小說家駁雜之戲乎？
漢之朝儀禮器一切闕焉，而具詳莽所易職官、地域之號名，
不亦舛乎？〔註344〕

稱贊王莽傳可肩隨史記，然以義法裁量，則不合於「義」也，故於〈周
官辨偽二〉云：「余嘗病班史於莽之亂政姦言，纖悉不遺，於義為疏，
於文為贅。」〔註345〕以此觀點評蘇軾〈眉州遠景樓記〉云：「觀此篇
可知子瞻頗熟於班史，而未嘗窺太史公之樊，故其序事之文，皆辭煩
而不能節也。」〔註346〕然其功亦有不可抹殺者，即「周官之為歆所

〔註342〕《方苞集》卷二〈書漢書霍光傳後〉，頁62。
〔註343〕同註342，頁63。
〔註344〕《方苞集》卷二〈書王莽傳後〉頁63。
〔註345〕《方苞集》卷一〈周官辨偽二〉，頁21。
〔註346〕《古文約選》蘇軾〈眉州遠景樓記〉，頁846。

僞亂者，乃賴班史而備得其徵。豈非聖人之經，天心不欲其終晦，而既蝕復明，固有數存乎其間邪！」〔註347〕又〈書蕭相國世家後〉云：

> 班史承用是篇，獨增漢王謀攻項羽，何諫止，勸入漢中一事，在固亦自謂識其大者，然其事有無未可知，信有知，亦謀臣策士所能及也，且語甚鄙淺，與何傳氣象規模不類。〔註348〕

謂班史承襲史記原文，復略有增添，反而與其人不類，故言「以固之才識，猶未足與於此，故韓、柳列數文章家，皆不及班氏。噫，嚴矣哉！」〔註349〕

以上皆取史漢作較，以顯示班史相形見絀之處。又有獨斥班史之陋者，如〈與呂宗華書〉云：「若按部平列，則後代史家之陋也，其源實開於班史。」〔註350〕〈書韓退之平淮西碑後〉云：「碑記墓誌之有銘，猶史有贊論，……班史以下，有括終始事跡以爲贊論者，則於本文爲複矣。」〔註351〕皆針對班史予以貶斥。姚鼐曾考究方苞不重班史之因，乃班固之言卑近之故，姚氏〈與張翰宣〉云：

> 望溪不敢取孟堅之旨，其間別有說焉。蓋以學問論，則漢書乃史家仁首宗，豈可輕視，若以爲文論，凡漢書除太史公之作，其傳之佳者，盡在昭宣之世，大抵西漢人舊文，非孟堅所能爲也。其諸志率本劉歆，若班氏自爲之文，只是東漢之體，不免卑近。〔註352〕

蓋方苞尊崇史記而不取漢書，其故在此。再就方苞前後之人，對班史之觀念言之，清初錢謙益〈再答杜蒼略書〉云：「宋人班馬異同之書，尋摭字句，此兒童學究之見耳。讀班馬之書，辨論共同異，當知其大段落，大關鍵，來龍何處，結局何處，手中有手，眼中有眼，一字一

〔註347〕同註346。
〔註348〕《方苞集》卷二〈書蕭相國世家後〉，頁56。
〔註349〕同註348。
〔註350〕《方望溪遺集》書牘類〈與呂宗華書〉，頁31。
〔註351〕《方苞集》卷五〈書韓退之平淮西碑後〉，頁111。
〔註352〕姚鼐〈與張翰宣〉尺牘，轉引自葉龍《桐成派文學史》，頁43。

句，龍脈歷然。又當知太史公所以上下五千年縱橫獨絕者在何處，班孟堅所以整齊史記之文而瞠乎其後，不可幾及者又在何處。」〔註353〕戴名世〈史論〉云：「至於班氏之文，較之於司馬氏，又尚有不逮焉。」〔註354〕又〈書歸震川文集後〉云：「夫子長之神即班固且不能知，吾觀漢書，其於子長文字刪削處，皆失子長之旨，而後之學史記者，句句而摹之，字字而擬之，豈復有史記乎？」〔註355〕曾國藩〈聖哲畫像記〉云：「班氏宏識孤懷，不逮子長遠甚。」皆謂漢書不及史記，足見申馬貶班乃歷來文家之通見，而方苞以義法之觀點論之，猶有卓識。然而其後之人則不苟同，試看張士元〈與姚姬傳先生第二書〉云：

> 本朝方靈皋先生持論甚嚴，於左馬之外，獨取韓子，雖班固亦多駁議，觀其推究利病，洵近世之知言者也。然謂退之以下諸家，論文皆不列班固，見爲不足取法，則未敢信也。退之言古作者，舉司馬遷、劉向、揚雄，輒及相如，而其爲文則不用相如之格，顧常采取班氏，兼用其體。豈相如果能勝孟堅耶？退之意蓋以孟堅書半用子長，其辭亦子長之亞，言子長足以該子，故不及孟堅；而以相如詞賦之雄，類舉之，未嘗以此定優劣也。且當時文士，游於退之爲退之所善者，莫如李習之。習之之文，皆準退之，而與皇甫湜論文，嘗儕班固於左馬之列，美其敍事高簡。豈退之不屑道班氏，而習之顧自有得於孟堅耶？將亦亟聞退之之論而爲此言也？自退之後，善敍事者惟永叔熙甫。然亦僅可與孟堅匹耳！豈能過之乎？又況不及永叔熙甫者乎？審是，則學文者固未可輕議孟堅矣！〔註356〕

此謂方苞駁議班史，爲近世之知言者，然對論文不取班固辨駁甚詳。

〔註353〕錢謙益《牧齋有學集》卷三十八〈再答杜蒼略書〉，頁379，上海商務印書館縮印康熙甲辰初刻本，四部叢刊初編。

〔註354〕戴名世《戴名世集》卷十四〈史論〉，頁404。

〔註355〕戴名世《戴名世集》卷十五〈書歸震川文集後〉，頁419。

〔註356〕張士元〈與姚姬傳先生第二書〉，引自姚椿編《國朝文錄》卷四十二，頁2713～2714，大新書局，民國54年2月據國立中央圖書館珍藏清咸豐元年華亭張代南山館刊本影印。

又張氏〈答施北研書〉云：

> 自桐城望溪先生出，世始知文之正宗，然望溪立格甚嚴，
> 駁議孟堅未免太過，其論漢書文字固有識，至駁及霍光傳
> 則過矣。今孟堅書具在，望溪書亦具在，其敘事之文果能
> 與孟堅相上下乎？抑有過於孟堅者乎？其閒得失當必有
> 辨，而世之爲者，乃遂輕去孟堅，則又望溪所不許也。孟
> 堅實未易到，縱有一二疵病，亦不害其全體之完美，所以
> 韓歐亦未嘗瑕疵班掾也，舍班而專宗馬，何所不可？然嘗
> 反覆折中，竊謂眞知馬，必不敢薄班，何也？其文之神理
> 脈絡，意度波瀾，固有相會通者也。〔註357〕

張氏評論方苞駁及班史霍光傳則過矣，誠不知此乃以義法衡之，尚有
未盡合者，並非全然泯沒之也。姚永樸〈答張效彬書〉云：「言昔論
史記漢書者，大抵右馬而左班，方望溪言之尤詳，愚意二子要皆深於
文事。史記爲書發於孤憤，綜核古今成一家言，班氏則爲斷代史，體
裁固已不同，世儒多謂漢書錄史記文。剪裁往往失太史公意，而文章
之妙因之亦損。夫史記行世，不以有漢書廢，班氏著作，宗旨既異，
何必一仍原文，其所增實有補史記所未備者。」〔註358〕言之甚爲中
肯公允，蓋兩書體裁、宗旨皆異，實有互補作用，不必強分優劣，況
皆爲文史所不可或缺之書耶？

二、抑　柳

　　柳宗元爲唐宋八大家之一，其古文在唐代與韓愈同享盛譽，世稱
「韓柳」，方苞對二子持崇韓抑柳之態度，謂「子厚文筆古雋，而義
法多疵。」〔註359〕指斥柳文之病，〈書柳文後〉云：

> 子厚自述爲文，皆取原於六經，甚哉，其自知之不能審也！
> 彼言涉於道，多膚末支離而無所歸宿，且承用諸經字義，

〔註357〕張士元〈答施北研書〉，同註356，頁2715～2716。
〔註358〕姚永樸《蛻私軒集》卷三〈答張效彬書〉，轉引自葉龍《桐城派文
　　　　學史》，頁43。
〔註359〕《方苞集集外文》卷四〈古文約選序例〉，頁615。

　　尚有未當者。蓋其根源雜出周、秦、漢、魏、六朝諸文家，
　　而於諸經，特用爲采色聲音之助爾。故凡所作效古而自汨
　　其體者，引喻凡猥者，辭繁而蕪，句佻且稚者，記、序、
　　書、說、雜文皆有之，不獨碑、誌仍六朝、初唐餘習也。
　　其雄屬悽清釀郁之文，世多好者；然辭雖工，尚有町畦，
　　非其至也。〔註360〕

此分兩層評之，首言柳文承用諸經字義，特爲采色聲音之助，次謂其
辭繁而蕪，句佻且稚，仍六朝、初唐餘習，皆不合義法之規範也。柳
宗元〈答韋中立論師道書〉自述「始吾幼且少，爲文章，以辭爲工。
及長，乃知文者以明道，是固不苟爲炳炳烺烺，務采色，夸聲音而以
爲能也。凡吾所陳，皆自謂近道，而不知道之果近乎？遠乎？」並力
求博採眾長，「本之詩以求其恆，本之體以求其宜，本之春秋以求其
斷，本之易以求其動：此吾所以取道之原也。參之穀梁氏以屬其氣，
參之孟、荀以暢其支，參之莊、老以肆其端，參之國語以博其趣，參
之離騷以致其幽，參之太史公以著其潔。」〔註361〕不拘一格，旁推
交通，以爲之文。方苞卻言其經學未深，以致載道之文不足，故云「柳
子厚自謂取原於經，而掇拾於文字間者，尚或不詳。」〔註362〕又言
「柳子厚稱太史公書曰潔，非謂辭無蕪累也，蓋明於體要，而所載之
事不雜，其氣體爲最潔耳。」〔註363〕襲取其「潔」之一端，反求諸
柳文，謂「凡爲學佛者傳記」，用佛氏語則不雅，子厚、子瞻皆以茲
自瑕。」〔註364〕言柳文用佛語以自瑕，不合於語言雅潔之要求，以
致評其文辭繁蕪佻稚。又方苞對柳宗元之爲人，或有不滿，嘗言「韓、
歐、蘇、曾之文，氣象各肖其爲人。子厚則大節有虧，而餘行可述。」

〔註360〕《方苞集》卷五〈書柳文後〉，頁 112。
〔註361〕柳宗元《柳河東集》卷三十四〈答韋中立論師道書〉，頁 873，漢京
　　　　文化事業，民國 71 年 5 月。
〔註362〕《方苞集》卷六〈答申謙居書〉，頁 164。
〔註363〕同註 348。
〔註364〕《方苞集》卷六〈答程夔州書〉，頁 166。

〔註365〕蓋文肖其人，因人及文，故對柳氏之人品有微詞，進而貶抑柳文。

　　方苞繩以義法而不喜柳文，然對柳氏之山水遊記則樂於稱道，嘗言「柳子厚惟記山水，刻雕眾形，能移人之情。」〔註366〕「永、柳諸山，乃荒陬中一丘一壑；子厚謫居，幽尋以送日月，故曲盡其形容。」〔註367〕「子厚諸記，以身閒境寂，又得山水以盪其精神，故其皆稱心，探幽發奇而出之，若不經意。」〔註368〕故〈書柳文後〉云：「惟讀魯論、辨諸子、記柳州近治山水諸篇，縱心獨往，一無所依藉，乃信可肩隨退之而嶤然於北宋諸家之上，惜乎其不多見耳。」〔註369〕間亦有貶斥柳文者，提及「至監察使、四門助教、武功縣丞廳壁諸記，則皆世俗人語言意思，援古證今，指事措語，每題皆有見成文字一篇，不假思索。是以北宋文家多稱韓、李，而不及柳氏也。」〔註370〕

　　方苞嘗評點柳文，據馬其昶〈書方望溪評點柳集後〉云：

> 今年來都中，……偶過廠肆，見朱筆評點柳集八冊，年年月款識，其評點實出先生〈指望溪〉……吳摯甫先生嘗笑謂，吾輩讀柳文幾仰若天人，方侍郎乃殊不快意，時摘其瑕纇，何識量之想懸邪！即謂此評也，細審其字畫與殘札，無纖毫異，冊首皆有程釜印記，程固先生門下士也。則此書爲先生親筆講授，無可疑者，前有補綴處，當是南山集禍作，藏著翦除款識以泥其跡。〔註371〕

方苞評點柳文之手稿藏馬其昶家，原用朱筆親筆講授，以授程釜，〔註372〕今見其於文中字句加圈點及旁批，喜用稚、惟晦、稚拙、

〔註365〕同註362，頁165。

〔註366〕同註364。

〔註367〕《方苞集》卷十四〈遊雁蕩記〉，頁428。

〔註368〕《古文約選》〈始得西山宴遊記〉，頁445。

〔註369〕同註360。

〔註370〕同註367。

〔註371〕馬其昶《抱潤軒文集》卷四〈書方望溪評點聊集後〉，轉引自葉龍《桐城派文學史》，頁44。

〔註372〕劉聲木《桐城文學撰述考》卷一〈方苞選述〉著錄〈評點柳文〉一

佻、佻而稚、晦而稚、纖而稚、醜、醜甚、惡道、惡套、俗套、俘佻醜惡、狂人語、不成語等字眼評之，或於文末加評語。在諸評中，或褒柳文者，如評〈辨列子〉云：「古雅澹蕩。」〈辨文子〉云：「意致妙遠，在筆墨之外。」〈游黃溪記〉云：「學史記大宛傳，尚不見摹擬之跡。」〈柳州山水近治可游者記〉云：「此記最高古無蹊徑。」〈與楊京兆凭書〉云：「所答三事而聯絡一氣。」或對柳文先揚後抑者，如評〈封建論〉云：「議論英發，而筋骨或懈。」〈箕子碑〉云：「數語卓立，惜前幅體制不雅。」〈唐故衡州刺史東平呂君誄〉云：「序排而不害其古，誄則辭費而旨淺，章法亦散漫。」云〈吊萇弘文〉云：「子厚擬騷之篇，格調似出七諫、九懷、九嘆、九思之上，而義蘊亦淺。」〈同吳武陵贈李睦州詩序〉云：「此篇頗簡勁，惜結束無力。」或全然貶之者，如評〈東海若〉云：「此等文之醜惡轉無所用指摘。」〈同武陵送前桂州杜留後詩序〉云：「以譬喻發端，亦惡道。」〈送幸南容歸使聯句詩序〉云：「援古證今，近世村師幕賓皆用此爲活。」〈送班孝廉觀省序〉云：「嘆美其人之上祖，亦惡道。」〈監察使壁記〉云：「務必炳炳烺烺，其實皆世俗人意趣。」〈四門助教廳壁記〉云：「直頭布袋，錢牧齋輩所俎豆也。」〈武功縣丞廳壁記〉云：「觀子厚諸記，足徵其學無根柢。蓋如此，則每題皆有現成一篇文字，可信筆鋪敍，不假思索矣。」〈祭外甥崔駢文〉云：「本以詭之以志痛，而枝蔓滯拙，轉近于戲。」間有取之與韓文相較而評者，如評〈獻平淮夷雅表〉云：「表簡而則，雅亦典蔚。但韓碑古在意義，此獨句讀不類于時耳。蓋退之志在約六經之旨以成文，而子厚則較文字之工于毫釐分寸間也。」〈駁復仇議〉云：「義理切著，文亦勁暢，退之以文墨相佳，以有此種耳。」〈論語辯上〉云：「此二篇幾可與韓子並駕爭先。」〈送辛殆庶下第游南鄭序〉云：「退之亦間設吟，而不若子厚之膚庸且數見不鮮。」以上皆對柳文所作之褒貶，美其工於文辭而取道不足，

書目，頁397，黃山書社，1989年12月第一版；又《方望溪遺集》附錄一〈評點柳文〉收錄，頁129～160。

謫官後始知慕效韓文，沉潛經義，苦心深造，文章日進，惜其年不永，特出之作竟不多得，故方苞云：「退之稱子厚文必傳無疑，乃以其久斥之後爲斷；然則諸篇，蓋其晚作與？子厚之斥也年長矣，乃能變舊體以進於古；假而其始學時，即知取道之原，而終也天假之年，其所至可量也哉！」〔註373〕

方苞嘗將柳文評點攜與李紱相互質正，據李正〈與靈皋論所評柳文書〉云：

> 昨卒讀尊評柳集，高論特識，見所未見，驚歎久之，大概於渾發論議，援據舊聞者，即指爲俗套，旁喻曲證者，即詆爲醜態，然此數者，原本經傳，自秦漢迨唐作者皆用之，似未足爲柳州病，亦未可執以爲文禁也。至於語句稍古拙者，即目以稚，柳州在當日，昌黎獨以文事相推，謂巧匠旁觀，以吾徒掌制爲愧，史臣引其言爲定論曰：雄深雅健，似司馬子長，崔蔡不足多，昌黎非妄許人者，其言果稚，安得擬子長？果子長也，即有未善，何至於稚？既而反覆循省，全書評語寥落，覺應駁者多未之駁，而所駁者乃又似可已，或者以矜氣臨之，以易心出之，執持己說，以繩古人，雖其詞句有本者，亦不及詳審，遂不覺其詆之至於斯耶？鄙意嘗謂柳文之不足者，在理不在詞氣，蓋柳州於大道未明，故表啓諸篇，苟隨世俗，非聖賢奏對之旨，至諸僧塔銘及贈僧之作，於理尤謬，故詞亦弊弱，而書序論記，散體大篇，則辭氣雄深雅健，誠如昌黎所云，足以追馬配韓，卓然而不愧也。今仍照歐集，凡鄙見與尊評有參差未合者，俱一一註出，寫在別紙，藉求教益。〔註374〕

李氏辨駁方苞之評點甚詳，蓋方苞抑柳，李氏貶韓，兩人屢有抗辨，

〔註373〕同註360，頁113。
〔註374〕李紱《穆堂別稿》卷三十六〈與方靈皋論所評柳文書〉附論評語四十九條，頁16。轉引自行嚴《柳文探微》卷二十二〈同吳武陵送前桂州杜留後詩序〉，頁677～678，附論評語部分頁679～682，華正書局，民國70年3月初版。

方苞以爲柳文詞氣不足，而李氏則謂柳文理不足，〔註375〕李氏在此
書後附論評語四十九條，開列評柳所差各點，援引韓例，一一駁之，
茲引數條於下：如〈同吳武凌送前桂州杜留後詩序〉云：「據云以比
喻發端亦惡道，按昌黎送溫處士序，非比喻發端乎？」〈送幸南容歸
使聯句詩序〉云：「據云援古證今，近世村師幕客，皆恃此爲活計，
按昌黎送楊少尹序，非援古證今乎？」〈送班孝廉擢第歸東川觀省序〉
云：「據云歎美其人之上世亦惡道，按昌黎送王含秀才亦引其祖。」
〈送辛殆庶下第遊南鄭序〉云：「據云退之亦間設喻，而不若子厚之
膚庸，且數見不鮮，按退之石處士韋侍郎二序，皆連設數比喻語，他
如蹈火溺水，景星鳳皇，匠石之木，冀北之馬，大江之怪物。亦可謂
數見矣。」諸如此類，引韓柳同一用筆而駁之。亦有獨表己見與方苞
差池者，如評〈六逆論〉云：「按凡譏其詞句爲稚，爲晦澀，爲承接
處不洽，爲突，爲強合等語，俱未能領悟，不敢遽從。」〈段太尉逸
事狀〉云：「太尉曰副元帥一段，據云頗傷於繁，蓋以狀迫劇中口語
複沓，然終是精神衰散處，按段太尉逸事一篇，乃柳文最高古，直追
史記者，似不至衰散。」〈東平呂君誄詞〉云：「據云命姓惟呂云云，
枝蔓無謂，按銘誄之文，多敘先生，此數語耳，似未得爲枝蔓，中間
波瀾排宕，姿致兀傲，甚可愛，或以順敘爲散漫耶？誄詞固未有不一
直鋪敘其生平者。」〈塗山銘〉云：「據云絕無義蘊，詞亦淺率，按唐
虞讓功，商周讓德，亦是創格。」〈送濬上人歸淮南觀省序〉云：「據
云末數句，評云惡道，按後先之義頗佳，似非惡道。」等等皆對方苞
之評語提出反駁之見。

　　當時除方苞抑柳外，張伯行亦作如是觀，張氏謂「唐世文章稱韓
柳，柳非韓匹也。韓於書無所不讀，於道見其大原，故其文醇而肆，

〔註375〕方苞《古文約選》中評柳文〈天說〉云：「詞氣大類莊子，若退之
　　　　出之，則并得其精爽矣，觀送高閑上人序可辨。」頁 434；評〈四
　　　　維論〉云：「封建論氣甚雄毅，而按其中實有虛怯處。」372；又評
　　　　司馬遷〈報任少卿書〉云：「柳子厚諸長篇，雖詞意釀郁，而氣不
　　　　能自舉矣。」頁 139。以上皆可概見方苞以爲柳文詞氣不足矣。

柳自言其爲文，以爲本之易、詩、書、禮，春秋，參之穀梁、國語、
孟、荀、莊、老、離騷、太史，其平生所讀書，止爲作文用耳，故韓
文無一字陳言，而柳文多有摹擬之跡，是豈才不及韓哉，以見道不如
故也。」〔註376〕持論與方苞如出一轍，皆言柳文道不足也。

對方苞貶柳文，吳仲倫〈書柳子厚文集〉評之云：

靈皋方氏論退之永叔諸家之文當矣，而深致貶於子厚爲失
中。子厚遭貶謫後，文格較前進數倍，其所與諸故人書，
惻愴嗚咽，雖不足與司馬子長爭雄，固是楊子幼之亞，而
靈皋以嵇叔夜方之，非知言之選也。〔註377〕

吳氏責方苞貶柳文非知言，查方苞評柳宗元〈與李翰林建書〉：云「子
厚在貶所寄諸故人書，事本叢細，情雖幽苦，而與自反而無怍者異，
故不覺其氣之繭。相其風格，不過與嵇叔夜絕山巨源書相近耳。而鹿
門以擬太史公報任安書，是未察其形，並未辨其貌也。」又曰：「退
之云，氣盛則言之短長與聲之高下皆宜，此數篇詞旨淒厲，而其氣實
未充，三復可見。」又評司馬遷〈報任少卿書〉云：「如山之出雲，
如水之赴壑，千態萬狀，變化於自然，由其氣之盛也，後來惟韓退之
答孟尚書書類此，柳子厚諸長篇，雖詞意醲郁，而氣不能以自舉矣。」
〔註378〕方苞將柳文與司馬遷、韓愈之文相較，其缺失在於氣未充，
故擬以嵇康之文，姚鼐云：「子厚永州與諸故人書，茅順甫比之司子
長、韓退之，誠爲不逮遠甚，而方侍郎遽云，相其風格，不過如與山
巨源絕交書，則評亦失公矣。子厚氣格緊健，自有得於古人。若叔夜
文雖有韻致，而輕弱不出魏、晉文格。如子厚山水記，聞用水經注興
象，然子厚豈酈道元所能逮耶？」吳汝綸云：「方氏議其氣未充可也，
至云與自反無怍者異，乃隨俗是非，不稽事實，子厚有何愧怍？正坐

〔註376〕張伯行《正誼堂續集》卷三〈柳文序〉，頁197，商務印書館叢書集
成簡編，民國55年3月台一版。
〔註377〕吳仲倫《初月樓文鈔》卷一〈書柳文厚文集〉，轉引自行嚴《柳文
探微》卷五〈吳仲倫書柳集〉，頁1550。
〔註378〕以上二則評語見於《古文約選》，頁390～391頌138～139。

名高氣盛，見忘時流，遂至一斥不復耳。范文正嘗論此，最充當。」
二人對方苞所評柳文皆有褒貶，然則以吳北江所謂「此由二家筆勢不
同，未可遽爲訾議。」〔註379〕之言最爲公允。

　　然而指陳方苞抑柳之非，辯駁之屬，以近人行嚴爲最，所著《柳
文探微》，斥責方苞之語，幾近謾罵，如訾其人云：「靈皋下意識之穢濁。」
「酸腐無賴。」「搖頭瞬目，醜態百出，爲靈皋夫子自道。」「褊心窄腸。」
「望溪爲人，面無血色，木然寡歡。」「望溪缺乏性靈。」「望溪性冷。」
「望溪性劣。」訾其學云：「望溪讀書少，恨考據入骨。」「空疏頑獷之
方望溪。」「靈皋不明句讀，爲〈李〉穆堂所嗤。」「靈皋殆終身屛文選
不讀。」「靈皋全不解韻語。」訾其文云：「桐城妄人〈指望溪〉，己不
能爲文，竟聲言平生不喜孟堅子厚。」「望溪軒韓輊柳，直盲目之爲。」
「深惡柳州，剚刃加甚，以八股文方式，恣行挑剔。」「此直是望溪顢
頇不解文處。」「望溪方氏，宗法昌黎，心獨不愜於柳，亦由方氏所涉
於東京六朝者淺，故不足以知之。」「望溪行文，於剪裁提挈烹鍊頓挫
諸法，誠有失之懵然之處。」「如方望溪之徒，原合時藝古文爲一手。」
〔註380〕等，所見皆是，不勝枚舉。張之淦對行嚴呵斥方苞之語，辯解
甚詳，云：「綜孤桐訾方之論，於其文也，轉述清季諸人所指議，或間
有中其疵病者，至其己所發論，則皆橫悍不得於事理。凡靈皋所標尚之
義法，雅潔、有物有序諸宗旨，乃不能具一足相論難之說，一矢加遺，
釋大根大本不能問，而徒悻悻然積辭爲詬，夫何大樹之能撼也。於其學
也，亦但訾其空疏而已，訾其不解韻語不解魏晉人之文字而已。夫靈皋
治宋學者也，宋學有宋學之範圍與塗軌，其人於義理深有得，亦精言禮，
不以空疏病也。約守而致其專精，以造乎自得，固爲學之方。豈必記醜
而博，務廣而荒，餖飣駁雜，矜其覭記之雄，然後爲不空疏者哉！於其

〔註379〕以上三則評語均見於高步瀛選注《唐宋文舉要》甲編卷四柳子厚〈與
　　　　李翰林建書〉，頁489，漢京文化事業有限公司，民國73年5月30
　　　　日初版。
〔註380〕以上諸語見張之淦《遂園書評彙稿》第二種〈柳文探微〈指要〉小
　　　　識〉，頁468～470，商務印書館，民國75年1月初版。

人也，則極辭以醜詈之，此故孤桐薰染時習而有然，不足怪也。靈皋立身尙自謹飭，一二小小遺行不害其平生制行之全，而孤桐所指切者，每每不徵事實而輒爲臆斷之詞，是亦被酒罵市之等已。其好訏瞻瑕疵所爲文章，乃所爲砥礪而容異量之美；稽古而善疑，亦爲學精進必繇之道，古今治學者蓋莫不如是，奈何以此罪之？馴至面白、年高亦復爲獲咎之由，吹求刻覈豈復尙近情理？昔王魯公上言解謗，有謂『貌類藝祖，父母所生；宅枕乾岡，先朝所賜』。偶復牽連憶及此語，輒爲憤然惘然久久不能自克也。」〔註381〕洵屬知言矣。張氏並推究行嚴詬訾方苞之由云：「孤桐於望溪倍叢醜詆，大抵稗販錢大昕、李紱、鮑倚雲、袁枚諸人之說，去其理敎，而加以悍毒，此其所以徒爲不能使人聽服之謾罵而已也。」〔註382〕故評行嚴「力斥桐城諸人，尤叢詬望溪。孤桐申言，指要之書爲申柳作也，關韓而柳自申。桐城崇韓，而望溪尤抑柳。斥桐城所以關崇韓者之口，詬望溪所以奪抑柳者之氣，勢固宜然爾。特其執以斥桐城，詬望溪者，乃殊不中道理而徒爲橫詈。」〔註383〕所言持之有故，言之成理也。

平心而論，韓柳之文各具特色，王應麟云：「韓柳並稱而道不同，韓作師說，而柳不肯爲師；韓關佛，而柳謂佛與聖人合；韓謂史有人禍天刑，而柳謂刑禍非所恐。」〔註384〕陶篁村云：「蓋昌黎以善縱見長，河東以能鍊取勝，昌黎之博大，固非河東所及，河東之謹嚴，亦豈昌黎所得爲？」〔註385〕故不容判其勝負，強分優劣，各以己之好尙，別擇去取可也，又安斷斷以爭乎？

總之，方苞貶漢書、抑柳文，皆本其義法說以指陳之，並引史記

〔註381〕同註380，頁 470～471。

〔註382〕同註380，頁 468。

〔註383〕同註380，頁 468。

〔註384〕宋王應麟《困學紀聞》卷十七〈評文〉，頁 1300，商務印書館國學基本叢書，民國45年4月台初版。

〔註385〕清陶篁村《泊鷗山房集》，轉引自行嚴《柳文探微》卷五〈陶篁村於柳文〉，頁 1540。

韓文作較，明指缺失，間有褒語，而非偏於主觀成見之泛論，況馬班韓柳之軒輊，向爲文史之公論，〔註386〕方苞承前賢之說，再就文論而貶抑而已。

〔註386〕張之淦《遂園書評彙稿》第二種〈柳文探微小識〉闢韓云：「向來文史之論，每多參差，有三數人獨特之識解，有百千年積久之公論；以其爲特識也，遂有不可屈，以其爲公論也，遂乃不可廢。班馬韓柳之軒輊，爲例尤顯流也。」頁460。

第六章　評價與影響

　　方苞之文學成就，由以上逐層探討之後，可知其時文、古文在當世已負盛名，後世更不待言，而詩歌存者蓋寡，鮮爲後人所悉，不以詩人視之。本章擬就其詩歌、時文、古文分別作一評價，並述其對後世之影響，以確定方苞在中國文學史上之地位。

第一節　詩歌評價

　　方苞之詩歌，程崟、王兆符所編次之原集未收，戴鈞衡於咸豐元年（1851）輯刻方苞《集外文》時，方苞之來孫恩露取家藏詩稿十五首寄之，後人乃得見其詩，然距方苞之世已有百餘年之久。〔註1〕清謝章鋌〈望溪遺詩〉云：「從呂曼叔僑孫觀察處見方望溪先生遺詩一卷，望溪曾以詩質漁洋，爲其所譏誚，終身以爲恨，此詩則在集外未刻本也。」〔註2〕僅言遺詩一卷，未明詩篇若干，再據其所評三首中，詠〈嚴子陵〉、〈明妃〉皆見於《集外文》，惟〈和趙夢白讀史〉未見，但不知遺詩尚在否？故方苞之詩，世人罕見，後代咸依其所自言「絕意不爲詩」視之，今搜遍清人詩話，未見片語隻字言及方苞之詩。僅朱庭珍《筱園詩話》卷二云：「本朝古文家，惟竹垞精於詩。……靈

〔註1〕據方苞卒於乾隆十四年（1749），距咸豐元年（1851）已有百零二年之距，故云「百餘年」。

〔註2〕謝章鋌《賭棋山莊全集》〈稗販雜錄〉卷一〈望溪遺詩〉條，頁2491。

皋方氏，則終身不能作矣。」延君壽《老生常談》云：「方望溪不為詩。」及舒位《瓶水齋詩話》云：「方靈皋謂：『〈曹操對酒當歌〉一首是為孔北海而作，篇中"但為君故，沈吟至今。"蓋欲殺之心久矣。』李安溪解工部〈秋興〉"同學少年"二句，……如此解詩頗有餘味，二公皆不工詩，故世不傳其說。」〔註3〕三則而已，但皆非品評其詩，不以詩人等同。而後人評其詩者，惟謝章鋌一人而已，今人研究其詩者，僅見潘忠榮〈試論方苞與詩〉一篇，〔註4〕所言未能深入，故欲探究方苞之詩作，可借鏡之資料幾乎全無。

　　至於今所能見方苞之存詩，除《集外文》十五首外，劉聲木直介堂叢刊《望溪文集再續補遺》卷四，存詩十三首、《望溪文集三續補遺》存詩三首，傅增湘《方望溪先生文稿》賦詩十六首，今人徐天祥、陳蕾二人合孫葆田及劉聲木所輯方苞集外文一百餘篇、詩十餘首，加以點校，編為一集，題名《方望溪遺集》，交由安徽省黃山書社於 1990 年 12 月出版，集內詩賦類存詩二十首，此即為今所見方苞之詩，故對其詩之評價僅數人而已，茲歸納如下：

褒其詩者，如戴鈞衡云：

> 蓋詩非先生所長，生平不多作，海內學者罕傳之。予刻先生遺文，其裔孫恩露錄家藏詩稿十五首見寄，義正辭雅。
> 附刊之，俾學者見所未見，亦快事也。〔註5〕

此言詩非方苞所長，評其詩為「義正辭雅」，所言公允。又有《皖志列傳稿》〈方苞傳〉云：

> 其詩少，不見許於王士禎、汪琬、查慎行，然今外集所載，皆宗師漢、魏，溫厚得風人之遺。〔註6〕

〔註3〕舒位《瓶水齋詩話》不分卷，頁 83，收於杜松柏主編《清詩話訪佚初編》第三冊，新文豐出版公司，民國 76 年 6 月。

〔註4〕安徽省社會科學院文學研究所、安慶師範學院中文系、淮北煤炭師範學院中文系編《桐城派研究論文選》中潘忠榮〈試論方苞與詩〉，頁 204～213。

〔註5〕《方苞集集外文》卷九〈詩〉，頁 788。

〔註6〕金天翮《皖志列傳稿》卷二〈方苞傳〉，頁 158，成文出版社據，民

此謂其詩「宗師漢、魏」，「溫厚得風人之遺」。近人潘忠榮云：「贈別詩情眞意切，能于平淡處見其自然，而少嬌飾雕琢之痕。……吊亡詩寫得嚴峻深沉，但痛惋之情亦能滲透紙背。」〔註7〕所言皆不虛也。

　　對方苞之詩褒貶兼具者，清謝章鋌云：

　　　所作似有一二可取，而詠古之篇則去風雅遠矣。……經生學人之詩，不足於采藻，而析理每得其精，茲何其持論之褊歟？側聞先生性卞急，好責人，宜其與溫柔敦厚不近，幸而不言詩，否則谿刻之說，此唱彼和，詩道又添一魔障矣，享高名者，其愼之哉！〔註8〕

觀此，褒其詩「似有一二可取」，而卻貶其「詠古之篇則去風雅遠矣」，更有斥其爲「谿刻之說」，懼其「詩道又添一魔障」，所評未免過於「谿刻」矣。蓋謝氏所評方苞詠古之篇，貶斥其詠〈嚴子陵〉、〈明妃〉及〈和趙夢白讀史〉三首，所言不無道理，然謝氏不明詠史詩常以翻案爲主。喬億《劍溪說詩》云：「詠史詩須別有懷抱。」又云：「詠史詩當如龍門諸贊，抑揚頓挫，使人一唱三歎。詠古人即採摭古人事蹟，定非高手。」〔註9〕以此衡諸方苞之詠史詩七首，皆能翻前人之案，別出新意，並非「谿刻」也。

　　尤有承謝氏之說，嚴厲貶責者，如周作人云：

　　　方苞的詩極惡劣，謝枚如在《賭棋山莊筆記》中曾大加貶斥。〔註10〕

又云：

　　　今查望溪集外文卷九有詩十五首，詠明妃即在其內，蓋其徒以爲有合於載道之義，故存之歟。谿刻之說原是道學家本色，罵王昭君的話也即是若葦傳統的女人觀，不足深怪。

　　　國25年刊本影印，民國63年12月臺一版。

〔註7〕同註4，頁209。

〔註8〕同註2，頁2491、2493。

〔註9〕喬億《劍谿說詩》卷下，頁1101。

〔註10〕周作人《知堂書話》下卷〈南堂詩抄〉，頁280，百川書局，民國78年12月。

> 唯孔子說女子與小人難養，因爲近之則不遜，遠之則怨，
> 具體的只說不好對付罷了，後來道學家更激烈卻認定女人
> 是浪而壞的東西，方云非貞松，是禍水，是也。這是一種
> 變質者的心理，郭鼎堂寫孟子輿的故事，曾經這樣的加以
> 調笑，我覺得孟子當不至於此，古人的精神應該還健全些，
> 若方望溪之爲此種人物則可無疑，有詩爲證也。〔註11〕

此僅以詠〈明妃〉，而貶斥其爲「變質心理」，且言「有詩爲證」，以
偏蓋全，不足爲訓，平心而論，就詩論詩，方苞之詩，雖未可言爲甚
佳，蔚成大家，但觀其不專力於詩，且存詩不多，尚能各體類兼備，
亦有數篇佳句，頗爲靈動，誠如戴鈞衡云：「義正辭雅」評之最允當。

第二節　時文評價

　　有清一代，盛行時文，方苞爲名家，其文流播四方，頗受時輩推
重，向持肯定之觀點，間有相左之論調，或出自師友，或言自時人，
讚毀不一，謹就兩層分述其評價於後。

一、讚譽方面

　　計人之一生，往來最密，知之最深，莫若師友，故出自其言，亦
最眞切。首就師長言之，方苞十歲始作時文，前輩杜蒼略一見，輒異
之。〔註12〕少與兄百川以時文名天下，世稱「二方」。〔註13〕及長，
應鄉試，受知於學使高裔，攜至京師，入太學，韓菼見其文而歎其才，
謂「近世無有」、「耳目所及、無能敵者」，〔註14〕及評時文云：「義理
則取鎔六籍，氣格則方駕韓、歐。」〔註15〕諸語。又得前輩新安吳公

〔註11〕周作人《周作人全集》第三冊〈談方姚文〉，頁 249。藍燈文化事業
　　　　公司。
〔註12〕《方苞集》附錄一蘇惇元輯〈方苞年譜〉，頁 867。
〔註13〕同註12，頁 890。
〔註14〕韓菼《有懷堂文薰》卷五〈方百川文序〉云：「近世無有。」頁 14；
　　　　《方苞集集外文》卷五〈與韓慕廬學士書〉云：「耳目所及，無能敵
　　　　者。」頁 671。
〔註15〕《方苞集》附錄二〈諸家評論〉，頁 901。

及海寧許公汝霖之讚賞，願折輩索交。應鄉試，時文皆得主考之大異。試於禮部，考房顧書宣更有「斯文，惟某能然。所舉不遂，甘棄一官」〔註16〕之舉，屆殿試，朝論翕然，推爲第一人，〔註17〕惜聞母病遽歸而未與試。

　　次就摯友言之，王源嘗言：「近惟予友桐城方靈皋兄弟，戴褐夫所作，超然邁流俗，甚餘未敢輕許。」〔註18〕戴名世亦稱其文「使千人皆廢」，「一時作者未之或及也」。〔註19〕張彝軟評時文云：「探孔、孟、程、朱之心，擷左、馬、韓、歐之韻，天生神物，非一代之珍玩也。」〔註20〕皆稱譽有加，推崇備至。

　　尤有甚者，乾隆皇帝登基之初，聞其文名，託以評選時文之重任，謂「學士方苞於四書文義法，夙嘗究心，著司選文之事務，將入選之文，發揮題義，清切之處，逐一批抉，俾學者了然心目間，用爲楷模。」〔註21〕於是方苞費時四載，完成《欽定四書文》一書，校錄有明制義四百八十六篇，國朝制義二百九十七篇，繕寫成帙，並論次條例，俾主司、群士，永爲法程。〔註22〕每篇皆抉其精要，評騭于後，至於「文之義蘊深微法律變化者，必於總批旁批揭出，乃可使學者知所取法。」〔註23〕若非精於時文者，焉能爲之？且採審慎將事，所「選之四書文，其總批、線批，皆由兵曹郵寄周白民改定，然後出示」，〔註24〕足見其於選事慎重若此，故紀昀云：「國朝制義自以劉黃岡、熊漢陽、李文貞、韓文懿爲四大家，其繼起足稱後勁者，斷推桐城方望溪，乾隆

〔註16〕《方苞集》卷十六〈祭顧書宣先生文〉，頁467。

〔註17〕同註12，頁873。

〔註18〕王源《居業堂文集》卷十五〈王箬林時藝序〉，頁235。

〔註19〕戴名世《戴名世集》卷三〈方百川稿序〉云：「使千人皆廢」頁50；同卷〈方靈皋稿序〉云：「一時作者未之或及也。」頁54。

〔註20〕同註15，頁902。

〔註21〕《欽定四書文》前〈上諭〉，頁1。

〔註22〕《方苞集集外文》卷二〈進四書文選表〉，頁579。

〔註23〕同註22，頁582。

〔註24〕梁章鉅《制義叢話》卷一，頁31。

初，奉刺錄前明及本朝四書文，以桐城總其事，仰見聖人知人善任，後有作者弗可及矣。顧黃岡、漢陽、桐城皆萃畢生之精力，始得專門名家。」〔註25〕梁章鉅云：「四庫全書中所錄歷代總集別集至爲詳晰，而於制義惟恭錄乾隆初方苞奉刺所編四書文四十一卷，此外時文選本及各家專集，一概不錄。」〔註26〕豈虛語哉？

至於時人之襃揚者，如方檿如云：「獨百川與弟靈皋兩先生文一出，而無有遠近，人無知與不知，望影藉響，斂衽讚述，甚有評爲跨兩代孤出者。」〔註27〕汪師韓云：「吾家百川、靈皋兩先生，在康熙中以文名天下，經義出而家絃戶誦，稱曰二方。」〔註28〕朱琦云：「康熙後，益軌於正，而李厚菴、韓慕廬爲之宗，尋桐城二方相與輔翼，以古文爲時文，允稱極則。」〔註29〕周星詒亦云：「文章體格有盡，而義理日出不窮，是以李厚菴、韓慕廬、方百川、望溪諸先生，專於義理求勝，復能各開生面，卓然成家，而識力透到，往往補傳注所不及。……方百川自知集中子路宿於石門文，見得晨門是聖人第一知己，視大注譏字之義爲高遠矣。……方望溪抗希堂稿此例尤多，程朱可作，亦必急許其深於經法，而舍己以從之也。」〔註30〕故鄭方坤謂：「桐城（方舟、方苞）妙手開鴻濛。」〔註31〕以上皆讚方苞與兄方舟之時文也。間有獨頌其時文者，曾國藩稱其「八股文之雄厚，亦不愧爲一代大儒。」〔註32〕張惕菴云：「國初制義以安溪、望溪二先生爲極則。」〔註33〕葉德輝云：「四書文四十一卷，乾隆元年內閣學士方

〔註25〕同註24卷八，頁257。
〔註26〕同註24例言，頁1～2。
〔註27〕《國朝文會》之一方檿如《集虛齋集》〈百川先生遺文序〉，清乾隆間平河趙氏清稿本。
〔註28〕汪師韓《上湖分類文編補鈔》上卷〈上百川先生經義序〉，頁29。
〔註29〕同註24，朱琦〈序〉，頁5。
〔註30〕同註24卷十三，頁530。
〔註31〕同註24卷十六，頁676。
〔註32〕曾國藩《求闕齋讀書錄》下卷十〈望溪文集〉，頁28，廣文書局。
〔註33〕同註24卷九，頁295。

苞奉敕編，凡明文四集、國朝文一集，明文分化治、正嘉、隆萬、啓
禎而四，國朝別爲一集。方苞爲桐城派古文開山之人，本深于時文之
學，所選皆本高宗清眞雅正之旨，足爲一代楷模，余幼習制科文，家
大人語業師以此文爲程式，其時風行管韞山稿，即乾隆中管御史世銘
所作時文也，管世銘之文出于方苞，故苞不獨爲古文壇坫主盟，即時
文亦主持百年風氣也。」〔註34〕皆賦予極高之評價。

　　由上師友與時人之讚譽，及乾隆皇帝之敕編四書文，皆可概見方
苞時文造詣之深，甚獲當代推崇之一斑。

二、詆毀方面

　　方苞時文屢受推崇，然或有詆毀之者，如錢大昕〈跋方望溪文〉
云：

> 金壇王若霖嘗言：「靈皐以古文爲時文，以時文爲古文。」
> 論者以爲深中望溪之病。〔註35〕

又〈與友人書〉云：

> 王若霖言：「靈皐以古文爲時文，卻以時文爲古文。」方終
> 身病之，若霖可謂洞中垣一方癥結者矣。〔註36〕

此爲錢氏引王若霖之語，以詆毀方苞「以古文爲時文」、「以時文爲古
文」，王若霖以工時文、善楷書名於世，方苞曾勸其治古文，王氏有
相見恨晚之憾。〔註37〕針對此說，李慈銘辯之云：「此皆未免過當，
望溪之學，誠不足望竹汀，而古文義法粹密，神味淵源，自爲國朝弁
冕，非竹汀所能及也。」〔註38〕方苞幼治古文，迫於生計，始學爲時
文，自謂「非其所習，強而爲之，其意義體製，與科舉之士守爲法程

〔註34〕錢大昕《潛研堂文集》卷三十一〈跋方望溪文〉，頁 306，商務印書
　　　　館四部叢刊初編。
〔註35〕錢大昕《潛研堂文集》卷三十三〈與友人書〉，頁327。
〔註36〕葉德輝《郋園讀書志》〈欽定四書文四十一卷〉乾隆元年刻本條，頁
　　　　1646，明文書局，民國79年12月。
〔註37〕《方望溪遺集》碑傳類〈吏部員外王君墓誌銘〉云：「余勸治古文，
　　　　曰：『吾見子晚，兼此，則書亦無成矣。』」
〔註38〕李慈銘《越縵堂讀書記》八文學〈潛研堂集〉，頁773。

者，形貌至不相似。用是召謗於同進，屢憎於有司。」〔註39〕蓋「嘆時俗之波靡，傷文章之萎薾，頗思有所維挽救正於其間」〔註40〕之念。故「以古文爲時文」，以提昇時文之水準，若言「以時文爲古文」，未免言過其辭，有欠公允，何況方苞嘗謂：「時文之體晚出，又文之未也，而其道尤難」，〔註41〕且指陳時文之弊甚切，豈有以時文而害古文之風格乎？

　　總之，由讚譽與詆毀層層探討之後，得知褒多於貶，顯現方苞爲時文之能手，其文當時爭相傳誦，極盛一時，不愧爲一代大儒也。

第三節　古文評價

　　劉聲木云：「望溪侍郎文，當時已衣被天下，何待後世？」〔註42〕孫葆田亦云：「方望溪宗伯古文爲國朝二百年來作者之冠，迄今久而論定，天下學者并無異說矣。」〔註43〕然而沈廷芳云：「先生之文，海內咸知宗之，特平生以道自重，不苟隨流俗，故或病其迂，或患其簡，且多謗之者，雖然，能擠之於生前，而其人其文，卒不能掩於沒世也。」〔註44〕由此可知，方苞之古文，早已名顯於當代，聲聞於後世，但謗亦隨之，或讚譽有加，或褒貶相參，或詆毀斥責，兼而有之，評價不一，在此就歷來諸家對其古文之評騭，舉其要者分述於後。

一、讚譽方面

　　方苞爲文，常與師友彼此辨難，往復質正，對其文有多加讚賞者，或門生請業，後人私淑，誦讀其文起而效慕者，不乏其人，茲就《方苞集》附錄二〈諸家評論〉及散見於諸家文集之說，列舉數人逐條臚

〔註39〕《方苞集集外文》卷五〈與韓慕廬學士書〉，頁 671。
〔註40〕同註 19，頁 54。
〔註41〕《方望溪遺集》序跋類〈陳月溪時文序〉，頁 9。
〔註42〕《方望溪遺集》附錄二劉聲木〈望溪文集再續補遺序〉，頁 167。
〔註43〕《方望溪遺集》附錄二孫葆田〈望溪文集補遺序〉，頁 165。
〔註44〕徐斐然《國朝二十四家文鈔》卷二十三〈椒園文鈔〉〈望溪先生文集後序〉，頁 6。

列，以資相互參較。

首就師友而言，有韓菼、蔡世遠、朱軾、李紱等人，皆與方苞平日昵好，期勉責善者，相契最深，茲舉諸人之言，以證方苞所謂「余窮於世久矣，而所得獨豐於友朋」，〔註45〕「抑亦務學求友之助」〔註46〕也。

1. 韓菼〈評讀尚書記〉云：「以一心貫穿數千年古書，六通四辟，使程、朱並世得斯人往復議論，則諸經之覆，所發必增倍矣。」

2. 蔡世遠〈評周官辨偽〉云：「其說皆前古所未有，而按以經義，揆之事理，無一不合於人心之同然，此之謂立言。」

3. 陳鵬年〈評書李習之平賦書後〉云：「望溪可負天下之重。觀其讀周官、儀禮、孟子、管子，可知所見閎廓深遠。此等文可徵其平易詳慎；不能平易詳慎，則閎廓深遠非眞，而用之必窒矣。」

4. 朱軾〈評讀管子〉云：「方子行身方嚴，出語樸直，眾多見謂迂闊；余獨知爲鄭公孫僑、趙樂毅一流人。每與之言，心終不忘。觀此等文，有志者宜深求其底蘊。」又〈評與顎張兩相國書〉云：「老謀雄略，一歸經術；未審韓、范規模，視此何似？」

5. 陳宏謀〈評讀國風〉云：「望溪經說，不惟經義開明，可以蕩滌人心之邪穢，維持禮俗。」

6. 王源〈評讀儀禮〉云：「宋以後，無此清深峻潔文心；唐以前，無此淳實精淵理路。」

7. 李紱〈與方靈皋書〉云：「門下篤內行而又高望遠志，講求經世濟民之猷，沈酣宋、明儒說，文筆衣被海內，而於經、史多心得，且不假此婣婭侯門爲名譽，此豈近今所能得者。私心頌禱，謂樹赤幟以張聖道，必是人也。」

〔註45〕《方苞集》卷七〈贈魏方甸序〉，頁186。
〔註46〕《方望溪遺集》序跋類〈冶古堂文集序〉，頁7。

8. 顧琮〈方望溪先生文集序〉云：「方子之文，乃探索於經書，其宅心之實，與人之忠，隨所觸而流焉者也，故平生無不關於道教之文。」

9. 胡宗緒〈評讀儀禮〉云：「望溪說經文，宋五子之意皆在其中，而文更拔出六家之上。余嘗謂方子乃七百年一見之人，知言者當不以為過其實也。」〔註47〕

以上諸家評語，或就內容云其「前古所未有」、「老謀雄略，一歸經術」、「可似蕩滌人心之邪穢」、「平生無不關於道教之文」；或就形式云其「閎廓深遠」、「出語樸直」、「清深峻潔文心」、「淳實精淵理路」、「文筆衣被海內」、「文更拔出六家之上」等，雖所見略殊，而指歸不異，大抵皆切中肯綮，言符其實，洵為知言，無溢美之辭。

次就門生而言，方苞自謂「僕少壯游四方，數至吾門，必請業而後已者三百餘人；及赴詔獄，入省視惟夔州一人。用此，難後三十餘年講以所聞者惟黃世成、雷鋐、劉芳靄等，不及十人。」〔註48〕故其生徒眾多，散布各處，間亦有論，茲舉所近數人之評語，以見一斑。

1. 程崟〈望溪先生文集序〉云：「先生之文，循韓、歐之軌跡，而運以左、史義法，所發揮推闡，皆從檢身之切，觀物之深而得之。不惟解經之文，凡筆墨所涉，莫不有六藉之精華寓焉，而無一不有補於道教也。」

2. 全祖望〈前侍郎桐城方公神道碑銘〉云：「古今宿儒有經術者，或未必兼文章；有文章者，或未必本經術；所以申、毛、服、鄭之於遷、固，反有溝澮。唯是經術，文章之兼固難，而其用之足為斯世斯民之重，則難之尤難者。前侍郎桐城方公，庶幾不愧於此。然世稱公之文章，萬口無異辭，而於經術已不過皮相；若其悁悁為斯世斯民之故而不得一遂其志者，則非惟不足以知之，且從而掊擊之，其亦悕矣！」

〔註47〕以上九家之評語均見於《方苞集》附錄二〈諸家評論〉，頁901～902。
〔註48〕《方望溪遺集》書牘類〈答程葭應書〉，頁66。

3. 雷鋐〈卜書〉云：「先生之文，非闡道翼教，有關人倫風紀不苟作。」

4. 沈廷芳〈望溪先生文集後序〉云：「方先生品高而行卓；其為文，非先王之法弗道，非昔聖之旨弗宣，其義峻遠，其法謹嚴，其氣肅穆而味淡以醇，湛於經而合乎道，洵足以繼韓、歐諸公矣。」〔註49〕

5. 劉大櫆〈祭望溪先生文〉云：「至于文章，乃公緒餘。然其所為，鬼閟神敷。燔剟六藝，炙剝膏腴。高堂黼座，正冠危裾。雲升水湧，風日晴舒。卑視魏晉，有如隸奴。」〔註50〕

　　以上諸家所言方苞之文，「循韓、歐之軌跡，而運以左、史之義法」、「闡道翼教，有關人倫風化」、「其義峻遠，其法謹嚴」，皆尚平實可信，其中尤以劉氏之言最深入，言其為文變化萬端，高深莫測；以六經為本，吸取精華；文風端正，氣象莊嚴；姿態橫生，形象鮮明；實可媲美韓愈「文起八代之衰」。恭維備至，溢於言表；然能道出方苞為文之特色，若非知之至深，豈能語及？在方苞門人中，以程崟、王兆符二人，皆自成童從學已有三十餘年，〔註51〕而程崟親炙最久，所見亦真切，素為方苞所稱道「行身端直，又以文學知名」〔註52〕之王兆符，在編輯方苞文集時，則言「吾師質行、經書、古文，後世自能懸衡；兆符不敢置一辭，恐不知者，以為阿其所好也。經說則始窺其樊，恐言之未必有中。」〔註53〕足見門人稱美讚譽之言，皆出自肺腑敬慕之情，並非「阿其所好」也。

　　再就後人而言，方苞被尊為桐城派之祖，由於流傳廣遠，私人效

〔註49〕以上四家之評語同註47，頁902～903。
〔註50〕劉大櫆《海峰先生文集》補遺〈祭望溪先生文〉，頁7。
〔註51〕《方苞集》附錄三〈各家序跋〉王兆符〈望溪先生文集序〉云：「既成童，遂命請業師門，迄今三十有三年矣。」程崟亦云：「崟與北平王兆符皆以成童從學於先生。」頁907～908。由此可知二人從方苞學最久。
〔註52〕《方苞集》卷十〈王生墓誌銘〉，頁225。
〔註53〕同註52，頁907。

慕者甚夥，評論其文者，蓋不計其數，若欲一一列舉，恐有掛一漏萬之虞，茲提數家代表，以見梗概。

1. 姚範〈評望溪集〉云：「望溪文，於親懿故舊之間，隱親惻至，亦見其篤於倫理，而立身近於禮經，有不可掩者已。」

2. 韓夢周〈書望溪逸集後〉云：「望溪先生之文，體正而法嚴；其於道也，一以程、朱爲歸，皆卓然有補於道教，可傳世而不朽；其於所易忽者亦不苟，蓋可以識先生之所學矣。」

3. 彭紹升〈望溪逸稿序〉云：「少讀望溪方先生文，服其篤於倫理，有中心慘怛之誠，以爲非他文士所能及。」〔註54〕

4. 戴鈞衡〈方望溪先生全集序〉云：「文家精深之域，惟先生掉臂游行。周、漢、唐、宋諸家義法，亦先生出而後揭如星月，而其文謹嚴樸質，高渾凝固，又足以戢學者之客氣，而湔其浮言。以故百數十年來，奉而守者，各隨其才學高下淺深，皆能蘄乎古不捩於正；背而馳者，則雖高才廣學，亦虛憍浮夸，牟爲曜冶之金而已。」〔註55〕

5. 邵懿辰〈邵鈔奏議序〉云：「上元縣志稱：先生當官敷奏，俱關國計民瘼。今觀請定經制等箚子煌煌鉅篇，乃經國遠謨，足與靳文襄公生財、裕餉諸疏並垂。餘亦直抒所見，不肯一字詭隨。生平端方嚴諤之概，可以想見。」〔註56〕

6. 蘇惇元〈方望溪先生年譜序〉云：「竊觀先生爲學，固徹上下古今，一出於正，而其學行大綱，則符乎程、朱之旨；至發爲文章，則又合四子而一之；其行足以副其學，其文足以載道而行遠。……竊嘗論近代大儒，宗法程、朱，精詳親切者，以楊園張先生之學爲最。宋以後文家，能合程、朱、韓、歐

〔註54〕以上三家之評語同註47，頁902～903。
〔註55〕《方苞集》附錄三〈各家序跋〉戴鈞衡〈重刻方望溪先生全集序〉，頁906。
〔註56〕同註55邵懿辰〈邵鈔奏議序〉，頁910。

爲一而純正動人者，以先生之文爲最。」〔註57〕

7. 劉聲木《桐城文學淵源考·方苞》云：「其爲古文，取法昌黎，謹嚴簡潔，氣韻深厚，力尙質素，多徵引古義，擇取義理于經，有中心惻怛之城，尤精義法，言必有物有序，能自出機杼，世推爲古文巨擘，爲國朝二百餘年之冠。」〔註58〕

8. 方宗城〈桐城文錄敘〉云：「望溪先生之文，以義法爲宗，非闡道翼教，有關人倫風化者不苟作。且行身方嚴，出語樸重，論者謂取鎔六籍，方駕韓歐，非過也。吾師植之先生曰：先生之文，靜重博厚，極天下之物賾而無不持載。泰山巖巖，魯邦所瞻。擬諸形容，象地之德焉。故能直接八家之統。」〔註59〕

以上諸家，或作讀書記，或輯文集，或編年譜，或考淵源，皆博觀其全集，盡悉其文章，作深入探究，而道出由衷之言，並非人云亦云，拾人牙慧，故品評之語，堪稱持正之論。

二、褒貶相參

方苞之文，雖受師友、門生及後人之讚揚，然亦有微辭間出，褒貶相參，指其瑕疵者，茲舉數人之評論於後，以觀其說。

1. 姚　鼐

姚鼐與方苞同爲桐城人，而姚氏晚出，曾謂「天下言文章者，必首方侍郎。」〔註60〕於是心生愛慕，卻恨未能謀面親炙，據〈望溪先生集外文序〉云：

> 望溪先生之古文，爲我朝百餘年文章之冠，天下論文者，無異說也。鼐爲先生邑弟子，誦其文，蓋尤慕之。計鼐少時，亦與先生之老年相接，然先生居江寧，鼐居桐城，惟乾隆庚午鄉試，一至江寧，未及謁先生，其後遂入都，又

〔註57〕同註55蘇惇元〈方望溪先生年譜序〉，頁916～917。
〔註58〕劉聲木《桐城文學淵源考》卷二〈方苞〉傳，頁103，安徽省黃山書社出版，1989年12月。
〔註59〕方宗城《栢堂遺書》次編卷一，頁15～21。
〔註60〕姚鼐《惜抱軒全集》文後集卷五〈劉海峰先生傳〉，頁237。

數年，先生沒，遂至今以不見先生爲恨矣。……先生立言
必本義法，而文氣高古深厚，非他人所能僞。〔註61〕

此尊方苞之古文爲清代百餘年「文章之冠」，稱其文本「義法」，文氣
「高古深厚」。又〈跋方望溪先生與顎張兩相國書稿後〉云：

方望溪宗伯與顎張兩相國論制準夷事。……宗伯此書，欲
爲嚴軍屯守，撫士蓄力，以待可乘之虜，勿爲輕舉深入，
以邀難必之功。……而公之憂國之忠，交友之情，則皆可
以謂至矣。……此係公手稿，藏於家者，於公平生風義，
所關頗重。〔註62〕

稱方苞此書顯示「憂國之忠」及「交友之情」，以見其「風義」。並於
〈祭劉海峰先生文〉謂：「聖言載世，有炳其光。蔽晻於曚，日月何
傷。吾鄉宗伯，勇繼絕軌。甘筴胸腊，寧遺腴旨。賅萬逾俗，去古則
咫。」〔註63〕足證姚氏對方苞之古文嚮慕之情，不言而喻。然而「文
章者，有所法而後能，有所變而後大」，〔註64〕姚氏對其「義法說」
間有微辭，於〈與陳碩士書〉云：

震川論文深處，望溪尚未見，此論甚是。望溪所得，在本
朝諸賢爲最深，而較之古人則淺。其閱太史公書，似精神
不能包括其大處遠處疏淡處，及華麗非常處；止以義法論
文，則得其一端而已。然文家義法，亦不可不講，如梅崖，
便不能細受繩墨，不及望溪矣。〔註65〕

姚氏同意陳碩士之觀點，肯定方苞所得在清朝中「最深」，然不及歸

〔註61〕同註60 文後集卷一〈望溪先生集外文序〉，頁205～206。按乾隆庚
午即十五年（1750），姚鼐年二十，姚氏云：「惟乾隆庚午鄉試，
一至江南，未及謁先生，其後遂入都，又數年，先生沒。」恐有筆誤，
因方苞卒於乾隆十四年（1749），其至江寧時，已不得見矣。
〔註62〕同註60 文後集卷二〈跋方望溪先生與鄂張兩相國書稿後〉，頁219
～220。
〔註63〕姚鼐《惜抱軒全集》文集卷十六〈祭劉海峰先生文〉，頁189。
〔註64〕同註63 文集卷八〈劉海峰先生八十壽序〉，頁87。
〔註65〕姚鼐《姚惜抱尺牘》〈與陳碩士〉，頁43，收於佚名編《明清名人尺
牘》，廣文書局。

震川及司馬遷，指出其片面強調「義法」之缺失，但亦不可抹殺之，於是提出「義理、考證、文章」〔註66〕之說，以補充之。又對方苞「文未有繁而能工」之觀點，提出異議，〈答魯賓之書〉云：

> 易曰：吉人之詞寡。夫內充而後發者，其言理得而情當；理得而情當，千萬言不可厭，猶之其寡矣。〔註67〕

姚氏謂文章之繁簡，須以「理得而情當」爲前提，換言之，即在尙簡去繁，情眞雅正之前，應以「理得而情當」爲原則，姚氏此說正可彌補方苞論文之疏漏與偏頗之處，能於同中求異，異中求突破，豈非「理得而情當」矣？方苞曾代和碩果親王編《古文約選》一書，以古文與詩賦異道，不採辭賦類之文，而姚氏編《古文辭類纂》，特立「辭賦類」，廣開古文之門，其取徑較方苞爲大，不失爲卓識。

由上可知，姚氏對方苞有不滿之處，並未詆毀之，而提出修正之方，亦無損於崇敬之心。姚氏曾云：「儒者生程朱之得，得程朱而明孔孟之旨，程朱猶吾父師也。然程朱言或有失，吾豈必曲從之哉？程朱亦豈不欲後人爲論而正之哉？正之可也，正之而詆毀之，訕笑之，是詆訕父師也。」〔註68〕若將方苞比諸程朱，未免太過，然可概見姚氏「正之可也」之心態，故皆能適時提出修正也。且姚氏在編《古文辭類纂》時，除引用其評語外，並取其文十一篇入書中，並評其文曰「議論好」、「高潔」、「有逸氣」。〔註69〕後人對姚氏《古文辭類纂》，

〔註66〕同註63，文集卷七〈復秦小峴書〉云：「鼐嘗謂天下學問之事，有義理文章考證，三者之分，異趨而同爲不可廢。」頁80；卷四〈述菴文鈔序〉云：「鼐嘗論學問之事，有三端焉，曰義理也，考證也，文章也，是三者，苟善用之，則皆足以相濟。苟不善用之，則或至於相害。」頁46。

〔註67〕同註63，卷六〈答魯賓之書〉，頁79。

〔註68〕同註66，卷六〈再復簡齋書〉，頁78。

〔註69〕姚鼐輯、王文濡校註《評註古文辭類纂》卷十序跋類五〈方靈皋書孝婦魏氏詩後〉，姚氏曰：「議論好而文非高古。」頁310；卷三十三贈序類三〈方靈皋送李雨蒼序〉，姚氏曰：「高潔。」頁940；卷五十碑誌類下編十〈方靈皋杜蒼略先生墓誌銘〉，姚氏曰：「有逸氣，望溪集中所罕見。」頁1287；華正書局，民國73年5月。

在清人中獨取方苞與劉大櫆二人而已，頗有評論，如朱琦云：「先生於唐以後所取稍隘，……而於方劉之作所收甚多，豈侈其師門邪？」〔註70〕李慈銘云：「其書凡分論辨等十三類，自唐宋八家文外，惟前及國策史漢騷賦，後及明之歸有光，國朝之方苞劉大櫆，餘不入一字，蓋一家學也。」〔註71〕

2. 袁 枚

　　袁枚〈仿元遺山論詩〉云：「不相菲薄不相師，公道持論我最知。一代正宗才力薄，望溪文集阮亭詩。」〔註72〕其中褒貶相參，既褒方苞為一代正宗，又貶其才力不足。《隨園詩話》又云：

> 本朝古文之有方望溪，猶詩之有阮亭：俱為一代正宗，而才力自薄。近人尊之者，詩文必弱；詆之者，詩文必粗。所謂佞佛者愚，闢佛者迂。」〔註73〕

此又重提其觀點，依舊褒貶參半。袁氏與友人文酒之會，同訪名山古剎，臨行互贈篇什，記朱心池詩句云：「靈皋健筆漁洋句，才力輸公尚十分。」〔註74〕其含義亦同，皆肯定方苞之古文，而苦其才力薄弱，〈答姚小坡尚書〉云：

> 要知良史之才，不是醯醬油鹽，照賬謄錄也。集中如梁少師齊侍郎兩墓志，此是何等題目，乃鋪述一鹿肉一蘋果，如市賈列單，令人齒冷，豈不知君恩所係，有賜必書，然果屬卑官寒士，則尚方之一縷一蹄，自當詳載，而三品以上大臣，則宜取其大者遠者而書之。瑣碎事端，概從刪節，此文章一定之體例也。不然，如韓歐集中，所作諸名臣碑

〔註70〕朱琦《怡志堂文集》卷六〈自記所藏古文辭類纂舊本〉，嶺四五家詩文集。此書未見，轉引自張春榮《姚惜抱及其文學研究》，頁184，國立臺灣師範大學國文研究所博士論文，民國77年5月。

〔註71〕李慈銘《越縵堂讀書記》八文學〈古文辭類纂〉條，頁613。

〔註72〕袁枚《小倉山房詩集》卷二十七〈仿元遺山論詩〉，中華書局四部備要本。

〔註73〕袁枚《隨園詩話》卷二第三十九條，頁48，漢京文化事業有限公司，民國73年2月。

〔註74〕同註73，卷十第六十七條，頁354。

版，豈當時天子不賞賜一物者乎？而何以絕不記載乎？近
日考據家爲古文，往往不曉此義，十人九病，董莆謝山皆
所不免，惟方望溪力能矯之，而又苦于才力太薄，讀者索
然。〔註75〕

袁氏以爲墓志之體例，「宜取其大者遠者而書之。瑣碎事端，槪從刪
節」，因其謂「本朝尚考據，趨之者如一群之貉，累萬盈千。」〔註76〕
不滿諸考據家不曉文章之體例，甚至全祖望亦有此病，此正與方苞所
云：「誌銘每事必詳，乃近人之陋，古作者每就一端引伸，以極其義
類。茲更舉數事，恐或有感發，非以多爲貴也。」〔註77〕之論點不謀
而合。故讚揚方苞能力矯時弊，然尚貶其「才力太薄」。〈答孫俌之〉
云：

試觀望溪可能吃得住一個大題目否？可能敍得一二大名臣
眞豪傑否？可能上得萬言書痛陳利弊否？〔註78〕

此語亦譏方苞才力之薄，以致未能「吃得住一個大題目」，其語氣與
評歸有光之文「紆淡處自佳，然絕少大題目」，〔註79〕同出一氣。

追究袁枚再三評論方苞「才力薄」之因，蓋年少氣盛而出此語，
中年以後觀念已改易，試看〈與韓紹眞〉云：

嘗謂方望溪才力雖薄，頗得古文意義，乃竹汀少詹深鄙之，
與僕少時見解相同。中年以後，則不敢復爲此論，蓋望溪讀
書少，而竹汀無書不覽，其強記精詳，又遠出僕上，以故渺
視望溪，有劉貢父笑歐九之意，不知古文之道，不貴書多，
所讀之書不古，則所作之文亦不古。唐宋以來，推韓柳能爲
古文，然昌黎自言非三代兩漢之書不敢觀，懼其雜也，迎而

〔註75〕袁枚著、胡光斗箋釋《小倉山房尺牘箋釋》卷四〈答姚小坡尚書〉，
　　　　頁5，廣文書局，民國67年7月。
〔註76〕同註75，卷三〈覆家實堂明〉，頁13。
〔註77〕《方苞集集外文》集五〈與陳滄洲書〉，頁664。
〔註78〕袁枚《小倉山房尺牘箋釋》僅八卷，而〈答孫俌之〉存於《小倉山
　　　　房尺牘》卷十，故轉引自郭紹虞《中國文學批評史》下卷，頁413。
　　　　臺灣明倫書局。
〔註79〕同註75，卷三〈與邵叔宋太史〉，頁2。

距之：柳子與韋中立書，所引書目，班班可考。〔註80〕

此言無異爲袁氏之自白，謂評方苞「一代正宗才力薄」，乃年少時之見解，中年以後則「不敢」復作此論，甚至代方苞辯駁，譏錢大昕「有劉貢父笑歐九之意」，蓋錢氏曾用「劉原父譏歐陽公不讀書，原父博聞誠勝於歐陽」之語，以譏「方氏乃眞不讀書之甚者」。〔註81〕故袁氏以子之矛攻子之盾矣，未審錢氏夫復何言？袁氏並舉韓柳爲例，以證「古文之道，不貴書多」，乃於「其得力處全在鎔鑄變化，純以神行，若欲自炫所學，廣搜百氏，旁摭佛老，及說部書，儳入古文，便傷嚴潔。」而善作文者，其「平素宜與書合，落筆時宜與書離，又須揭取精華，掃糟粕而空之」，〔註82〕換言之，即好學而不爲學所累，運用之妙存乎一心也。

由此可知，袁氏少時評方苞「才力薄」，中年始翻然大悟，而不復此論，則對方苞褒多於貶，〈駁侯朝宗于謙論〉書後云：「本朝王山史、方望溪俱謂公之不諫，以身握兵權，恐諫則景泰將忘公而轉戕太子故也，所見亦高。」〔註83〕稱頌方苞之見解高；又在編《小倉山房文集》〈古文凡例〉時，引用方苞之法，如「滿洲姓氏與唐虞三代相同，其冠首一字非其姓也。……方望溪佟法海墓志，稱法公未爲過也。」「古人文無圈點，方望溪先生以爲有之，則筋節處易於省覽。按唐人劉守愚文冢銘云：『有朱墨圍者，疑即圈點之濫觴。』姑從之。」〔註84〕在此套袁氏〈與姚小坡尚書〉之語云：「與人之投托知己，皆有數存乎其間耶？此又不幸中之幸，司馬所含笑於九泉者也。」〔註85〕則方苞得此知己，亦將「含笑於九泉者也。」

〔註80〕同註75，卷六〈與韓紹眞〉，頁1。

〔註81〕錢大昕《潛研堂文集》卷三十三〈與友人書〉，頁327。

〔註82〕同註80，頁1至頁2。

〔註83〕袁枚《小倉山房文集》卷二十〈駁侯朝宗于謙論〉，頁3，廣文書局，民國61年5月。

〔註84〕袁枚《小倉山房文集》〈古文凡例〉，頁2。

〔註85〕同註75，卷二〈與姚小坡尚書〉，頁6。

3. 方東樹

方東樹，字植之，師事姚鼐，受古文法，為「姚門四傑」〔註86〕之一，桐城人，曾言「明代而後桐城人文輩出，……統觀前後碩德名賢數十族，而於文學尤推方氏，方氏在明則有密之先生，在我朝則有望溪先生，顧密之博綜淹貫，靡所不通，而以語文章、經學之廣大精微，經世立事之宏綱鉅用，實皆不逮望溪能得古作者相傳之統。望溪而後，則有劉學博海峰、姚刑部惜抱，學者宗之，以比於揚、馬、韓、歐，而以愚究論其實，則望溪之經學、義理，以及所敷奏設施之實，絜之劉、姚，偏全大小，衰然不侔，即同時若安溪、臨川諸公，比肩同志，所謂如驂之靳，然亦皆似不及焉。」〔註87〕盛讚之語，溢乎其齒，故對方苞之文，間有評議。先觀其褒揚之言，〈書望溪先生集後〉云：

> 樹讀先生之文，歎其說理之精，持論之篤，沉然黯然紙上，如有不可奪之狀。……而篤於論文者，謂自明歸太僕後，惟先生為得唐宋大家之傳，惟樹亦心謂然也。〔註88〕

又〈書惜抱先生墓誌後〉云：

> 侍郎之文，靜重博厚，極天下之物賾而無不持載，泰山巖巖，魯邦所瞻；擬諸形容，象地之德焉，是深於學者也。〔註89〕

觀此二則稱頌之語，可謂推崇備至，無以復加。故曾於〈復姚君書〉云：「往吾宗望溪有言，文章雖小術，然失其傳者七百有餘年矣。」〔註90〕引之與友人論文；又在姚鼐編輯《古文辭類纂》，於有清獨錄

〔註86〕曾國藩《曾文正公全集》卷一〈歐陽生文集序〉云：「姚先生晚而主鍾山書院講席，門下著籍者，上元有管同異之、梅曾亮伯言，桐城有方東樹植之、桃瑩石甫，四人者稱為高第弟子，各以所得傳授徒友，往往不絕。」頁57，商務印書館四部叢刊初編。又有稱管同、梅曾亮、劉開、方東樹為「姚門四傑」者，如劉聲木即是。

〔註87〕方東樹《儀衛軒文集》卷五〈望溪先生年譜序〉，頁13。同治間刊本。

〔註88〕同註87，卷六〈書望溪先生集後〉，頁20。

〔註89〕同註87，卷六〈書惜抱先生墓誌後〉，頁22。

〔註90〕同註87，卷七〈復姚君書〉，頁19。

方苞及劉大櫆之文，以爲古文傳統在此也，而遭外人謗議，以爲黨於同鄉，姚氏晚年嫌起爭端，悔欲去之，方東樹進言云：

> 此只當論其統之眞不眞，不當問其黨不黨也。使二先生所傳非眞耶，雖黨焉，不能信後世如眞也；使所傳眞耶，今雖不黨，後人其能挑諸？要之，後有韓退之、歐陽永叔者出，則必能辨其是非矣。此編之纂，將以存斯文于不絕，紹先哲之墜緒，以待後之學者，何可不自今定之也，而疑之乎？孟子論道統，舍伯夷、伊尹而願學孔子，管、晏豈足顧哉？古之善言文者，必喻之江海。善觀海者，必觀其瀾。熙甫、望溪、海峰三先生之得與于江海者，其瀾同也。學者亦必涉其瀾而可哉！〔註91〕

方東樹肯定姚氏之作法，承認方苞、劉大櫆能繼古文之傳統，何況當世「論者謂八家後，於明推歸太僕震川，於國朝推方侍郎望溪、劉學博海峰，以及先生〈姚鼐〉而三焉」，「則所謂眾著於天下之公論」〔註92〕也，且方東樹又言「先生書在海內，名在國史，後有知人論世者出，自有衷論，當知非鄉曲後生阿私溢美之言也。」〔註93〕今觀其陳述梗概，意篤詞懇，則讚頌方苞之辭，豈有「阿私溢美」耶？

然而，方東樹非惟僅發讚美之語，亦能「取其長，濟其偏，止其敝」，劉聲木稱其「不盡拘守文家法律」，〔註94〕故對方苞論文主義法，間發微辭，謂「唐以前無專爲古文之學者，宋以前無專揭古文爲號者。蓋文無古今，隨事以適當時之用而已。然其至者，乃並載道與德以出之。三代、秦、漢之書可見也。顧其始也，判精粗於事與道；其末也，乃區美惡於體與辭；又其降也，乃辨是非於義與法。噫！論文而及於體與辭、義與法，抑末矣。」〔註95〕又評方苞之文云：「特怪其文重

〔註91〕同註87，卷七〈答葉溥求論古文書〉，頁 26。
〔註92〕同註89，頁 22。
〔註93〕同註87，頁 13～14。
〔註94〕劉聲木《桐城文學淵源考》卷八〈方東樹〉，頁 265，安徽省黃山書社，1989 年 12 月。
〔註95〕同註89，頁 21。

滯不起，觀之無飛動嫖姚跌宕之勢，誦之無鏗鏘鼓舞抗隊之聲，即而求之無玄黃采色，刪造奇詞奧句，又好承用舊語，其於退之論文之說，未全當焉。」蓋由於「襲於程、朱道學已明之後，力求充其知而務周防焉，不敢肆；故議論愈密，而措語矜慎，文氣拘束，不能宏放也。」，[註96] 可見褒貶參半，皆持之有故，言之成理，豈非知言者乎？

4. 劉　開

劉開，字明東，號孟塗，桐城人，師事姚鼐，盡授以詩、古文法，名雖居「姚門四傑」之一，實不能盡守師法，其為文，天才宏肆，光氣煜爚，能暢達其心之所欲言；然氣過囂張，類多浮詞，與姚鼐簡質之境懸絕，[註97] 故其對方苞之文，間有微詞，〈與阮芸臺宮保論文書〉云：

> 本朝論文，多宗望溪，數十年來，未有異議。……吾鄉望
> 溪先生，深知古人作文義法，其氣味高淡醇厚，非獨王遵
> 巖、唐荊川有所不逮，即較之子由，亦似勝之。然望溪豐
> 於理而嗇於辭，謹嚴精實有餘，雄奇變化則不足，亦能醇
> 不能肆之故。夫震川熟於史漢矣，學歐曾而有得，卓乎可
> 傳，然不能進於古者，時藝太精之過也，且又不能不囿於
> 八家也。望溪之弊與震川同。先生所不取者，其以此與？
> 然其大體雅正，可以楷模後學，要不得不推為一代之正宗
> 也。學史漢者由八家而入，學八家者由震川、望溪而入，
> 則不誤於所向，然不可以律非常絕特之才也。[註98]

此段首讚方苞之文「氣味高淡醇厚」，比諸前賢猶有過之，次評方苞文章「豐於理而嗇於辭，謹嚴精實有餘，雄奇變化則不足」，蓋為「時藝太精」之故也。此論頗有見地，能正視其缺失，不為門戶所囿，值得效法。末又推崇方苞之文「雅正」，不失為「一代正宗」，勉後人學文若由此入手，當「不誤所向」。所言堪稱平實。

[註96] 同註88，頁20。

[註97] 同註94卷四〈劉開〉，頁159。

[註98] 劉開《劉孟塗文集》卷四〈與阮芸臺宮保論文書〉，轉引自郭紹虞編《中國歷代文論選》下冊，頁286、289。木鐸出版社，民國70年4月再版。

5. 曾國藩

黎庶昌云：「本朝文章，其體實正，向望溪方氏，至姚先生，而辭始雅潔，至曾文正公，始變化以臻於大。」〔註99〕薛福成云：「文正一代偉人，必理學經濟發爲文章，其閱歷親切，迥出諸先生上，早嘗師義法於桐城，得其峻潔之詣，平時論文，必導源六經兩漢，而所選經史百家雜鈔，蒐羅極博，文選一書，甄錄至百餘首，故其爲文，氣清體閎，不名一家，足與方姚諸公並峙，其尤嶢然者，幾欲跨越前輩。」〔註100〕曾氏亦嘗自謂「粗解古文，由姚先生啓之。」〔註101〕以桐城派人自許，得衣鉢傳承，號爲中興之主，故劉聲木云其「論文私淑方苞、姚鼐。」〔註102〕則曾氏對方苞之古文，有其觀點，能抒己見，試看其讚語，自言「昔備官朝列，亦嘗好觀古人之文章，竊以自唐以後，善學韓公者，莫如王介甫氏。而近世知言君子，惟桐城方氏、姚氏所得尤多。」〔註103〕言方苞爲善學韓愈者；勉彭雪琴參讀方苞之文，可藥「平日浮冗之失」；〔註104〕稱頌方苞古文爲「國家二百餘年之冠，學者久無異辭，即其經術之湛深，八股文之雄厚，亦不愧爲一代大儒，雖乾嘉以來，漢學諸家百方攻擊，曾無損於毫末。」〔註105〕並謂「康熙雍正之間，魏禧、汪琬、姜宸

〔註99〕黎庶昌《拙尊園叢稿》卷二〈續古文辭類纂敍〉，頁82，文海出版社。
〔註100〕薛福成《庸盦全集》外編卷二〈寄龕文存序〉，頁228。華文書局，民國60年5月初版。
〔註101〕同註86，〈聖哲畫像記〉。
〔註102〕同註94卷四〈曾國藩〉，頁181。
〔註103〕曾國藩《曾滌生尺牘》〈覆陳右銘太守〉，頁104，收於《精選近代名人尺牘》中。
〔註104〕同註103〈與彭雪琴〉云：「僕觀作古文者，例有傲骨，惟歐陽公較平和；此外皆剛介倔強，與世齟齬。足下傲骨嶙峋，所以爲文之質，恰與古文相合，惟病在貪多，動致冗長。可取《國朝二十四家古文》讀之，參之侯朝宗、魏叔子，以寫胸中磊塊不平之氣；參之方望溪、汪鈍翁，以藥平日浮冗之失：兩者並進，所詣自當日深，易以有成也。」頁36～37。
〔註105〕曾國藩《求闕齋讀書錄》卷十〈望溪文集〉，頁28。

英、方苞之屬，號爲古文專家，而方氏最爲無類。」〔註106〕評方苞
〈矯除積習興起人材劄子〉云：「此疏閱歷極深，四條皆確實可行，
而文氣深厚，則國朝奏議中所罕見。」〔註107〕又〈曾文正論文〉云：

> 望溪精與謹細，而未能自然神妙者也。……望溪規模極大，
> 而未能妙遠不測，風韻絕少，然文體自正，望溪以前皆不失
> 「質而不俚」四字，自不能不推爲巨手，歸文妙遠不測，然
> 轉有質而近俚者，望溪脩辭極雅潔，無一俚語俚字，然其行
> 文，不敢用一華麗非常字，此其文體之正，而才不及古人
> 也。……望溪不受八家牢寵，震川爲人疏通知遠，蓋得力於
> 尚書，而爲文根源全出史記；望溪爲人嚴氣正性，蓋得力於
> 三禮，而爲文根源於管荀，故文章整肅嚴峻，二人皆性情淳
> 古，每出一語，眞氣動人。其發於親屬，敘述家常文字，尤
> 質樸懇至，使人生孝弟之心，此眞六經之裔也。……望溪敘
> 事文，有言簡而意深者，亦自妙遠不測；其敘記之文，亦自
> 蕭然高寄，大抵文之尚風趣，獨施諸敘體爲宜耳。〔註108〕

此則乃薛福成所輯，爲曾氏論文之集要，由文中槪見論方苞之文，褒
多於貶，讚美有加；然而曾氏亦有專貶之語者，如〈與劉霞仙〉云：
「自孔孟以後，惟濂溪〈通書〉、橫渠〈正蒙〉，道與文，可謂兼至交
盡。……望溪所以不得入古人之閫奧者，正爲兩下兼顧，以致無可怡
悅。」〔註109〕評方苞〈送左未生南歸序〉云：「而孫之死二句，承接
牽張。」〈矯除積習興起人材劄子〉云：「惟其經世之學，持論太高，
當時同志諸老，自朱文端、楊文定數人外，多見謂迂闊而不近人情。
『兵部之實，在戢將校之驕氣，以綏靖兵民』，此條立論太高，多不
切於事實，今之兵部與將校，何能戢其驕氣。」〔註110〕曾氏又於〈嘉

〔註106〕同註86，卷一〈送周荇農南歸序〉，頁67。
〔註107〕同註105。
〔註108〕薛福成《論文集要》下冊卷三〈曾文正公論文〉上，收於民國周鍾
　　　　游編《文學津梁‧論文集要》中，上海有正書局。
〔註109〕同註103〈與劉霞仙〉，頁36。
〔註110〕以上二則之評同註105。

言鈔〉云：「望溪經學，勇於自信，而國朝巨儒，多不甚推服，四庫書目中，於望溪每有貶詞，最後皇清經解中，並未收其一冊一句，姬傳先生雖推崇方氏，亦不稱其經說，其古文號爲一代正宗，國藩少年好之，近十餘年，亦別有宗尙矣，國藩於本朝大儒學問，則宗顧亭林、王懷祖兩先生，經濟則宗陳文恭公。」〔註111〕綜觀曾氏之言，褒貶互見，大抵可謂持平而無所偏袒也。

6. 吳德旋

吳德旋，字仲倫，師事張惠言、姚鼐，受古文義法，一意宗法桐城。故其評方苞文云：

> 方望溪直接震川，然謹嚴而少妙遠之趣，如人家房屋門廳院落廂廚，無一不備，但不見書齋別業，若園亭池沼，尤不可得。〔註112〕

此言深中方苞所短，以譬喻擬之，旣貼切又高妙，蓋方苞之文實謹嚴有餘，而精采不足也。

7. 李慈銘

李慈銘博極群書，曾於越縵堂日記中，多處評方苞之文，自言早年「多爲浮氣所中，又過信錢竹汀、汪容甫諸公之言」，故頗輕視之，試觀其最早之評語云：

> 夜閱方望溪集文集。予不閱此者，近十年矣。其文終有本領，而義法未純，由讀書未多，情至處彌爲佳爾。〔註113〕

此則記於清同治丁卯（1867）十一月十六日，據此上溯十年，則最早讀方苞文集爲咸豐丁巳（1857），觀此所記，頗有鄙視之意。然而翌日（十七日）又云：

> 閱望溪文集。其敍天倫悲苦處，悵觸生平，時爲泫然廢卷。痛莫切于傷心鮮民之謂矣。〔註114〕

〔註111〕同註86，〈嘉言鈔〉，頁59。
〔註112〕吳仲倫《初月樓古文緒論》，頁6。
〔註113〕李慈銘《越縵堂讀書記》八文學，頁734。
〔註114〕同註113。

再度展閱，觸發心靈，深受感動。今檢尋《越縵堂讀書記》，最早言及方苞者，在咸豐丙辰（1856）六月二十七日，記姚鼐《惜抱軒文集》云：「惜抱以古文名天下，自謂由方望溪以上溯歐曾，接文章正脈，……姬傳才力薄弱，不免時露窘色，而春容淡雅，固有得於師承。」〔註115〕此則雖評姚鼐，卻如同評方苞「讀書未多」，而「才力薄」，足見十年前深受錢大昕影響。

　　再看咸豐庚申（1860）二月初一日閱侯方域《壯悔堂集》云：「國朝古文推方望溪、魏叔子爲最，彭躬菴、姜湛園、邵青門、毛西河次之，此皆卓卓成就者也。……方最醇正有風度，顧未免平淡。」〔註116〕可見評方苞文醇正，失於平淡。其後在同治癸亥（1863）正月十七日閱姚範《援鶉堂筆記》云：「姚氏之書，頗左祖宋儒，服膺方氏，……薑塢於望溪爲鄉里私淑之人，因而論方氏多實事求是。」〔註117〕又同年二月三日再閱姚鼐《惜抱軒文集》云：「姚氏之文，自謂遠承南豐，近淑望谿，而實開桐城迂緩之派。……又習於望谿而好議論，意欲持漢、宋之平，出入無主，遂致持議頗僻。」〔註118〕此又評方苞文好議論，且持論頗僻，指詆毀程朱，率皆身滅絕嗣。同年二月初六日閱劉大櫆《劉海峰文集》云：「夫望谿雖稍散弱，不及震川，而氣澹神清，粹然有味，自深得於歐曾者，豈海峰所可望耶？」〔註119〕此時已稍易先前之成見，稱方苞文「氣澹神清，粹然有味」矣。同年十二月十六日閱宗稷辰《躬恥齋集文鈔》云：「其文法頗能由望溪、震川以上溯歐、曾，中年以後，所作碑誌，往往有佳者。……又每於起結間敍處見之，而唱歎往復，情味油然，是尤得力望溪者，惜氣力散弱，拙於敍次。」〔註120〕觀此則雖贊宗稷辰，然無異在稱方苞文「唱歎往復，情味油然」

〔註115〕同註113，頁775。
〔註116〕同註113，頁727。
〔註117〕同註113，十一綜合參考，頁1161。
〔註118〕同註113。
〔註119〕同註113，頁748。
〔註120〕同註113，頁849。

也。縱觀此期間對方苞之評價，已由貶多轉爲褒多，成見已改觀。

　　至同治甲子（1864）轉而駁斥攻訐方苞者，爲方苞作辯解，試看二月二十五日閱錢大昕《潛研堂集》云：「潛研自爲近世集部中一大家，……惟力詆方望溪，其與友人書，至比之孫、鑛、林雲銘、金人瑞輩。又跋望溪文集，舉李穆堂語，譏其作曾祖墓銘，省桐城而曰桐，謂縣以桐名者五，此之不講，何以言文？又舉金壇王若霖語，謂靈皋以古文爲時文，卻以時文爲古文，深中望谿之病。此皆未免過當。望谿之學，誠不足望竹汀，而古文義法粹密，神味淵源，自爲國朝弁冕，非竹汀所能及也。望谿之爲桐城人，天下知之，後此當亦無不知之，爲其曾祖銘墓而僅稱桐，自不能移之桐鄉、桐廬等處。況此一字出入，或偶爾失檢，豈遂可沒其全體耶？」〔註121〕此則非但指責錢氏評方苞文三處，「未免過當」，爲作辯解，駁斥錢氏不能以偏蓋全，並稱頌方苞之「古文義法粹密，神味淵源，自爲國朝弁冕」，已肯定方苞在有清文壇之地位。又四月初二日閱朱仕琇《梅崖居士集》云：「其文卑冗，全不識古文義法，而高自標置，甚爲可厭。……惲子居嘗謂梅崖于望溪有不足之辭，而梅崖所得視望溪益庳隘。然庳隘二字，實未盡梅崖之病，其去望溪，蓋不可道里計也。」〔註122〕此則亦爲方苞作辯駁，並肯定其「古文義法」。六月十三日閱包世臣《藝舟雙楫》云：「愼伯論國朝九賢文，謂侯朝宗隨人俯仰，致近俳優。汪純翁簡默瞻顧，僅能自守。魏叔子頗有才力，而學無原本，尤傷拉雜。方望溪視三子爲勝，而氣力寒怯。……其所揚抑，頗有鑒裁。」〔註123〕贊同包氏對方苞之評價，亦肯定其地位駕乎前人。縱觀此年對方苞已全然改變，有辯駁，有贊同，亦有稱許。故至同治丁卯（1867）言未閱方苞集已近十年。

　　再由前引同治丁卯（1867），往後推十年，爲光緒丁丑（1877）

〔註121〕同註113，頁773。
〔註122〕同註113，頁759。
〔註123〕同註113，九藝術，頁1095。

正月二十三日，再度展閱《望谿文集》云：

> 望谿粹然儒者，其文多關世教，又語必有本，事能見道，自責之言，尤近聖賢克己之恉，宋儒以後，誠不多見。惟務以至高之行，繩切常人，其家訓及示道希兄弟諸書，……此皆今日所必不能行者。……望谿謂聖人制法以民，非賢者所宜自處，是以禮爲未盡，而責其後世天下之人皆務加崇於古哲，而不肯俛就禮文，恐無此理也。凡教人者，必使中材可及，家訓尤宜淺近簡易，俾子孫可守，望谿所言，亦大而近迂矣。……望谿拘守禮文，……望谿乃定其先世某始遷，……望谿立朝，議論亦多如此，泥古而不切，強人以難行，當時皆厭苦之。……然其大體嚴正，足以箴砭人心，使我輩不肖者讀之，凜然如對師保父母，其益非淺。

觀此則，可見對方苞之文多加讚賞，言「多關世教」、「語必有本」、「大體嚴正」，而貶其拘守禮文，「大而近迂」、「泥古而不切」，皆屬中肯。

又同月二十七日云：

> 其讀經讀子史諸文，多不可訓；時文序壽序亦嫌太多。若其書後之文，語無苟作，墓銘志傳，亦多謹嚴，敘述交游，尤爲真摯。與人諸書，無不婉切有味，此實可傳者也。余二十年前讀之，多爲浮氣所中，又過信錢竹汀、汪容甫諸公之言，頗輕視之，故自後從不寓目，此以知讀書貴晚年也。

據此則以觀，依文集分類而評之，褒多於貶，言其文「語無苟作」、「謹嚴」、「真摯」、「婉切有味」，謂爲傳世之作，評價甚高，實有見地。然貶其讀子史諸文，又嫌時文序、壽序太多，似亦「未免過當」〔註124〕

〔註124〕此句爲李慈銘評錢大昕責方苞之用語。蓋方苞之時文序現存《方苞集》卷四有六篇，《集外文》卷四有八篇，及《遺集》兩篇，計十六篇；而壽序僅《方苞集》卷七有六篇而已，二者共二十二篇，故言「未免過當」。況方苞〈與吳東巖書〉云：「僕往在京師十年，以時文序諸者，未嘗一應。」頁 657。又方苞於〈余東木時文序〉云：「余自序宜興儲禮執之文，爲其本師所點竄，以序爲戒者已數十年。」頁 98。查此文作於乾隆八年；又乾隆十三年作〈楊黃在時文序〉云：「余戒爲時人作序四十餘年。」頁 101；往上推溯知〈儲禮執時文序〉作於年四十左右。至於壽序，方苞〈汪孺人六

也。自悔早年受錢、汪影響，未及時讀之，而悟「讀書貴晚年」，此言如同袁枚少年譏方苞「才力薄」，中年以後，則不敢復爲此論，大有失之交臂之概。又同年十二月二十四日云：

> 望溪能知周禮經體之精，儀禮品節之妙，及荀子之醇處，其識自在並世諸家之上。惟任其私肊，謂周禮有劉歆竄入處，……謂皆歆所竄入，以媚王莽，而傅會莽事，信口周內，絕無依據，不知子駿何仇，而於千餘年忽遭此羅織。其言之斷斷甚無理，而悍然不疑，往往讀之失笑。又拾朱子之唾而痛詆詩小序，尤爲無識。故嘗謂望谿集中讀經二十七首，當刪去太半。則於望谿之學，不爲無益，所以深愛望谿也。然如讀大誥、讀王風、讀周官、讀儀禮、讀經解五首，簡括宏深，必傳之文，非望谿不能作也。〔註125〕

至此道出「深愛望谿」，基於愛之深，責之切，除褒其讀經諸文外，亦能條舉其疵，不因私淑而左袒，故「論方氏多實是求是」，堪稱公允。其後光緒壬午（1882）十月十九日閱陶穉衷《陶晚聞先生集》云：「第三卷周官辨僞，駁舉桐城方氏載師廛人文劉歆竄入之說，條而駁之，極爲明晰。」光緒丙戌（1886）六月十四日閱姚鼐《惜抱軒尺牘》云：「其論文章謂望谿不能見史記深處，遠不如震川，……皆極有識。」〔註126〕亦贊同他人之觀點。

由上歷觀李茲銘三十年間對方苞之評價，可知其早年受錢、汪二氏之言，而輕視之，至晚年幡然悔悟而「深愛」之，故能揚其善，亦能條舉其疵，足見方苞之文仍受其肯定也。

8. 章炳麟

章炳麟，別號太炎，爲近代著名國學大師。對方苞之文亦有所評

十壽序〉云：「尤病以文爲壽之非古也。」頁211。故此六篇皆不苟作，如〈高素侯先生四十壽序〉，爲恩師而作；〈張母吳孺人七十壽序〉，爲友張自超之母而作；〈李母馬孺人八十壽序〉爲李塨之母而作，餘者爲友胡錫參、蔣錫震、曹晉袁之母而作也。
〔註125〕以上數則均同註113，頁735～736。
〔註126〕同註113，分見頁612、1052。

論，嘗於〈菿漢微言〉云：

> 問：「桐城義法何其隘邪？」答曰：此在今日亦爲有用。何者？明末猥雜佻俛之文，霧塞一世，方氏起而廓清之。自是以後，異喙已息，可以不言流派矣。乃至今日，而明末之風復作，報章小說，人奉爲宗。幸其流派未亡，稍存綱紀，學者守此，不致墮入下流，故可取也。若諦言之，文足達意，遠於鄙倍可也。有物有則，雅馴近古，是亦足矣。派別安足論，然是爲中人以上言爾。桐城義法者，佛家之四分律也，雖未與大乘相齒，用以摧伏磨外，綽然有餘，非以此爲極致也。〔註127〕

此言方苞論文倡導雅潔，清除明末七子猥雜佻俛之文風，並讚其義法說，「有物有則」、「雅馴近古」，較之報章小說爲可取也。又其〈文學論略〉云：

> 消極之雅，清而無物，歐曾方姚之文是也；積極之雅，閎而能肆，揚班張韓之文是也。雖然，俗而工者，無寧雅而拙。故方姚之才雖駑，猶足以傲今人也。〔註128〕

據此，評方苞之文「清而無物」、言其才駑，但肯定其「足以傲今人」，有褒有貶，尚屬中肯。

　　以上諸家之論，褒貶相參，指斥之點，大體尚屬客觀，方苞嘗欲人指其瑕疵，非但「可用以檢身」，「亦甚有益於著文者」，並謂「與其後世有違言，不如當代有違言」，今見後人指其疵，承其學，繼其緒，若方苞復起，擴而見數家之言，必當含笑不已！

三、詆毀斥責

　　韓愈〈原毀〉云：「事修而謗興，德高而毀來。」用此衡諸文事，其理亦同。方苞文名於世，備受推崇，然持相反意見，貶毀其文者亦有之，首先發起，攻之尤力，影響後世最鉅者，莫若錢大昕，在此舉爲代表。錢氏〈與友人書〉云：

〔註127〕章炳麟《章氏叢書》〈菿漢微言〉，頁968，世界書局，民國47年7月初版。

〔註128〕章炳麟《文學論略》，轉引自葉龍《桐城派文學史》，頁70。

前晤吾兄，極稱近日古文家以桐城方氏爲最。予常日課誦
經史，於近時作者之文，無暇涉獵。因吾兄言，取方氏文
讀之，其波瀾意度，頗有韓、歐陽、王之規橅，視世俗冗
蔓猥雜之作，固不可同日語，惜乎其未喻乎古文之義法
爾。夫古文之體，奇正濃淡詳略，本無定法，要其爲文之
旨有四，曰明道、曰經世、曰闡幽、曰正俗，有是四者，
而後以法律約之，夫然後可以羽翼經史，而傳之天下後
世。至於親戚故舊聚散存沒之感，一時有所寄託而宣之於
文，使其姓名附見集中者，此其人事跡原無足傳，故一切
闕而不載，非本有可紀而略之，以爲文之義法如此也。方
氏以世人誦歐公王恭武、杜祁公諸誌，不若黃夢升、張子
野諸誌之熟，遂謂功德之崇，不若情辭之動人心目，然則
使方氏授筆而爲王、杜之誌，亦將舍其勳業之大者，而徒
以應酬之空言了之乎。六經三世之文，世人不能盡好，閒
有讀之者，僅以供場屋餖飣之用，求通其大義者罕矣。至
於傳奇之演繹，優伶之賓白，情詞動人心目，雖里巷小夫
婦，人無不爲之歌泣者。所謂曲彌高則和彌寡，讀者之熟
與不熟，非文之有優劣也。以此論文，其與孫鑛、林雲銘、
金人瑞之徒何異。文有繁有簡，繁者不可減之使少，猶之
簡者不可增之使多。左氏之繁勝于公穀之簡，史記漢書互
有繁簡，謂文未有繁而能工者，非通論也。〔註129〕

錢氏此評方苞未喻古文義法，乃專就其〈與程若韓書〉而論，蓋方苞
作〈程贈君墓誌銘〉，程氏欲於誌有所增，故作此書以示襲用歐公法，
講義法，尙雅潔，不可增添，而錢氏未察，妄加指責，以爲方苞捨「勳
業」，重情辭「動人心目」，並評「文未有繁而能工」爲非通論。實則，
方苞曾云：「蓋誌銘宜實徵事跡，或事跡無可徵，乃敘述久故交親，而
出之以感慨，馬誌是也。或別生議論，可興可觀，柳誌是也。」〔註130〕

〔註129〕 錢大昕《潛研堂文集》卷二十三〈與友人書〉，頁 326～327。四部
　　　　叢刊初編商務印書館。
〔註130〕 《方苞集集外文》卷四〈古文約選序例〉，頁 615。

其意即有事蹟可列則實筆出之，無事蹟則敘久故交親之感，以虛筆書之，而所載之事，「獨著其志節之耿然者。」〔註 131〕若瑣瑣敘列，則事愈詳，而義愈狹，故云：「誌銘每事必詳，乃近人之陋，古作者每就一端引伸，以極其義類。茲更舉數事，恐或有感發，非以多爲貴也。」〔註 132〕此即方苞爲文虛實詳略之義法。況錢氏自言「於近時作者之文，無暇涉獵」，僅聞友人極稱方苞之文，則隨取而讀之，未能深究，隨意而評之。今查方苞爲人作之墓誌，並非皆「舍其勳業之大者」如〈禮部侍郎魏公墓誌銘〉、〈安徽布政使李公墓誌銘〉、〈禮部侍郎蔡公墓誌銘〉等皆是。無怪李慈銘譏錢氏之言「未免過當」。錢氏又云：

> 韓退之撰順宗實錄，載陸贄陽城傳，此實錄之體應爾，非退之所刱，方亦不知而妄譏之。蓋方所謂古文義法者，特世俗選本之古文，未嘗博觀而求其法，法且不知，而義於何有，昔劉原父譏歐陽公不讀書，原父博聞誠勝於歐陽，然其言未免太過，若方氏乃眞不讀書之甚者。〔註 133〕

此又譏方苞古文義法爲「世俗選本之古文」，評其不知「法」，末歸結爲「眞不讀書之甚者」，影響袁枚、李慈銘甚深，以致謂方苞「才力薄」也。然而檢尋錢氏文集中〈萬先生斯同傳〉卻抄錄方苞之〈萬季野墓表〉〔註 134〕而作，無怪袁枚譏錢氏「有劉貢父笑歐九之意」矣。

　　除外，錢氏〈跋方望溪文〉又承李穆堂之說，譏方苞省桐城爲桐；及採王若霖之言，評方苞以古文爲時文，卻以時文爲古文。總之，錢氏批評方苞之嚴厲，可謂空前，遂啓後人詆毀之門，影響甚鉅。故在

〔註 131〕　《方苞集》卷十〈中議大夫知廣州府事張君墓誌銘〉，頁 273。
〔註 132〕　《方苞集集外文》卷五〈與陳滄洲書〉，頁 664。
〔註 133〕　同註 129，頁 327。
〔註 134〕　錢大昕《潛研堂文集》卷三十八〈萬先生斯同傳〉中自「昔遷、固才既傑出」至「必非其事與言之眞而不可益也」止，頁 368～369，皆錄自《方苞集》卷十二〈萬季野墓表〉，頁 333～334，其中「一室」改易「一家」；「吾默識暗誦，未敢有一言一事之遺也」句易爲「吾讀而詳識之」。蓋方苞此文乃「獨著其所闡明于史法者」，故錢氏採之。

此僅述錢氏一人爲詆毀斥責之代表，以合方苞所言，記其「犖犖大者」，則「瑣瑣者不待言矣」。

綜上所述，方苞之古文，向爲桐城派之衣鉢，後世對其評價不勝枚舉，或褒揚之，或貶責之，響聲四起，然皆無損其毫末，正如韓愈之言「動而得謗，名亦隨之」，更突顯其古文受後代重視與效法，何況前修未密，後註轉精，理所當然，後人正可「有所法而後能，有所變而後大」，信乎其可也。

第四節　影　響

由以上對方苞之詩、時文、古文之探究，以及當世及後人之評價，可知在三者之中，詩較薄弱，時文號稱「江東第一能文之士」，古文則尊爲「一代正宗」、桐城始祖，故對後代影響至深且鉅，在此分述之。

一、詩

方苞以善文著稱，但與詩並非絕緣，雖已再三強調「絕意不爲詩」，且不爲以詩自鳴之王士禎所讚許，然以今所見，不僅有其詩歌理論，亦有詩作傳世，乃當時惟恐以詩自瑕，而自匿於家，後嗣示出，以現於世。然而就其詩論言，方苞主張吟詠性情，正與王士禎所倡之「神韻說」有別，固然不爲所譽，卻與其後之袁枚「性靈說」不謀而合，袁枚曾云：「詩者，各人之性情耳，與唐、宋無與也。」〔註135〕「詩者，持也，持其性情，使不暴去也。」〔註136〕「詩，性情也，性情得，而形骸可忘。」〔註137〕「詩之道亦然，性情者源也，詞藻者流也；源之不清，流將焉附？」〔註138〕由此可證，方苞之詩論，

〔註135〕袁枚《小倉山房文集》卷十七〈答施蘭垞論詩書〉，頁4。
〔註136〕袁枚《小倉山房續文集》卷二十八〈錢竹初詩序〉，頁3。
〔註137〕同註136，卷二十八〈童二樹詩序〉，頁3。
〔註138〕同註136，卷三十一〈陶怡雲詩序〉，頁9。

姑且可謂爲袁枚性靈說之先聲，〔註139〕何況袁氏曾稱其文爲「一代正宗」，而未貶其詩。故對後世間有影響。就詩作而言，方苞主張倫常中唯父子不見諸吟詠，據其姪道永云：

> 先君子同産八人。乾隆三年，姑適曾氏者歿，惟叔父、小姑尚存。叔母早世，叔父感傷，欲倣楚辭作七思，含意聯辭，輒氣結而中止。今年正月：兄卒於京邸。叔父哭之慟，兼旬夜不能寐，始爲兄成一章，浹月中次第屬草，命永編錄。問序次之義，曰：「男女異長，諸姑出室，不可以齒序也。」「叔母亞諸姑，何也？」曰：「不以服之重輕，先天屬也。」「置季姑適鮑氏者何也？」曰：「有子，年近六十，處境順，哀辭已前具矣。」「大父大母無述焉，何也？」曰：「自古無子別父母之詩。陟岵作於中途，但言父母思己，而不言己思父母。唐人作觀別者，不自言離其親，不忍言也。親亡而自痛自責，則義盡於蓼莪矣。」「騷之義隱深，其辭惝恍而彬蔚，茲則易之以直樸，何也？」曰：「至親不文，修辭之體要則然。」乾隆六年四月望前二日，道永識。〔註140〕

方苞在乾隆三、四年作〈七思〉，以志對兄百川先生、弟椒塗、伯姊、仲姊、三姊、妻蔡氏、兄子道希之傷痛，獨無哀父母之詩，觀此段之言，可知方苞乃就詩經及唐人之詩，總結出「古無別父母之詩」，亦爲後人所稱引。〔註141〕

二、時　文

　　方苞爲時文能手，所作八股文出，坊間爭相傳刻，作爲範本，風行一時，惟清末廢科舉，時文作品銷聲匿跡，近人談者尤少，以致無

〔註139〕袁枚生於康熙五十五（1716）年，至方苞卒年（1749），袁枚已三十四歲，任江寧知縣有四年，與方苞同居南京，對其詩論該有聞悉，由此推知。

〔註140〕《方苞集》卷十八〈七思〉，頁514。

〔註141〕喬億《劍谿說詩》卷上云：「後人擬騷，多失之明白條易。望溪方公曰：『騷之辭惝恍而彬蔚。』」頁1074；卷下云：「倫常中唯父子不見諸吟詠。」下引方苞之言以證之。頁1100。收在郭紹虞編《清詩話續編》。

從考究，據梁章鉅《制義叢話》云：

> 趙穀士在田曰：抗希堂集中有〈君子不器〉題文，中二比
> 云……按此文爲藝林所傳誦，古今學術源流，頗具於此，
> 非望溪先生之胸次，不能成此文章。近聞英煦齋先生壬子
> 鄉試闈墨〈大學之道〉題中閒，全錄此二比，不過改換數
> 字，大抵先生少讀此文，爛熟於胸中，風簷信筆直書，如
> 同己出，無足深論。〔註142〕

由此則可證，方苞之時文早爲舉業之典範，流傳背誦，爛熟胸次，故
能信筆直書，如同己出，而不自知，餘者可知矣。而乾隆二年奉敕編
選之《欽定四書文》，更爲制義之準繩，影響更爲深遠，據《四庫全
書總目提要》云：

> 是編所錄，一一仰稟聖裁，大抵皆詞達理醇，可以傳世行
> 遠，承學之士，於前明諸集，可以考風格之得失；於國朝
> 之文，可以定趨嚮之指歸，聖人之教思無窮，於是乎在，
> 非徒示以弋取科名之具也。古時文選本，汗牛充棟，今悉
> 斥不錄，惟恭錄是編，以爲士林之標準。〔註143〕

方苞此編評價甚高，非僅「弋取科名之具」，亦爲「士林之標準」，爲
四庫所獨收，堪稱一代楷模。嘉慶十三年有御史黃任萬奏請續選欽定
四書文，以正文體，上諭云：

> 制義一道，代聖賢立言，本當根柢經史，闡發義蘊，不得
> 涉於浮華詭僻，致文體駁而不醇，自乾隆四年欽定四書文
> 選，凡前明大家名家，悉按其世代哀次，而於本朝文之清
> 眞雅正者，一併採列成編，選擇精嚴，理法兼備，操觚家
> 自當奉爲正鵠，乃近科以來，士子等揣摩時尚，往往摭拾
> 竹書路史等文字，自炫新奇，而於經史有用之書，轉未能
> 潛心研討，揆之經義，漸失眞源，今該御史奏請釐正文體，
> 固爲矯弊起見，但摺內所稱，欲另選近年制義，以附欽定

〔註142〕梁章鉅《制義叢話》卷十，頁362～363。
〔註143〕紀昀《四庫全書總目提要》集部總集類五〈欽定四書文四十一卷〉，
　　　　頁4225～4226。

> 四書文之後，此則尚可從緩，試思近時能文之士，求其經
> 術湛深，言皆有物者，未必能軼過前人，即廣徵博採，亦
> 恐有名無實。是惟在典司文衡之臣，悉心甄別，一以清眞
> 雅正爲宗，而於引用艱僻以文，其固陋專尚機巧，以流入
> 浮淺者，概屏置弗錄，則海內士子，自各知所趨向，力崇
> 實學，風會日見轉移，用副國家振興文教至意。〔註144〕

再由此則可推知，《欽定四書文》至嘉慶十三年（1808），已盛行七十
載，〔註145〕尚蒙嘉慶帝肯定，稱此書「選擇精嚴，理法兼備」，「操
觚家自當奉爲正鵠」，並論「典司文衡之臣，悉心甄別」，足以振興文
教，推崇備至，不言而喻。流衍至光緒三十四戊申（1908），葉德輝
《郋園讀書志》云：「余幼習制科文，家大人語業師以此文爲程式。……
此余幼習之書，浮屠不忘空桑，故重取而識之。」〔註146〕若以見微
知著，可證方苞之時文影響清代有百數十年之久，故葉氏云：「苞不
獨爲古文壇坫主盟，即時文亦主持百年風氣也。」〔註147〕此言不虛。

三、古　文

在方苞之詩、時文、古文三者中，以古文影響後世最深，幾與清
朝國運興衰相始終，歷時二百餘年，波及東南半壁，前後作家計有六
百餘人，其綿延之長，流播之廣，在中國文學史上誠屬罕見，在此以
流派及古文理論言之。

就流派言，方苞當時並未開派，而名爲「桐城派」者，其始出於
姚鼐〈劉海峰先生八十壽序〉云：

> 曩者，鼐在京師，歙程吏部，歷城周編修語曰：爲文章者，
> 有所法而後能，有所變而後大。維盛清治邁逾前古千百，
> 獨士能爲古文者未廣，昔有方侍郎，今有劉先生。天下文

〔註144〕同註142，卷二，頁46～47。
〔註145〕據《欽定四書文》編成於乾隆四年（1739）至嘉慶十三年（1808），
　　　　相距七十年。
〔註146〕葉德輝《郋園讀書志》〈欽定四書文四十一卷〉，頁1646。
〔註147〕同註146。

章，其出於桐城乎！〔註148〕

「桐城派」之得名，源於程晉芳、周永年二人之戲言，姚鼐引以入文，遂為定論。其後曾國藩《歐陽生集序》亦云：

> 乾隆之末，桐城姚姬傳先生鼐，善為古文辭；慕效其鄉先輩方望溪侍郎之所為，而受法於劉君大櫆，及其世父編修君範。三子既通儒碩望，姚先生治其術益精。歷城周永年書昌為之語曰：「天下之文章，其在桐城乎！」由是學者多歸嚮桐城，猶前世所稱江西詩派者也。〔註149〕

曾氏述之尤詳，言桐城派創自方苞，後有劉大櫆、姚鼐繼其餘緒，承學之士多歸附之，足以媲美江西詩派。又有桐城人管同、梅曾亮、方東樹、姚瑩四人為姚門高第，厥後師徒相授，流衍益廣，波及江西、廣西、江蘇、湖南等地，不列籍桐城者亦附之，故王先謙〈續古文辭類纂序〉云：

> 自桐城方望溪氏以古文專家之學，主張後進。海峰承之，遺風遂行。姚惜抱稟其師傳，覃心冥追，益以所自得，推究閫奧，開設戶牖。天下翕然，號為正宗。承學之士，如蓬從風，如川赴壑，尋聲企景，項領相望。百餘年來，轉相傳述，徧於東南；由其道而名於文苑者，以數十計。嗚呼！何其盛也！〔註150〕

由此更可概見桐城派傳衍之盛況，其勢力雄厚，影響廣遠，迨曾國藩出，薛福成稱「昔曾文正公奮艱屯之會，躬文武之略，陶鑄群英，大尊區宇，振頹起衰，豪彥從風，遺澤餘韻，流衍數世，非獨其規恢之宏闊也，蓋其致力延攬，廣包兼容，持之有恆，而御之有本，以是知人之鑒，為世所宗，而幕府賓僚，尤極一時之盛云。」〔註151〕共錄幕府賓僚計八十有三人，在文壇上皆享有聲望，故姜書閣云：「一時為文者，幾無不出曾氏之門。」〔註152〕其中張裕釗、黎庶昌、薛福成、吳汝綸號稱曾門

〔註148〕姚鼐《惜抱軒全集》卷八〈劉海峰先生八十壽序〉，頁87。
〔註149〕曾國藩《曾文正公全集》卷一〈歐陽生文集序〉，頁57。
〔註150〕王先謙《續古文辭類纂》序，頁1。
〔註151〕薛福成《庸盦全集》庸庵文編卷四〈敘曾文正公幕府賓僚〉，頁105。
〔註152〕姜書閣《桐城文派述評》，頁72，上海商務印書館，民國23年2月

四大弟子，藩衍至清末，民國肇造、廢科舉，設學校，白話文興起，雖有嚴復，林紓極力回挽，振衰起弊，然而時勢所趨，銳不可當，終至衰落，劉聲木《桐城文學淵源考》曾考其師友淵源甚詳，總計約六百四十餘人。〔註153〕綜上所述，可見方苞爲清代古文巨擘，桐城派始祖，由其銜領之流派，雄據清代文壇，影響可謂既深且鉅矣。

就古文理論言，方苞論文以「義法」說爲核心，行文注重語言之「雅潔」。後世承其緒，補其不足，作嶄新之闡發，劉大櫆繼承方苞之「義法」理論，謂「義法不詭於前人。」〔註154〕然更益之，〈論文偶記〉云：

> 義理、書卷、經濟者，行文之實，若行文自另是一事，譬如大匠操斤，無土木材料，縱有成風盡堊手段，何處施設？然有土木材料，終不可爲大匠。故文人者，大匠也。神氣、音節者，匠人之能事也。義理、書卷、經濟者，匠人之材料也〔註155〕

劉氏謂「義理」、「書卷」、「經濟」爲文之材料，即方苞之「義」也；「神氣」、「音節」爲文之能事，即方苞所謂「法」也。又云：

> 神氣者，文之最精處也；音節者，文之稍粗處也；字句者，文之最粗處也。然予謂論文而至於字句，則文之能事盡矣。蓋音節者，神氣之跡也；字句者，音節之矩也。神氣不可見，於音節見之；音節無可準，以字句準之。〔註156〕

此則強調神氣、音節，由字句準音節，由音節求神氣，即將字句、音節、神氣之關係歸結成創作與欣賞之方法，劉氏提出以神氣論文，由音節證入之理論，提昇其藝術境界，此乃一大發展與創新，然而注重音節，不免拘泥於片面。至姚鼐才系統完成桐城派古文理論，主張「義

國難後第二版。

〔註153〕劉聲木《桐城文學淵源考》凡例云：「此編約六萬餘言，所錄約六百四十餘人，內有女士二人，日本人二人。」頁6。
〔註154〕劉大櫆《海峰先生文集》卷五〈姚南青五十壽序〉，頁20。
〔註155〕同註154〈論文偶記〉，頁1。
〔註156〕同註155，頁2。

理」、「考證」、「文章」三者合一，又提出「精、粗」說，〈古文辭類
纂序目〉云：

> 凡文之體類十三，而所以為文者八：曰神、理、氣、味、格、
> 律、聲、色。神理氣味者，文之精也；格律聲色者，文之粗
> 也。然苟舍其粗，則精者亦胡以寓焉，學者之於古人，必始
> 而遇其粗，中而遇其精，終則御其精者而遺其粗者。〔註157〕

姚氏融合方苞之「義法」說與劉大櫆之「神氣」說，並加以發展，提
出神理氣味與格律聲色統一之觀點。所謂「理」，即方苞之「義」，「神、
氣」與劉大櫆之「神、氣」同，「味」蘊含於文中之興味，即寓於形
象之藝術感染力。「格、律」為文章格式與法度，近於方苞之「法」，
「聲」即劉大櫆之「音節」，「色」則為辭采。神理氣味作為「文之精」，
包括思想、形象、境界；格律聲色作為「文之粗」，包括格式、法度
與語言之音韻辭采之藝術美。精寓於粗，二者融合而成文，較「義法」
說與「神氣」說完整而豐富。姚氏又發前人之未發，於〈復魯絜非書〉
中具體論述文章「陽剛」與「陰柔」之各種風格美，使文論更趨完善。
綜觀桐城派之文論，以方苞之「義法」說為基礎，劉、姚二人更從藝
術美之方向加以闡發，使文論至臻完善，故方東樹云：「此所以配為
三家，如鼎足之不可廢一。」〔註158〕朱庭珍〈論詩絕句〉云：「乾嘉
文筆重桐城，方氏劉姚各有名。」〔註159〕足證方苞之文論對後代之
影響，亦可謂「有所變而後大」也。

〔註157〕姚鼐《古文辭類纂》〈序目〉，頁31。
〔註158〕方東樹《儀衛軒文集》卷六〈書惜抱先生墓誌後〉，頁22。
〔註159〕朱庭珍《筱園詩話》卷四，頁2412，收於郭紹虞編《清詩話續編》。

第七章　結　論

　　有清桐城一派，方苞奠其基，被尊為「桐城初祖」、「一代正宗」，影響後世甚鉅，居中國文學史之重要地位。以是，本論文就方苞之詩文作深入探究，茲將研究所得，撮其要點，總束於後。

　　首探其時代背景與家世生平，旨在知人論世，以觀其文學塑造之所由。就地理環境言，浸潤於山水之靈氣，薰染於桐城之文風，引導其步入文學之途；就政治情勢言，在有清懷柔與高壓雙重政策下，開科取士，屢興文字獄，親歷其境，身受其困，尤其經南山集獄後，更深切感受，乃發出「苞以冥頑，玩先君子所戒以禍其身」〔註1〕之嘆，故其為人與文風，豈不趨向戒慎謹嚴哉？就社會風氣言，目睹社會漸趨安定，民風日下，官吏貪污，風俗澆薄，勇於揭發，以澄清吏治，直言進諫，以蘇息民困，乃舉周禮「鄉八刑糾萬民」，閉民俗之偷，管子轉相督察，罪及有司，遏吏情之遁；就學術思想言，在理學與經學盛行之際，潛心探索，多自得之，篤奉程朱，以義理解經，指事類情，有所闡發，疑經辨偽，開廖平、康有為之先河，而與專事考據之風異趣，經書之作，遂不為後人所重，惜哉！末言文學思潮，在諸體之文蓬勃發展之際，獨鍾古文，舉義法，倡雅潔，為歷代古文理論與創作之總結，被稱「集古今文論之大成」，其論能通古適今，功不可沒。

　　至於家世，尤為其思想與文學淵源之所自，先世之潛德隱行，足

〔註1〕《方苞集集外文》卷四〈跋先君子遺詩〉，頁628。

以開啓後嗣子孫之效法，從始遷桐城之始祖方德益至曾祖方象乾，凡十三世，世代衣冠，宦蹟典型，聲聞鄉里，名垂史志;至其始生，家道中落，生活寠艱，飢寒交迫，然以聖賢自勉，謂爲大有造焉，自是兄弟奔走衣食，相勖以孝弟，欲於困頓之境，期以有成，故觀其自訟之辭，多符於克己之義，敘及親舊，惻怛周摯，非踐履醇實，而有眞性情者不逮此，要非他文士所可同日語耳，〔註2〕故李塨曰：「接其孝友，砭我浮薄，挹其切偲，劀我冷峭，立品嗜學，顧頷不變，以予之衰懦廢棄之，不面赤而汗出哉？」〔註3〕而其一生，生逢盛世，歷經三朝，又享高壽，浮沈宦海達三十年，爲求清晰，分學習成長期，以觀其稟承家學之淵源，師於父兄，奠下根基，爲詩爲文，性之所趨;應試授徒期，以觀其奔走四方，謀衣求食之艱辛，親師慕長，廣結交游，對其文學理論與創作，多所啓發，助益甚焉;仕宦生涯期，南山集案爲一生際遇之轉淚點，身受圄獄，感觸最深，從此踏上仕途，官至禮部，乃關心民瘼，留意吏治，對居官之友，本「情則私，而義則公」〔註4〕之心，苟有所見，必盡言無隱，又乘皇帝侍臣之便，屢上奏章，直言進諫，多見施行，朱軾比諸「鄭公孫僑、趙樂毅」〔註5〕者，亦自謂「僕以確守經書中語，於君不敢欺，於事不敢詭隨，於言不敢附會，爲三數要人所惡，常欲擠之死地，賴聖主矜憫，尚存不肖軀」，〔註6〕卒爲同列所梗，知勢不可爲，以衰病乞休;告老還鄉期，返歸家園，閉門謝客，讀書著述，十治儀禮，並建祠堂、設祭田、立家訓，承父志，完心願，以勖勉子孫世守之。

然其一生，成就最大，莫若文事，披其文集，詩文俱在，此爲本論文研究重心。就詩而言，雖非所長，得自家學，父仲舒爲明末遺逸，

〔註2〕 張舜徽《清人文集別錄》卷四〈望溪先生文集〉，頁106，明文書局，民國71年2月初版。
〔註3〕 李塨《恕谷後集》卷三〈甲午如京記事〉，頁30。
〔註4〕 《方望溪遺集》書牘類〈與趙仁圃書〉，頁43。
〔註5〕 《方苞集》附錄二〈諸家評論〉，頁901。
〔註6〕 《方望溪遺集》書牘類〈答君元孚書〉，頁58～59。

而隱於詩，自幼深受詩風薰染，欲效尤之，然爲父及諸先輩所戒，以藝之精者不兩能，莫以詩自瑕及揚長避短，而每言絕意不爲詩，作爲請序之託辭，未能專力於詩，且每有所作，則常毀之或不自收，並非就此與詩絕緣，檢索其文集中，尙存詩三十五首、斷句二則，彌足珍貴，蓋世人恆以不能詩或不爲詩者視之，有此爲證，以塞口實，故就僅存作深入探討，得其詩歌理論：言內容，則須吟詠性情、厚人倫美教化，側重有補於世道人心；言創作，揭示則古創新、門戶可別、詩如其人，側重獨具風格。看似平常，然皆發自親身體驗之見，在有清復古潮流之詩壇上，存股清流，亦可謂難能可貴。至於詩歌內容，就題材而分，有詠史、悼亡、行旅、酬贈、應制、遊覽、詠懷、題詞等數類；就體式而言，有古詩、絕句、律詩、歌行，各體兼備，存詩不多，未能蔚爲大家，然亦概見其詩不苟作，雖非篇篇傑出，然尙不乏佳句，耐人咀嚼，故歸納其特色，在於自出機杼，推陳翻新；吟詠性情，情眞意誠；用字清新，句法靈動；觸景生情，情景交融，展現其獨特風味，能與理論相印證也。

次論時文，有清承明緒餘，開科取士，試以八股文，人人競相習作，方苞生於斯世，用此授徒，以時文名天下，號稱「江東第一能文之士」，每作一出，輒爭傳誦，然素不喜時文，強而爲之，用以糊口，學於長兄，鎔經液史，復得高公知遇，督責提攜，從遊京師，結交諸友，往復討論，面相質正，時文日進，成就文名。然卻指陳其弊甚切，謂足以害教化、敗人材，蔽陷人心，耗費心力，不能久傳，所言皆能切中時弊，試觀今日，科舉廢，制義自然銷聲匿跡，無人傳誦，足見其所指陳，頗有見地。既爲時文能手，又奉乾隆之命，精選《欽定四書文》，篇篇作總評於後，以爲舉業之準繩，由此尋繹其時文理論，首須博極群書，沈緬古籍，探求本源，方能稽經諏史，闡發義理；次言文肖其人，蓋言爲心聲，氣格風規，莫不與其人之性質相類；再舉心術端正，須有忠孝仁義之至性，以感發人心，否則不足代聖賢立言；又揭以古文爲時文，蓋時文興而古文廢，

而時文弊端叢生，故欲以古文藥時文之弊，維挽救正時俗之披靡；末倡理辭氣兼備，要求「理正而皆心得，辭古而必己出」，為符世宗聖訓，制藝以「清真古雅為宗」，及乾隆所頒「質實而言必有物」之準的，則須理明、辭當、氣昌三者兼備也。至若時文作品，今已失傳，僅能追尋其應試、偶作及結集時文之片段，稍見蛛絲馬跡，想見其文名之盛況，而其風格，亦僅能由師友口實中，得知深醇而樸健，沈浸濃郁，淵懿高素，窮極幽渺之風而已。

　　末論古文，方苞之古文，最為後人所稱道，影響幾與有清一朝相終始，而理論至於今，仍為吾人所遵循，作品更選作教材之範文，膾炙人口，傳誦久遠，不隨時代而變遷，其被尊為「桐城派」之始祖，當之無愧。其古文淵源，蓋源於從父兄探究經史，及與師友相質，尤以萬斯同及戴名世之啓迪為多？雖受何焯、李穆堂交相指責，卻謂「用以檢身」，「有益於著文者」，虛心領教，胸懷若谷，故能成就日後之文名，其來有自。至於古文理論，本便於授徒，總結前賢之文論，揭櫫「義法」，作為初學入門之階，標舉「雅潔」，為語言行文之則。「義法」說，遠溯於春秋、易經，近宗於史記。「義」指言有物，「法」指言有序，於是義以為經而法緯之，然後為成體之文，故以「義法」作為寫作規律。「義」為文章之內容，包括各類文體，舉凡事物之理、褒貶美刺、論斷寓意等皆涵蓋在內，範圍至廣；「法」為文章之形式，包括章法、脈絡灌輸、虛實詳略等皆涵蓋其中，變化無方。然則義與法並非各自獨立，而是相輔相成，互為依傍，關係密切，蓋法以義起、因義立法、法隨義變，故其法為活法，其運用之妙，存乎一心也。「雅潔」則要求古文之典雅純淨，辭無蕪累，氣體澄清，故強調「古文中不可入語錄中語、魏晉六朝人藻麗俳語、漢賦中板重字法、詩歌中雋語、南北史佻巧語」，謂此皆足以傷雅；又強調為文明於體要，字句簡明，無重複訛舛牴牾之病，氣體最潔，稱頌六經為文之極則，左傳、史記、韓文皆合於雅潔，足為作文之典範。作文嚴「義法」、崇「雅潔」，形成古文理論之體系，為後來「桐城派」論文之核心，雖白話

文興起，然其理論亦能適用於今日，作爲議論、敘事之準則。方苞既倡古文義法理論，故所爲文，皆能與之相呼應，如議論緊密，高淡醇厚；結構謹嚴，層次井然；以簡馭繁，潔淨流暢；形象鮮明，刻畫生動；委婉紆徐，感人肺腑等，展露其藝術特色，體現其理論。反之，以此衡諸班史、柳文，尚多瑕疵，並將馬班、韓柳合而較之，自分軒輊，以是貶班抑柳，條而舉之，守之甚篤。

　　總之，在方苞之詩文中，其詩與時文，由於時代之變遷，不爲後人所重，而其古文，理論與作品，則爲後人所樂道，尊奉爲桐城派始祖。至乾嘉漢學興起，重考據而輕文事，與桐城古文大異其趣，錢大昕譏方苞所得爲古文之「糟粕」，而非古文之「神理」；〔註7〕厥後桐城末流，斷斷於文法，嚴守戒律，轉而流於空疏之文，遂爲後人所詬病。方苞之文，章炳麟稱其「謹嚴」，進而推重桐城派；〔註8〕劉師培亦讚其「明於呼應頓挫之法」，「又敘事貴簡」，「桐城文士多宗之。海內人士，亦震其名，至謂天下文章，莫大乎桐城」，然而亦評其「以空議相演」，「或本末不具，舍事實而就空文」，「厥後桐城古文，傳於陽湖、金陵，又數傳而至湘、贛、西粵。然以空疏者爲之，則枯木朽荄，索然寡味，僅得其轉折波瀾。」〔註9〕觀其指責末流，莫不言之成理。

　　至若五四運動後，白話文興起，卻群起而攻之，茲舉代表者言之，錢玄同譏爲「桐城謬種」、「高等八股」；〔註10〕陳獨秀則擊之以「妖

〔註7〕錢大昕《潛研堂文集》卷三十一〈與友人書〉，頁327。

〔註8〕章炳麟《國學概論》第四章文學之派別，云：「方苞出，步趨歸有光，聲勢甚大，桐城之名以出。方行文甚謹嚴，姚姬傳承他底後，才氣甚高，也可與方並駕。」頁90；又云：「我們所以推重桐城派，也因爲學習他們底氣度格律，明白他們底公式禁忌，或者免除那台閣派和七子派底習氣罷了。」頁91，何洛圖書出版社，民國63年12月臺影印初版。

〔註9〕劉師培〈論近世文學之變遷〉，轉引自郭紹虞、羅根澤主編《中國近代文論選》，頁580～581。

〔註10〕錢玄同於1917年7月2日寄胡適書，云：「彼選學妖孽與桐城謬種，方欲以不通之典故與肉麻之句調戕賊吾青年，因之時興改革文學之思。」又同年2月25日寄陳獨秀書，云：「當世所謂能作散文之桐

魔」，即合明之前後七子及八家文派之歸方劉姚爲「十八妖魔」，並謂「今日中國之文學，悉承前代之蔽：所謂『桐城派』者，八家與八股之混合體也。」致使中國之文學，「萎瑣陳腐，遠不能與歐美比肩」，〔註11〕貶責之甚，無有過之。胡適亦言「觀今之『文學大家』，文則下規姚曾，上師韓歐，……皆爲文學下乘」，〔註12〕隱指桐城末流，摹仿古人而言，然而又稱桐城派古文之長處，在於「甘心做通順清淡」之文，而學「桐城派」者，易於寫出通順之文，〔註13〕觀其《文學改良芻議》所標舉之「八不主義」，取之與方苞之文論相較，不無相通之處，〔註14〕僅異其名目而已。逮乎近世，吳孟復極稱「蓋言『語體』之分者，望溪其最先者也。」〔註15〕而其文論，又爲今日之文章學、篇章學，及語言學也，〔註16〕綜上可知，方苞之古文理論，在近代中國文學史上之貢獻，實佔舉足輕重之地位，不愧爲「一代正宗」也。

城巨子，能作駢文之選學名家，做詩填詞必用陳套語，……自僕觀之，此輩所撰，皆『高等八股』耳。」二書皆轉引自胡適《文學改良芻議》，分別爲頁 46：27，遠流出版公司，1986 年 9 月二版。

〔註11〕 陳獨秀〈文學革命論〉，引自胡適《文學改良芻議》，頁 20。

〔註12〕 胡適《文學改良芻議》，頁 8。

〔註13〕 胡適《五十年來中國之文學》，頁 72，遠流出版公司，1986 年 9 月二版。

〔註14〕 胡適《文學改良芻議》，頁 5～6。其一曰，須言之有物，三曰，須講求文法，即爲方苞之義法説；其五曰，務去爛調套語，即爲方苞之雅潔論；其二曰，不摹倣古人，四曰，不作無病之呻吟，六曰，不用典，七曰，不講對仗，即爲方苞所訂之戒律；僅八曰，不避俗字俗語，與方苞之雅潔背道而馳。然大體而言，皆相吻合。

〔註15〕 《方望溪遺集》吳孟復〈序〉云：「且方姚所論，……凡翰林舊體、六朝儷語、注疏用語、小説雋語、尺牘套語等等，皆在禁忌之列，此尤爲世所詬病。然近日言語言學者，有『語體』一説，其説來自西方，而吾國漢語教材今已列爲專章講述。其説以『文藝語體』不同於『學術語體』與『政治語體』、『應用語體』；而『文藝語體』中，散文又不同於詩歌、小説；散文中復有各家各派之分。回思方姚所論，恰與今日科學理論相符。」頁 5。

〔註16〕 同註15，又云：「近年以來，歐洲有文章之學，篇章之學，言語言者詫爲神奇，然細審之，大抵望溪、惜抱諸老之所曾言者也。」頁 5。

參考書目

一、重要史科

1. 方苞，清·劉季高校點《方苞集》，上海古籍出版社，1983 年 5 月第一版。

2. 方苞，清·徐天祥、陳蕾點校，《方望溪遺集》，安徽黃山書社，1990 年 12 月第一版。

3. 方苞，清《抗希堂十六種》，清康熙嘉慶間桐城方氏抗希堂刊本。

4. 方苞，清、戴鈞衡編，清·《方望溪全集》，世界書局，民國 54 年 3 月再版。

5. 方苞，清·王兆符、程崟同傳述，清·《左傳義法舉要》，雍正六年金匱廉氏刊本。

6. 方苞，清·《史記注補正》，新文豐出版公司叢書集成新編。

7. 方苞，清·王兆符、程崟輯，清·《望溪先生文偶抄》，乾隆、嘉慶間刊本。

8. 方苞，清·《望溪集》，商務印書館四庫全書。

9. 方苞，清·劉聲木輯，《望溪文集再續補遺四卷》，直介堂叢刊初編，民國 18 年。

10. 方苞等奉敕編，清·《欽定四書文》，商務印書館四庫全書。

11. 方宗誠，清·《栢堂遺書》，清光緒志學堂家刊本，藝文印書館百部叢書。

12. 方東樹，清·《儀衛軒文集》，同治間刊本。

13. 尹會一，清·《健餘先生文集、尺牘》，新文豐出版公司叢書集成新編。

14. 尹會一，清‧《健餘箚記》，商務印書館，民國 54 年 12 月臺一版。

15. 王應麟，宋‧《困學紀聞》，商務印書館，民國 45 年 4 月臺初版。

16. 王懋竑，清‧《白田草堂存稿》，清乾隆十七年刊本，漢華文化事業影印，民國 61 年 1 月初版。

17. 王晫，清‧《今世說》，明文書局，民國 74 年 5 月。

18. 王源，清‧《居業堂文集》，商務印書館。

19. 王先謙，清‧《虛受堂文集》，文海出版社，民國 55 年 10 月。

20. 王先謙輯，王文濡校註，清‧《續古文辭類纂評註》，中華書局，民國 56 年 4 月臺一版。

21. 王應奎，《柳南續筆》，新文豐出版公司叢書集成新編。

22. 王文濡，清‧《清文匯》，世界書局，民國 54 年 3 月。

23. 王雲五主持，《續修四庫全書提要》，商務印書館，民國 61 年 3 月初版。

24. 王拯，清‧《龍壁山房文集》，文海出版社近代史料叢刊。

25. 左丘明，《左傳》，藝文印書館，十三經注疏。

26. 司馬遷，漢‧《史記》，鼎文書局，民國 72 年元月六版。

27. 朱熹，宋‧《四書集註》，漢京文化事業，民國 72 年 11 月初版。

28. 朱軾，清‧《朱文端公文集》，清原刊本。

29. 全祖望，清‧《鮚埼亭集》，華世出版社，民國 66 年 3 月。

30. 安徽通志館編纂，《安徽通志稿》，成文出版社，民國 74 年 3 月臺一版。

31. 李紱，清‧《穆堂初稿》，道光辛卯重鐫珊城阜祺堂藏板。

32. 李塨，清‧《恕谷後集》，新文豐出版公司叢書集成新編。

33. 李鍇，清‧《睫巢集》，吳興劉氏嘉業堂刊本，民國 9 年。

34. 李元度，清‧《天岳山館文鈔》，文海出版社，民國 55 年 10 月。

35. 李兆絡，清‧《養一文集》，清光緒四〈戊寅〉年重刊本。

37. 李慈銘，由雲龍輯，清‧《越縵堂讀書記》，商務印書館，1959 年 5 月。

37. 李桓輯錄，清‧《國朝耆獻類徵初編》，文友書店，民國 55 年 10 月臺初版。

38. 汪師韓，清‧《上湖分類文編》，乾隆間刻本。

39. 沈彤，清‧《果堂集》，商務印書館，四庫全書。

40. 吳敏樹，清·《柈湖文錄》，清同治八年刊本。

41. 吳仲倫，清·《初月樓古文緒論》，商務印書館，民國 55 年 6 月臺一版。

42. 吳修編，《昭代名人尺牘小傳》，文海出版社，民國 57 年 5 月。

43. 佚名編，《明清名人尺牘》，廣文書局。

44. 杜松柏主編，《清詩話訪佚初編》，新文豐出版公司，民國 76 年 6 月。

45. 房玄齡等，唐·《晉書》，鼎文書局，民國 72 年 7 月四版。

46. 和碩輯，清·《古文約選》，中華書局，民國 58 年 3 月臺一版。

47. 官獻瑤，清·《石谿文集》，清道光二十〈庚子〉刊本。

48. 林紓，《畏廬論文等三種》，文津出版社，民國 67 年 7 月。

49. 金天翮，《皖志列傳稿》，民國 25 年刊本影印，民國 63 年 12 月臺一版成文出版社，民國 55 年至 59 年。

50. 周鍾游編，《文學津梁》，上海有正書局。

51. 柳宗元，唐·《柳河東集》，漢京文化事業，民國 71 年 5 月。

52. 姚範，清·《援鶉堂筆記》，廣文書局，民國 60 年 8 月。

53. 姚鼐，清·《惜抱軒全集》，世界書局，民國 72 年 7 月三版。

54. 姚鼐輯，王文濡校註，清·《評註古文辭類纂》，華正書局，民國 73 年 5 月初版。

55. 姚椿編輯，清·《國朝文錄》，大新書局，民國 54 年 2 月。

56. 姚永樸，《舊聞隨筆》，明文書局，民國 75 年 1 月。

57. 馬其昶，清·《桐城耆舊傳》，清宣統三年刊本廣文書局影印，民國 67 年 3 月。

58. 紀昀等纂，清·《四庫全書總目提要》，商務印書館。

59. 班固，漢·《漢書》，鼎文書局，民國 68 年 11 月初版。

60. 袁枚，清·《小倉山房文集》廣文書局，民國 61 年 5 月。

61. 袁枚，清·《小倉山房詩集》，中華書局，四部備要。

62. 袁枚，清·《胡光斗箋釋·小倉山房牘箋釋》，廣文書局，民國 67 年 7 月。

63. 袁枚，清·《隨園詩話》，漢京文化事業，民國 73 年 2 月。

64. 徐斐然輯，《國朝廿四家文鈔》，上海掃葉山房發行，民國 12 年。

65. 徐世昌編，清·《清詩匯》，世界書局，民國 52 年 5 月二版。

66. 徐珂，《清稗類鈔》，商務印書館。

67. 高步瀛選注,《唐宋文舉要》,漢京文化事業,民國 73 年 5 月初版。

68. 陶潛,遂欽立校注,晉,《陶淵明集》,里仁書局,民國 74 年 4 月。

69. 范曄,南朝宋,《後漢書》,鼎文書局,民國 70 年 4 月四版。

70. 張伯行,清,《正誼堂續集》,商務印書館,民國 55 年 3 月臺一版。

71. 張楷纂修,清,《安慶府志》,康熙六十年刊本成文出版社影印,民國 74 年 3 月。

72. 張廷玉,清,《明史》,鼎文書局,民國 71 年 11 月。

73. 張宗泰,清,《魯巖所學集》,文海出版社。

74. 梁章鉅,清,《制義叢話》,廣文書局,民國 65 年 3 月。

75. 章炳麟,《國學概論》,河洛圖書出版社,民國 63 年 12 月臺影印初版。

76. 章炳麟,《章氏叢書》,世界書局,民國 47 年 7 月初版。

77. 清國史館原編,《清史列傳》,明文書局,民國 74 年 5 月。

78. 國史館編,《清史稿校註》,國史館印行,民國 77 年 8 月。

79. 郭慶藩輯,《莊子集釋》,華正書局,民國 69 年 10 月。

80. 陳壽,晉,《三國志》,鼎文書局,民國 70 年 12 月二版。

81. 陳栻等纂,清,《上元縣志》,清道光四年刊本成文出版社影印,民國 72 年 3 月。

82. 陳焯等纂修,清,《安慶府志》,康熙十四年刊本,成文出版社影印,民國 74 年 3 月。

83. 陳田,清,《明詩紀事》鼎文書局,民國 60 年 9 月初版。

84. 陳鵬年,清,《道榮堂文集》,清乾隆二七年刊本。

85. 陳作霖等編,清,《國朝金陵文鈔》,清光緒丁酉（23）江寧陳氏刊本。

86. 黃庭堅,宋,《山谷全集》,中華書局,四部備要。

87. 黃鴻壽,《清史紀事本末》,三民書局,民國 62 年 7 月再版。

88. 費袞,南宋,《梁谿漫志》,商務印書館,四庫全書。

89. 程晉芳,清,《勉行堂文集》,嘉慶二五年刻本。

90. 程廷祚,清,《青溪文集》,清道光孫氏東山草堂本。

91. 彭紹升,清,《二林居集》,清光緒七年刊本。

92. 曾國藩,清,《曾文正公全集》,商務印書館,四部叢刊初編。

93. 曾國藩,清,《鳴原堂論文》,中華書局,四部備要。

94. 惲敬，清·《大雲山房文鈔》，文海出版社。

95. 御制，清·《全唐詩》，文史哲出版社。

96. 御制，《大清十朝聖訓》，大達書局影印，民國 54 年 4 月初版。

97. 賀濤，《賀先生文集》，民國 3 年 7 月刊於京師。

98. 雷鋐，清·《經笥堂文鈔》，嘉慶六十年刻本。

99. 廖大聞等修，金鼎壽等纂，清·《桐城續修縣志》，清道光七年刊本成文出版社影印，民國 55 年至 59 年。

100. 楊鍾羲，《雲橋詩話》，鼎文書局，民國 60 年 3 月初版。

101. 趙熟典編，清·《國朝文會》，清乾隆間平河趙氏清稿本。

102. 歐陽修，宋·《歐陽修全集》，華正書局，民國 64 年 4 月。

103. 歐陽修、宋祁，宋·《新唐書》，鼎文書局，民國 70 年元月三版。

104. 黎庶昌，清·《拙尊園叢稿》，文海出版社。

105. 鄭之誠，《清詩紀事初編》，鼎文書局，民國 60 年 9 月。

106. 劉勰，梁，周振甫注，《文心雕龍注釋》，里仁書局，民國 73 年 5 月。

107. 劉昫等，《舊唐書》，鼎文書局，民國 70 年元月三版。

108. 劉大櫆，清·《海峰先生文集》，光緒戊子桐城吳大有堂擺板書局，印行。

109. 劉聲木、徐天祥點校，《桐城文學淵源、撰述考》，安徽黃山書社，1989 年 12 月第一版。

110. 劉聲木，《萇楚齋隨筆》，文海出版社，民國 57 年 5 月初版。

111. 劉師培，《劉申叔先生遺書》，大新書局，民國 54 年 8 月出版。

112. 劉燮，清·《鄭板橋全集》，漢聲出版社，民國 62 年 3 月。

113. 鄧實輯，《古學彙刊》，力行書局，民國 53 年 11 月出版。

114. 葉名澧，《橋西雜記》，新文豐出版公司叢書集成新編。

115. 葉德輝，《郋園讀書志》，明文書局，民國 79 年 12 月初版。

116. 錢謙益，清·《牧齋有學集》，商務印書館，四部叢刊初編。

117. 錢大昕，清·《潛研堂文集》，商務印書館，四部叢刊初編。

118. 韓愈，唐·馬通伯校注，《韓昌黎文集校注》，華正書局，民國 71 年 2 月初版。

119. 韓愈，唐·《昌黎先生詩集注》，學生書局，民國 56 年 5 月。

120. 韓嬰，《韓詩外傳》，新文豐出版公司，民國 75 年元月。

121. 韓菼，清·《有懷堂文稿》，康熙四二年刊本。

122. 韓夢周，清·《理堂文集》，道光三年刊。

123. 蔣良騏原纂，王先謙改修，清·《十二朝東華錄》，文海出版社影印，民國 52 年 9 月初版。

124. 蔣啓勛等修，汪士鐸等纂，清·《續纂江寧府志》，清光緒六年刊本成文出版社，民國 59 年 5 月台一版。

125. 戴名世、王樹民編校，清·《戴名世集》，北京中華書局，1986 年 2 月第一版。

126. 戴望，清·《顏氏學記》，明文書局，民國 74 年 5 月。

127. 謝章鋌，清·《賭棋山莊全集》，文海出版社，民國 64 年 4 月。

128. 蕭統，梁·《文選》，華正書局，民國 71 年 11 月。

129. 蕭穆，清·《敬孚類稿》，文海出版社，民國 58 年 11 月初版。

130. 薛福成，清·《庸盦全集》，清光緒二十四年刊本華文書局，影印，民國 60 年 5 月初版。

131. 顧炎武，清·《原抄本日知錄》，文史哲出版社，民國 68 年 4 月。

132. 顧祖禹，清·《讀史方輿紀要》，新興書局，民國 45 年 5 月初版。

133. 蘇軾，宋·《蘇東坡全集》，河洛圖書出版社，民國 64 年 9 月。

134. 龔自珍，清·《龔自珍全集》，河洛圖書出版社，民國 64 年 9 月。

二、一般論著

〈一〉專　書

1. 丁福保訂《清詩話》，明倫出版社。

2. 丁原基，《清代康雍乾三朝禁書原因之研究》，華正書局。

3. 刁抱石編，《桐城近代名家詩選》，商務印書館，民國 75 年 1 月。

4. 小橫香室主人編，《清朝野史大觀》，中華書局，民國 48 年 4 月臺一版。

5. 方孝岳，《中國文學批評》，莊嚴出版社，民國 70 年 9 月。

6. 王文濡，清·《清文評註讀本》，老古出版社，民國 68 年 8 月臺初版。

7. 王葆心，《古文辭通義》，中華書局，民國 73 年 4 月臺二版。

8. 王昭田，《詠史詩鈔》，中庸出版社，民國 59 年 6 月。

9. 王運熙、顧易生主編，《中國文學批評史》，上海古籍出版社，1985 年 7 月第一版。

10. 王錫榮等著，《中國古典文學研究論叢》，新文豐出版公司，民國 78 年 6 月臺一版。

11. 王鎮遠，《桐城派》，上海古籍出版社，1990 年 1 月第一版。

12. 王鎮遠主編，《桐城三家散文賞析集》，四川巴蜀書社，1989 年 2 月第一版。

13. 尤信雄，《桐城派學述》，文津出版社，民國 64 年 4 月出版。

14. 皮述民、金榮華等合著，《增訂中國文學史初稿》，福記文化圖書，民國 74 年 5 月修訂三版。

15. 中國文學史研究委員會，《新編中國文學史》，文復書店。

16. 安徽人民出版社編，《桐城派研究論文集》，安徽人民出版社，1963 年 12 月。

17. 安徽省社會科學院文學研究所，《桐城派研究論文選》，黃山書社，1986 年 11 月第一版。

18. 行嚴，《柳文探微》，華正書局，民國 70 年 3 月初版。

19. 沈德潛編，清《唐宋八家文》，新文豐出版司，民國 67 年 10 月初版。

20. 李漁叔註譯，《墨子今註今譯》，商務印書館，民國 77 年 4 月六版。

21. 何冠彪，《戴名世研究》，香港大學中文系文史叢書，1987 年 2 月出版。

22. 何天杰，《桐城文派：文章的總結與超越》，廣州文化出版社，1989 年 7 月第一版。

23. 余英時，《歷史與思想》，聯經出版事業，民國 75 年 12 月二版。

24. 周作人，《周作人全集》，藍燈文化事業，民國 71 年 11 月初版。

25. 周作人，《知堂書話》，百川書局，民國 78 年 12 月。

26. 青木正兒，日人，陳淑女譯，《清代文學批評史》，開明書局，民國 58 年 12 月初版。

27. 孟瑤，《中國文學史》，大中國圖書公司，民國 65 年 8 月二版。

28. 胡適，《文學改良芻議》，遠流出版公司，1986 年 9 月二版。

29. 胡適，《五十年來中國之文學》，流出版公司，1986 年 9 月二版。

30. 姜書閣，《桐城文派述評》，上海商務印書館，民國 23 年 2 月國難後第二版。

31. 馬茂元，《晚照樓論文集》，上海古籍出版社，1981 年 4 月第一版。

32. 郁沅，《古今文論探索》，武漢出版社。

33. 姚永樸、許振軒校點，《文學研究法》，黃山書社，1989 年 12 月第
　　一版。

34. 姚翠慧，《方望溪文學研究》，文史哲出版社，民國 77 年 8 月初版。

35. 唐傳基，《桐城文派新論》，現在書局，民國 65 年 5 月初版。

37. 時萌，《中國近代文學論稿》，上海古籍出版社，1986 年 10 月。

37. 馮書耕、金仞千，《古文通論》，國立編譯館中華叢書編審委員會，
　　民國 68 年 4 月三版。

38. 陸寶千，《清代思想史》，廣文書局，民國 72 年 9 月三版。

39. 郭紹虞，《中國文學批評史》，明倫書局。

40. 郭紹虞、羅根澤，《中國近代文論選》，木鐸出版社，民國 71 年 7
　　月。

41. 郭紹虞，《中國歷代文論選》，木鐸出版社，民國 70 年 4 月再版。

42. 郭紹虞等編，《古代文學理論研究叢刊》，新文豐出版公司，民國
　　78 年 6 月臺一版。

43. 郭紹虞編選，《清詩話續編》，木鐸出版社。

44. 陳柱，《中國散文史》，商務印書館，民國 69 年 8 月臺六版。

45. 陳致平，《中國通史》，黎明文化事業，民國 78 年 2 月修訂一版。

46. 陳鵬翔主編，《主題學研究論文集》，東大圖書公司，民國 72 年 11
　　月。

47. 梁啓超，《飲冰室全集》，東南文化出版社，民國 50 年 3 月出版。

48. 梁啓超，《清代學術概論》，商務印書館，民國 74 年 2 月臺二版。

49. 梁啓超，《中國近三百年學術史》，中華書局，民國 45 年 2 月。

50. 梁堃，《桐城文派論》，長沙商務印書館，民國 29 年 9 月初版。

51. 張之淦，《遜園書評彙稿》，商務印書館，民國 75 年 1 月初版。

52. 張舜徽，《清人文集別錄》，明文書局，民國 71 年 2 月初版。

53. 張興唐·《元史》，國防研究院，民國 56 年 12 月。

54. 張相、莊啓傳選評，《清朝文錄簡編》，中華書局，民國 57 年 3 月
　　臺一版。

55. 張榮輝，《清代桐城派文學研究》，政治大學中文研究所，民國 55
　　年碩士論文。

56. 張春榮，《姚惜抱及其文學研究》，國立台灣師範大學國文研究所
　　博士論文，民國 77 年 5 月。

57. 黃保眞、蔡鍾翔、成復旺，《中國文學理論史》，北京出版社，1987

年 2 月第一版。

58. 莊碧芳,《桐城文派研究》,香港珠海中文碩士論文,民國 65 年。

59. 甄榮輝,《方苞、劉大櫆、姚鼐三家之研究》,香港珠海中文碩士論文,民國 70 年。

60. 廖振富,《唐代詠史詩之發展與特質》台灣師範大學國文研究所碩士論文,民國 78 年 2 月。

61. 漆緒邦、王凱符選注,《桐城派文選》,安徽人民出版社,1984 年 6 月第一版。

62. 劉大杰,《中國文學發展史》,華正書局,民國 66 年 5 月。

63. 葉慶炳,《中國文學史》,弘道文化事業,民國 67 年 6 月重印。

64. 葉龍,《桐城派文學史》,香港龍門書店,民國 64 年 8 月。

65. 鄭奠、譚全基編,《古漢語修辭學資料彙編》,明文書局,民國 73 年 9 月。

66. 錢基博,《古籍舉要》,文宗出版社,民國 59 年 5 月。

67. 蕭一山,《清史》,華岡出版部,民國 69 年 1 月新一版。

68. 蕭一山,《清代通史》,商務印書館,民國 52 年 4 月初版。

69. 魏際昌,《桐城古文學派小史》,河北教育出版社,1988 年 4 月第一版。

70. 羅東升、何天杰、鄭會爲評析,《清文比較評析》,中山大學出版社,1987 年 11 月第一版。

71. 顧頡剛,《顧頡剛讀書筆記》,聯經出版社,民國 79 年 1 月初版。

〈二〉單篇論文

1. 王鎮遠,〈論方苞的「義法」說〉,《江淮論壇》,1984 年 1 期。

2. 王鎮遠,〈論方苞的思想〉,《江淮論壇》,1985 年 5 期。

3. 王達津,〈說方苞義法〉,《古代文學理論研究》,第十二輯。

4. 史易文,〈戴名世的悲劇〉,《明道文藝》,185 期,民國 80 年 8 月。

5. 何世權,〈清代桐城派之文學理論〉,《華國》,民國 47 年 9 月。

6. 何沛雄,〈桐城派古文在清代盛行的原因〉〈上〉〈下〉,《華學月刊》,104、105 期,1980 年 8、9 月

7. 李詳,〈論桐城派〉,《國粹學報》,49 期,光緒三四年〔1908〕。

8. 李絜非,〈清代安徽省地理分佈之統計小論〉,《學風》第五卷第 9 期,1935 年 9 月。

9. 吳孟復,〈桐城派三題〉,《江淮論壇》,1982 年 4 期。

10. 吳孟復，〈再談「桐城派」三個問題〉，《江淮論壇》，1988 年 3 期。

11. 吳孟復，〈試論桐城派的藝術特點〉，《江淮論壇》，1980 年 5 期。

12. 杜葆芸，〈桐城派文論之研究〉，《女師專學報》，第 6、7 期，民國 64 年 3、5 月。

13. 杜松柏，〈桐城於「義法」綜錯意見〉〈上〉〈下〉，《中華文化復興月刊》，第二三卷 5、6 期，民國 79 年 5、6 月。

14. 周啓廣，〈桐城派文論〉，《新亞書院學術年刊》，14 期，1972 年 9 月。

15. 涂經貽著，鄭邦鎮譯，〈從文學觀點論八股文〉，《中外文學》，十二卷 12 期。

16. 姚子素，〈桐城文錄入選諸家著述考〉，《學風》，四卷 4 期，1934 年 4 期。

17. 柳作梅，〈桐城三祖文論之演變〉，《大陸雜誌》，四六卷 5 期，民國 62 年 5 月 15 日。

18. 馬茂元，〈桐城派方劉姚三家文論評述〉，《古代文學理論研究》，第一輯，1979 年 12 月。

19. 徐天祥，〈簡論方苞的雅潔〉，《江淮論壇》，1987 年 2 期。

20. 梁啓超，〈近代學風之地理的分布〉，《清華學報》，第一卷第 1 期，民國 13 年 6 月。

21. 梅家鈴，〈論八股文的關係〉，《文學評論》，第 9 期。

22. 曾克耑，〈什麼叫做桐城派〉，《文學世界夏季號》，民國 46 年 8 月。

23. 萬陸，〈桐城派散文理論述評〉，《江淮論壇》，1986 年 1 月。

24. 劉夢秋，〈方望溪文論〉，《東方雜誌》，四一卷 21 期，民國 34 年 11 月。

25. 劉梓鈺，〈方苞抑柳談〉，《天津師範學報》，1980 年 6 期。

26. 齊益壽，〈談六朝詠史詩的類型〉，《中華文化復興月刊》，第十卷第 4 期，民國 66 年 4 月。

27. 蔣凡，〈桐城派與文學語言的發展〉，《江淮論壇》，1982 年 1 期。

28. 顧易生，〈方苞姚鼐的文論及其歷史地位〉，《江淮論壇》，1982 年 2 期。

書　影

書影一　方苞像

書影二之一　方苞手稿《答顧震蒼》

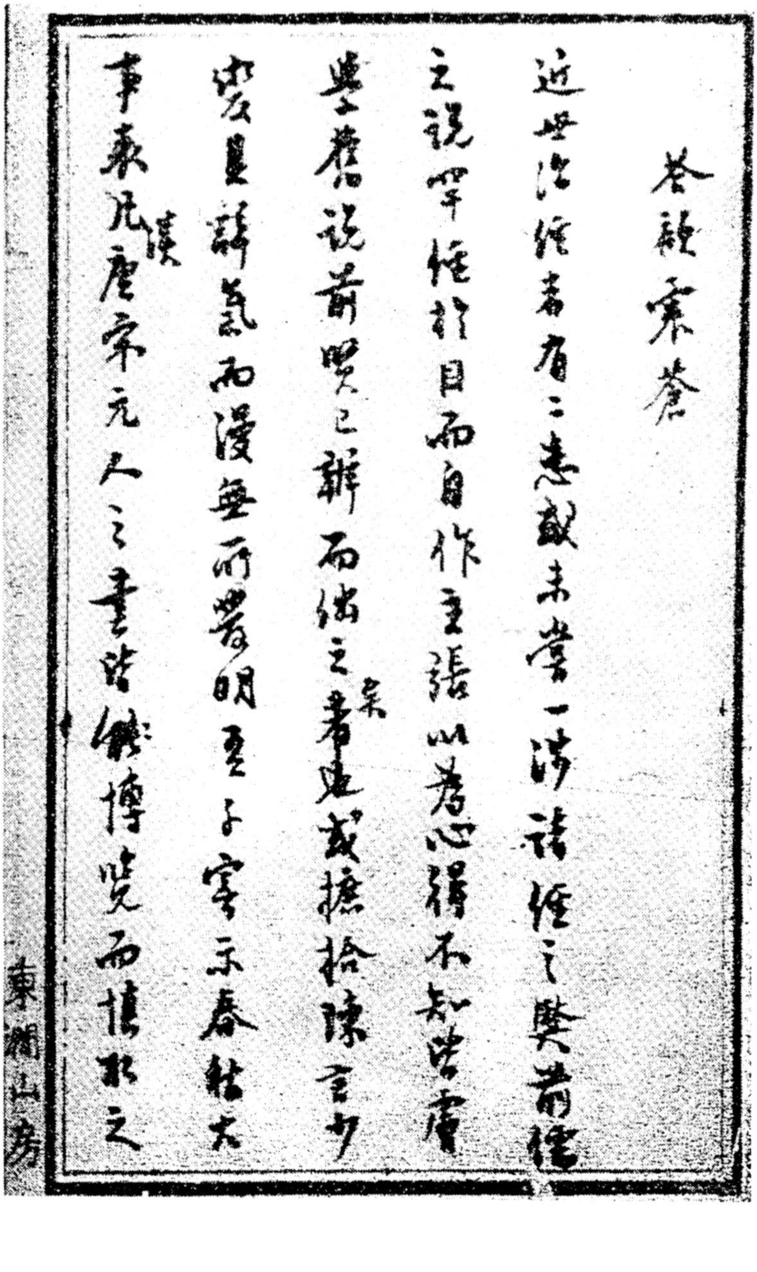

書影二之二　方苞手稿《答顧震蒼》

書影二之三　方苞手稿《答顧震蒼》

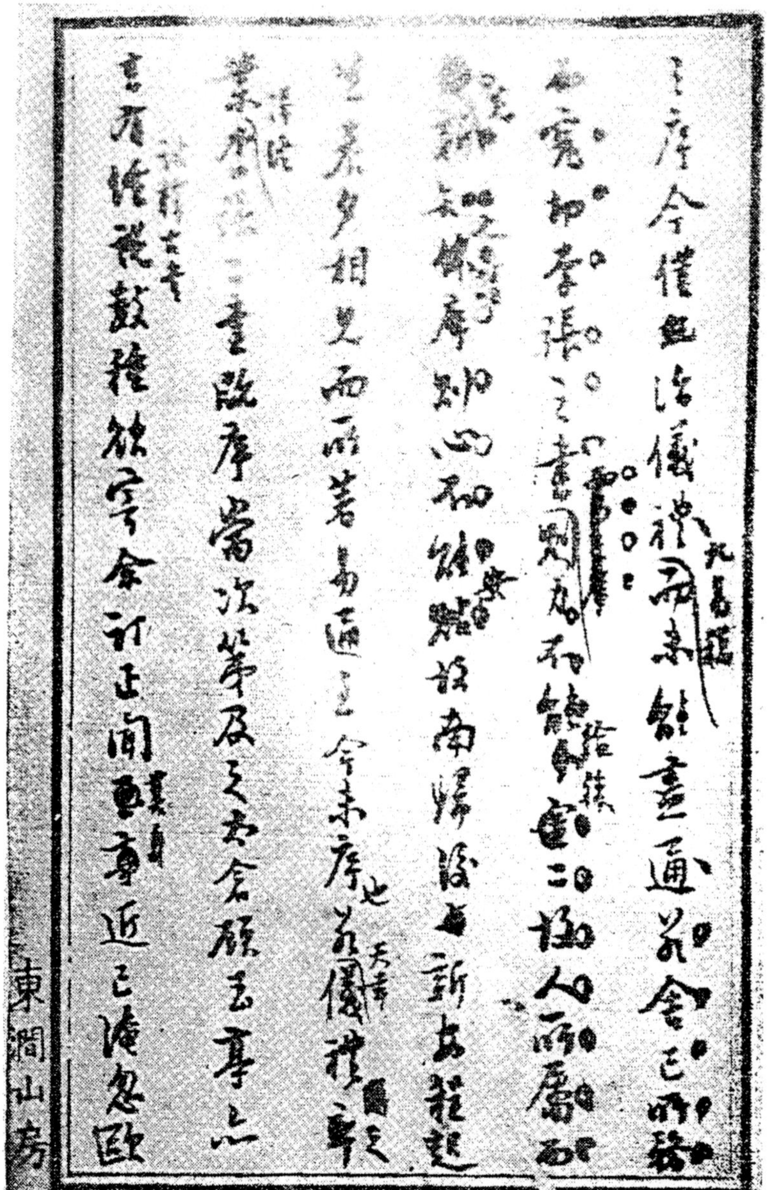
東澗山房

書影二之四　　方苞手稿《答顧震蒼》

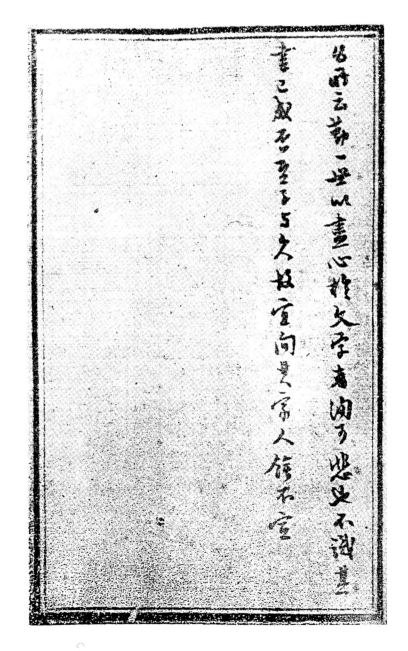

書影三之一　方苞手稿《荇甥女》

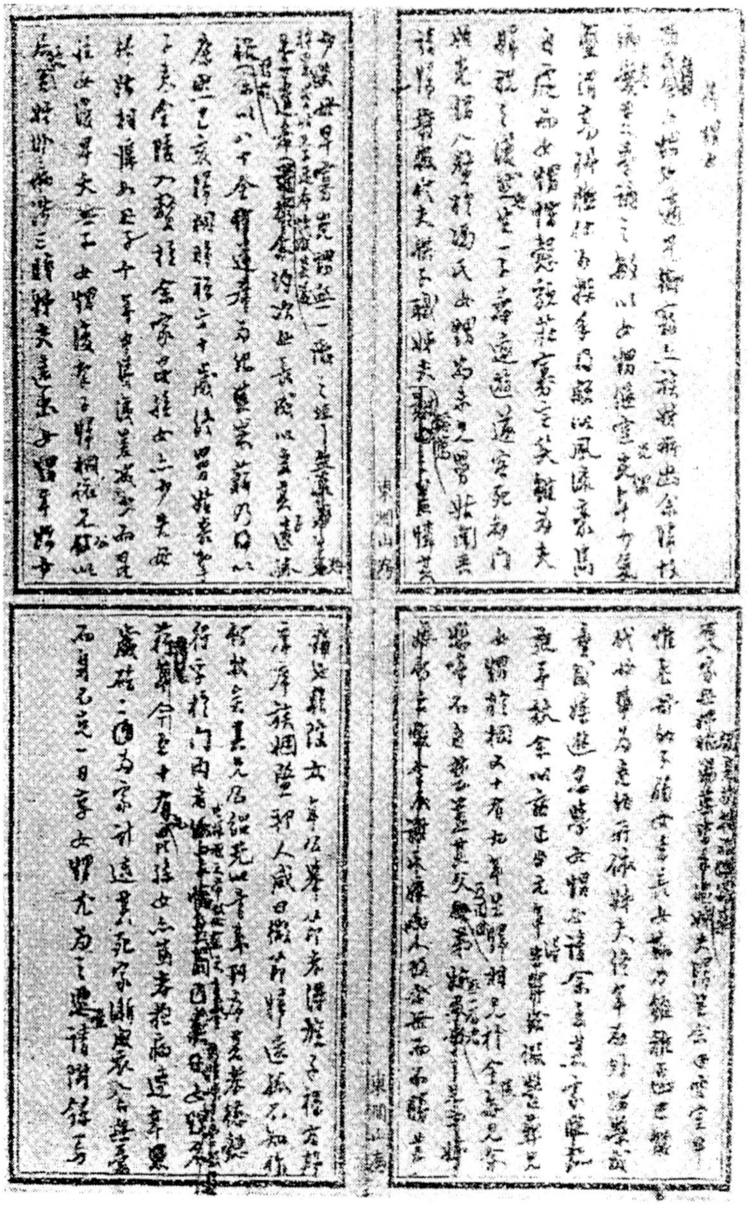

書影三之二　方苞手稿《苻甥女》

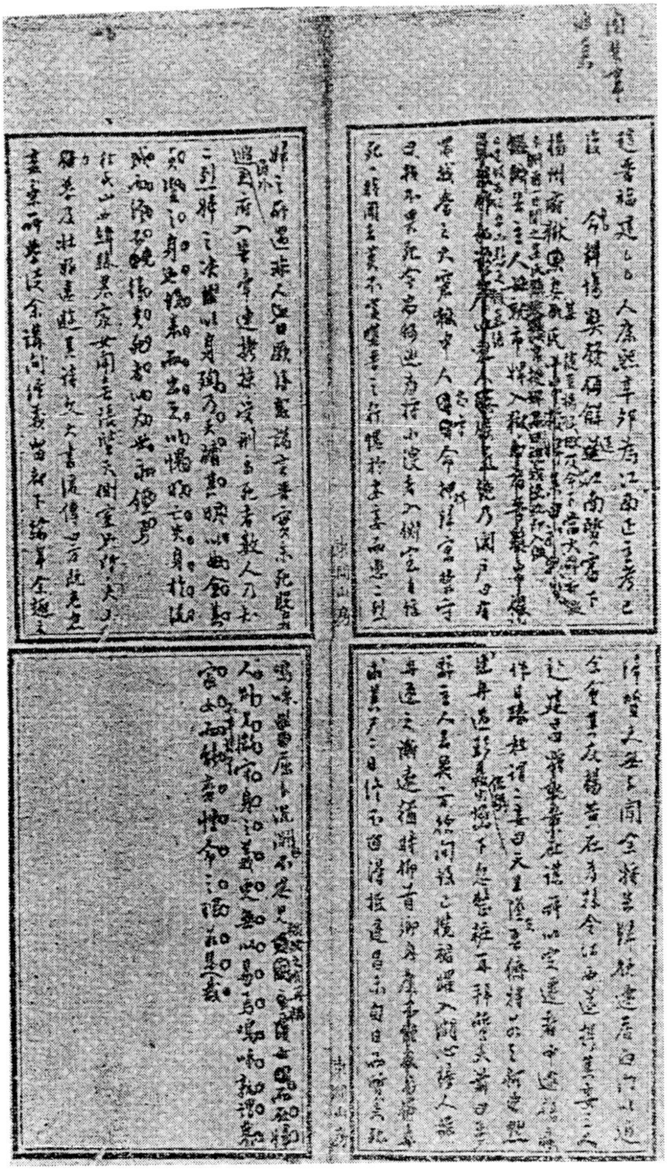